A MÃO QUE TE ALIMENTA

A MÃO QUE TE ALIMENTA

A. J. RICH

Tradução de

Márcio El-Jaick

1ª edição

EDITORA RECORD
RIO DE JANEIRO • SÃO PAULO
2019

CIP-BRASIL. CATALOGAÇÃO NA PUBLICAÇÃO
SINDICATO NACIONAL DOS EDITORES DE LIVROS, RJ

Rich, A. J.
R383m A mão que te alimenta / A. J. Rich; tradução de Márcio El-Jaick. – 1ª ed. – Rio de Janeiro: Record, 2019.
266 p.

Tradução de: The Hand That Feeds You
ISBN 978-85-01-11512-6

1. Ficção americana. I. El-Jaick, Márcio. II. Título.

CDD: 813
18-49792 CDU: 82-3(73)

Meri Gleice Rodrigues de Souza – Bibliotecária CRB-7/6439

TÍTULO ORIGINAL:
THE HAND THAT FEEDS YOU

Publicado mediante acordo com a editora original Scribner, uma divisão da Simon & Schuster, Inc.

Texto revisado segundo o novo Acordo Ortográfico da Língua Portuguesa.

Impresso no Brasil

ISBN 978-85-01-11512-6

Em memória de Katherine Russel Rich

"Quem não estremeceria ao pensar nos males que podem ser causados por uma ligação perigosa?"

— Pierre Choderlos de Laclos,
Ligações perigosas

Sim ou não:

- ☐ Eu quero que todo mundo seja feliz.
- ☐ Eu sei do que as pessoas precisam sem elas terem de me pedir.
- ☐ Eu já doei sangue.
- ☐ Eu doaria um rim para salvar a vida de um amigo próximo.
- ☐ Eu doaria um rim para salvar a vida de um desconhecido.
- ☐ Em geral, eu pareço sincera.
- ☐ Eu dou mais do que recebo.
- ☐ As pessoas se aproveitam de mim.
- ☐ Em geral, devemos perdoar as pessoas.

Hoje eu não responderia a nenhuma dessas perguntas como respondia um ano atrás. E isso porque eu criei esse teste. Eu seria a pessoa que redefiniria o conceito do predador identificando o que define uma vítima. O questionário fazia parte da minha dissertação de mestrado em psicologia forense na Faculdade de Justiça Criminal John Jay. Um filósofo disse certa vez: "O limiar é o lugar para se fazer uma pausa." Eu estava no limiar de tudo o que queria.

Eis a pergunta que faria hoje:

Eu posso perdoar a mim mesma?

A aula era sobre vitimologia. Haveria no cérebro do agressor alguma anomalia que poderia se refletir também na constituição emocional da vítima? O modelo usado pelo professor era a síndrome da mulher agredida, que ele próprio salientava não integrar o *Manual diagnóstico e estatístico de transtornos mentais,* embora estivesse presente nos estatutos criminais. Por quê? Eu achava que sabia a resposta.

A manhã havia me deixado agitada. Eu não via a hora de voltar para casa e trabalhar na minha pesquisa. Mais uma vez me sentia culpada por querer o apartamento só para mim, por isso passei na Fortunato Brothers e comprei um pacote de cookies de pinoli para Bennett.

Meu apartamento ficava no último andar de um prédio de madeira em Williamsburg, no Brooklyn. Mas eu não vivia com os hipsters; meu quarteirão ficava na parte velha da cidade. Mulheres italianas pareciam estar eternamente varrendo a calçada, e aposentados espertalhões jogavam damas na Fortunato. Uma loja de lápides que ficava a um quarteirão de distância também vendia pães. Bennett a chamava de "Pão na Cova". Havia rumores de que o dono tinha trabalhado para uma das grandes famílias da máfia. O pessoal dele — ninguém com menos de 80 anos — passava o dia fumando charuto sentado em cadeiras de plástico na calçada da frente. O caminhão de sorvete tocava o tema de *O poderoso chefão*. Havia um ditado: "Não é HBO, é o nosso bairro."

Eram sessenta e oito degraus até o meu apartamento. Enquanto subia, eu sentia o cheiro de toda aquela mistura étnica: alho refogado no primeiro andar, repolho cozido no segundo, depois linguiça frita, e por aí vai... E, por fim, meu andar, onde eu nunca cozinhava nada.

A porta estava aberta. Bennett devia ter saído e se esquecido de consertar a maçaneta quebrada, como eu havia lhe pedido. Os cachorros podiam ter fugido. Eu tinha três: Nuvem, um cão-da-montanha-dos-pirineus, que eu chamava carinhosamente de Tapete Branco; e Chester e George, dois pit-bulls misturados, bobos e carentes, que estavam comigo temporariamente. Os cachorros eram a única desavença que havia entre mim e Bennett. Ele queria que eu parasse de tentar resgatar todo cão abandonado à custa do meu trabalho, mas eu desconfiava que na verdade ele não suportava ter pelos de cachorro nos suéteres. Bennett estava sempre com frio, mesmo no verão. Ele dizia sofrer de síndrome de Raynaud, o que causa um espasmo das artérias das extremidades do corpo e faz mãos e pés ficarem gelados. Ele temia a forma avançada da doença, que pode atrofiar os dedos. Mas as mãos de Bennett nunca eram frias na minha pele. Eu, pelo contrário, sentia muito calor. Era a primeira a usar sandálias na primavera, nunca usava cachecol, nunca ficava com frio no ar-condicionado. E não era por causa das gordurinhas.

Quando empurrei a porta com o ombro, deixando os braços livres para lidar com o frenesi de euforia que me aguardava do outro lado, notei pétalas de rosas espalhadas pelo tapete do vestíbulo. Seriam obra de Bennett? Aquilo me parecia piegas, não combinava com ele. Um homem que se lembra de tudo que lhe dizemos não precisa recorrer a clichês. Bennett me compreendia de um jeito que eu nunca tinha visto. Não era só a atenção que ele dedicava a mim; era saber o que eu queria antes que eu mesma soubesse, fosse no restaurante, no cinema ou no rádio. Isso também se estendia à cama, é claro.

Eu me abaixei para pegar algumas pétalas e vi que, na verdade, eram pegadas de patas. Não era um gesto romântico, no fim das contas. O que agora me parecia um desenho floral abstrato no piso de madeira ia até o quarto. Será que Chester e George teriam se metido no lixo? Cachorros deixando pegadas de molho de tomate pela casa — outro clichê que eu me recusava a aceitar. Os pit-bulls se portavam como verdadeiros cavalheiros, embora Bennett se irritasse com os ossos mastigados que eles deixavam espalhados pelo apartamento. Ele vivia tropeçando nesses ossos e em brinquedinhos barulhentos, o que representava outro motivo para querer que eu encontrasse um lar permanente para os cães ou os devolvesse ao abrigo de animais em East Harlem de onde os havia resgatado. Aparentemente, por causa de uma doação que havia feito a uma organização de resgate de animais, fui adicionada a uma lista de e-mails, e, desde então, passei a receber quase todo dia fotos e perfis de cachorros que teriam apenas mais algumas horas de vida se eu não agisse logo.

Os pit-bulls, Chester e George, estavam no corredor da morte, esperando a eutanásia. Na foto, se apoiavam um no outro, com uma pata levantada, como uma saudação. Não resisti. Quando fui ao abrigo, a ficha de identificação deles dizia "sem problemas". Um funcionário me explicou que esse era o melhor temperamento possível. Os dois não tinham feito nada, a não ser dar amor e querê-lo de volta. Preenchi os documentos, paguei a taxa de duas adoções temporárias e, no dia seguinte, Nuvem e eu fomos buscá-los.

Bennett não suportava o caos constante de ter três cachorros grandes num apartamento pequeno, e talvez ele tivesse razão: os animais estavam *de fato* ocupando todo o meu tempo. Seriam esses resgates uma forma de altruísmo patológico? Essa era a base da minha pesquisa, um teste para identificar vítimas cujos altruísmo e empatia se mostravam tão extremos que atraíam predadores.

Ele precisava de ordem para viver, enquanto eu precisava de uma agradável confusão. Quando vinha de Montreal, Bennett sempre pendurava as calças e as camisas sociais, ao passo que eu deixava leggings, a jaqueta de couro ecológico e camisetas e mais camisetas jogadas em cima da cama. Ele tirava os pratos do lava-louça que ele próprio havia preparado e ligado, ao passo que meus pratos sujos se acumulavam na pia. O mais difícil para mim era que Bennett não queria que os cachorros dormissem na cama com a gente. Bennett não gostava deles, e os cachorros percebiam isso. Os cães eram obedientes, mas Bennett dava ordens com mais rispidez que o necessário. Eu havia lhe dito isso mais de uma vez. Como viveríamos todos juntos?

Nuvem chegou até mim antes dos outros. Com seu tamanho descomunal, ela passou na frente dos garotos. Mas Nuvem não apenas não me recebeu do jeito exuberante de sempre, apoiando as patas enormes nos meus ombros, como estava claramente agitada e com medo. As orelhas abaixadas, e ela ficava dando voltas em mim. Parecia ter encostado a lateral do corpo numa parede com tinta fresca. Mas eu não tinha pintado nada e, mesmo que tivesse, jamais teria escolhido vermelho.

Eu me ajoelhei e vasculhei o pelo molhado da Nuvem à procura de perfurações de mordidas, mas não encontrei nenhuma ferida em sua pele e, de qualquer forma, o vermelho não penetrava muito fundo no pelo. Pedi desculpas a Chester e George pela desconfiança injustificada. Por sorte, eu já estava ajoelhada, ou teria caído com a primeira onda de vertigem. Imediatamente comecei a examinar os pit-bulls em busca da origem do sangue. Meu coração batia acelerado. Outra onda de vertigem. Eles também não tinham nenhum ferimento. Baixei a cabeça para não desmaiar.

— Bennett? — chamei.

Afastei Chester quando ele começou a lamber o sangue das minhas mãos. Vi manchas no sofá novo, um presente do meu irmão mais velho, Steven, por eu ter saído da casa dos 20 anos e ingressado na vida adulta. Tentei reunir os cachorros, mas eles ficavam dando voltas em mim, o que me atrapalhava em ir até o quarto. Meu apartamento parecia um grande corredor, e os cômodos ficavam distribuídos ao longo dele. Era possível dar um tiro de um extremo a outro sem que a bala atingisse nenhuma parede. De onde eu estava, na sala, conseguia ver metade da cama. E a perna de Bennett.

— O que aconteceu com os cachorros? — perguntei.

Conforme eu avançava pelo corredor, as manchas vermelhas ficavam maiores.

Bennett estava caído no chão do quarto, de bruços, enquanto a perna dele continuava em cima da cama. Então percebi que não estava presa ao corpo. A primeira coisa que me ocorreu foi impedi-lo de se afogar no próprio sangue, mas, quando me ajoelhei, vi que ele não estava de bruços. Estava olhando para cima, ou estaria, se ainda tivesse olhos. Por um instante, por mais ilógico que fosse, tentei me agarrar à esperança de que não fosse Bennett. Talvez alguém tivesse invadido o apartamento e os cachorros o tivessem atacado. Mesmo no meu estado de choque, minha formação me permitia saber que o assassino não era humano. Não havia emoção no padrão dos respingos de sangue. Eu tinha experiência forense suficiente para entender o que tinha acontecido. A análise do padrão de sangue é mais precisa do que se imagina. Ela nos indica o tipo de ferimento, a ordem em que as feridas foram infligidas, o tipo de arma que potencialmente as teria causado, a posição da vítima quando foi atacada. Os ferimentos aqui eram perfurações e contusões. A pele das mãos de Bennett havia sido arrancada enquanto ele tentava se defender.

A perna direita estava decepada na altura do joelho. A "arma" era um animal, ou mais de um. As feridas eram irregulares, não a linha reta de uma lâmina. E faltavam pedaços inteiros de carne. As manchas de sangue indicavam que ele havia sido arrastado pelo chão do quarto. A parte inferior da perna direita sem dúvida fora levada para a cama depois do ataque. Havia sangue na cabeceira e na parede atrás dela, provavelmente da carótida.

Eu ouvia a respiração dos cachorros atrás de mim, à espera do que fazer em seguida. Tentei conter o pânico. Com a voz mais calma possível, pedi a eles que se sentassem. Então senti um novo cheiro, que se sobrepunha ao de sangue. Parecia sair de mim. Então me levantei devagar e contornei os cães em câmera lenta. Nuvem se levantou e teria me seguido se eu não tivesse lhe dado a ordem de se sentar novamente. Chester e George mantinham a atenção em mim, mas não se mexeram enquanto eu ia para o banheiro. Por fim, entrei e fechei a porta, apoiando o corpo nela, caso os cães decidissem atacar. Ouvi os cachorros ganindo do outro lado.

Eu ainda não estava em choque. Isso viria depois. Estava naquele estado anterior, do choro de gratidão por ter sobrevivido. Por mais estranho que parecesse, eu me sentia inebriada, como se tivesse acabado de ganhar um grande prêmio. E, de fato, havia ganhado: minha vida. Mas essa sensação durou apenas alguns segundos. Saí daquele transe e me dei conta de que precisava chamar uma ambulância. Não tinha como Bennett estar vivo, mas e se eu estivesse errada? E se ele estivesse sofrendo? Meu celular estava na bolsa que eu tinha deixado com as chaves no consolo da lareira. Então ouvi o barulho de papel sendo rasgado e me lembrei do pacote de cookies. Eu devia tê-lo deixado cair, e os cachorros o haviam encontrado agora. Abri a porta devagar e passei pelo quarto para pegar a bolsa. Quanto tempo eles levariam para devorar os biscoitos? Eu estava dominada pela adrenalina quando contive o impulso de sair correndo em busca de segurança. Em vez disso, peguei a bolsa, sem jamais perder os cães de vista. Por fim, voltei ao banheiro, onde me sentia em segurança, atrás da porta trancada. Entrei na banheira vazia, como se aquela coisa antiga com pés de ferro fosse me proteger, e liguei para a emergência. Tive de tentar duas vezes até acertar o número. Quando a atendente perguntou qual era a emergência, não consegui responder. Eu não conseguia nem gritar.

— Você está em perigo? — perguntou ela. Era a voz de uma senhora.

Fiz que sim com a cabeça freneticamente.

— Vou considerar seu silêncio uma afirmativa. Você pode me dizer onde está?

— No banheiro — murmurei, e dei meu endereço em seguida.

— A polícia está a caminho. Vou ficar com você na linha. Alguém invadiu sua casa?

Dava para ouvir os cães do outro lado da porta do banheiro. Os ganidos estavam mais altos. Eles agora também arranhavam a porta para entrar.

Não respondi à pergunta da atendente.

Ela disse:

— Se houver um intruso na sua casa, bata o dedo no telefone uma vez.

Bati três vezes.

— Tem armas envolvidas? Bata uma vez.

Bati uma vez no aparelho.

— Mais de uma arma?

Bati novamente.

— Armas de fogo?

Balancei negativamente a cabeça e deixei o celular na banheira vazia. A atendente continuava falando comigo, mas estava distante. O ato de sacudir a cabeça — não, não, não — me confortava, era como se eu estivesse sendo ninada feito um bebê.

Um dos cachorros uivou com a aproximação da sirene. Nuvem. Eu sempre ria quando ela se juntava àquela versão urbana da matilha de lobos, como se aquela cachorrinha mimada, cujos dentes eu escovava toda semana, tivesse um átimo de ferocidade em si. Agora esse uivo me assustava.

— A polícia está aí — disse a voz distante ao telefone no fundo da banheira. — Bata uma vez se os invasores ainda estiverem na casa.

Os cachorros latiram com a aproximação dos passos e principalmente quando os policiais mexeram na maçaneta para verificar se a porta estava destrancada.

— Polícia! Abra a porta!

Tentei gritar para eles, mas o único ruído que consegui emitir foi um gemido inaudível, mais baixo que a voz que continuava me perguntando se os invasores ainda estavam na casa. A única resposta que a polícia ouvia eram latidos.

— Polícia! Abra a porta!

Os latidos continuavam.

— Chama o Controle de Animais! — ouvi um dos policiais gritar.

Em seguida, o estrondo da porta sendo arrombada e um único estampido, ensurdecedor. Os ganidos que se seguiram eram tão tristes quanto um choro humano. Os outros dois cães pararam de latir.

— Bom garoto, bom garoto — disse um dos policiais.

— Eu acho que esse aqui está morto.

Os passos se aproximavam com cautela.

— Ai, caralho, meu Deus! — exclamou o outro.

Deu para ouvi-lo vomitar.

A porta do banheiro foi arrombada, e um jovem policial me encontrou encolhida na banheira.

Ele se agachou ao meu lado. Senti o hálito azedo do vômito de segundos antes.

— A senhora está ferida?

Eu estava encolhida, com as pernas dobradas, o rosto encostado nos joelhos, as mãos na nuca.

— A ambulância já está a caminho. Olha só, a gente precisa ver se a senhora está ferida. — Ele pôs a mão suavemente nas minhas costas, e dei um grito. — Está tudo bem, está tudo bem, ninguém vai te machucar.

Permaneci imóvel naquela posição, a mesma que as crianças em idade escolar aprendem a assumir para se proteger de uma explosão nuclear. Um dos sintomas do transtorno de estresse pós-traumático é a rigidez do corpo. E agora eu podia sentir isso na prática.

— O Controle de Animais chegou — avisou o outro policial.

A ambulância deve ter chegado quase ao mesmo tempo, porque lembro que logo havia um paramédico medindo minha pressão enquanto outra procurava ferimentos no meu corpo. Eu permanecia encolhida na banheira.

— Eu acho que o sangue não é dela, mas não consigo ver a barriga — disse a mulher. — Vou botá-la no soro. A senhora vai sentir uma picadinha, minha querida.

Uma agulha espetou minha mão esquerda. Dei um grito tão alto que os cachorros voltaram a latir, agora só dois.

— Vamos dar um medicamento para a senhora que vai ajudar a relaxar, temos que verificar se a senhora está com algum ferimento.

Um calor negro começou a subir pelo meu braço, como se tivessem colocado uma luva quente na minha mão. Então a escuridão cresceu a ponto de ficar intensa o bastante para eu me lançar nela, um misericordioso lago negro pronto para me engolir.

— A gente precisa fazer algumas perguntas. Ela consegue falar? — indagou um dos policiais.

— Ela está em estado de choque.

— O nome da senhora é Morgan Prager?

Tentei assentir, mas só me sentia afundar no lago negro.

— A senhora pode nos dizer quem era a pessoa que estava no apartamento? Não encontramos nenhuma identificação do sujeito morto.

— Ela está ouvindo? — perguntou o outro policial.

Depois me colocaram numa maca e me carregaram pelo apartamento. Abri os olhos quando passamos pelo quarto. Agora a cena mais me confundia do que me aterrorizava.

— O que aconteceu? — perguntei, num fio de voz.

— Não olhe — pediu a paramédica.

Mas eu olhei. Ninguém estava cuidando de Bennett.

— Ele está sofrendo? — ouvi a mim mesma perguntar.

— Não, minha querida, ele não está sofrendo.

Pouco antes de me levarem para baixo, vi o corpo de Chester no chão do vestíbulo. Por que haviam atirado nele? Nuvem e George estavam cada um numa gaiola do Controle de Animais, com a placa de CÃO PERIGOSO.

Os médicos não encontraram nenhum ferimento em mim, nada físico que explicasse a rigidez do meu corpo, minha mudez, com exceção dos ocasionais gritos quando alguém se aproximava. Para minha própria segurança, expediram um mandado de internação compulsória numa instituição psiquiátrica.

Verdadeiro ou falso:

- ☐ Você viveu ou testemunhou um episódio de risco que lhe causou medo, desamparo ou terror.
- ☐ Você revive o episódio em sonhos.
- ☐ Você revive o episódio acordada.
- ☐ Você pensa em se matar.
- ☐ Você pensa em matar outras pessoas.
- ☐ Você entende que está em um hospital psiquiátrico.
- ☐ Você sabe o motivo de estar aqui.
- ☐ Você se sente responsável pelo ocorrido.

Eu sabia que aquela psiquiatra bem-intencionada, que se apresentou como Cilla, tinha me entregado um questionário tradicional para avaliar meu estado mental, mas as perguntas que eu precisava mesmo responder não estavam ali.

A médica, serena, me observava com curiosidade.

— Você não precisa falar comigo agora. Nem mesmo responder essas perguntas. — Ela abriu a gaveta da mesa, guardou o teste e pegou um chiclete Nicorette. — Eu estou tão viciada nisso quanto era em cigarro.

Cilla devia ter 50 e poucos anos, o cabelo liso preso com um grampo de casco de tartaruga. Ela se serviu de uma xícara de café e pegou uma segunda xícara no alto do aparador.

— Como você gosta? — Ela pegou uma caixa de leite no frigobar e começou a servir. — Avise quando estiver bom.

Ergui a mão.

— Açúcar?

— Essa minha lembrança é verdadeira?

Eram as primeiras palavras que eu falava em seis dias.

— Que lembrança?

— Meu noivo está morto. Eu encontrei ele no quarto. Ele tinha sido atacado pelos meus cachorros.

A psiquiatra esperou que eu continuasse.

— Eu sabia que ele estava morto antes de chamar a ambulância. Fiquei escondida na banheira até o socorro chegar. Um policial atirou num dos meus cachorros. — Eu não conseguia olhar nos olhos dela. — A culpa é minha.

— Você estava em estado de choque quando foi trazida para cá, mas sua memória não tinha sido comprometida. Você conseguiu dormir essa noite? Está se alimentando?

Respondi que não a ambas as perguntas. Responderia que não a qualquer pergunta sobre normalidade. Eu jamais voltaria a experimentar a "normalidade". Como esquecer o que vi? O que mais havia para ver?

— Eu entendo que sua dor seja incomensurável e posso receitar um remédio para dormir, mas não existe medicamento contra a angústia. Luto não é doença.

— Você pode me receitar algo para a culpa?

— É provável que você continue se sentindo culpada. A culpa é mais resistente que a angústia.

— O que eu faço?

— Já está fazendo. Você está conversando comigo. É um começo.

— Conversar não vai mudar os fatos.

— Você tem razão, mas não estamos aqui para mudar os fatos — respondeu ela.

— Ele morreu. Eu gostaria de saber o que aconteceu com meus cachorros.

— Eles são evidência criminal. Estão sob custódia do Departamento de Saúde.

— Vão matar os cachorros?

— O que você acha que deveria acontecer com eles?

Nuvem nunca machucou ninguém. Ela estava comigo desde que tinha dois meses de vida. O que poderia ter provocado os pit-bulls? Fazia dois meses que eles dormiam na minha cama. Dormiam na cama até mesmo quando Bennett nos visitava, embora nas primeiras vezes eu tenha precisado reprimir o instinto de proteção de Chester. No caso, era eu quem ele estava protegendo. Será que Bennett o havia ameaçado fisicamente? O ataque tinha sido brutal. Ele estava desfigurado.

— Eu gostaria de saber o que aconteceu com o corpo de Bennett. Os pais dele providenciaram o velório?

— A polícia ainda não conseguiu localizar a família.

— Ele disse que os pais moravam numa cidadezinha de Quebec.

— Bennett morava em Quebec?

— Em Montreal.

— Seu irmão me disse que não conheceu Bennett.

— Você falou com Steven?

— Steven não mora perto de você? — perguntou Cilla.

— A gente tinha tão pouco tempo junto... Bennett só queria ficar comigo.

— Você chegou a visitar a casa dele em Montreal?

— Ele queria que eu fosse, até me deu a chave de casa, mas acabava que era mais fácil para ele vir.

— Como vocês se conheceram? — perguntou ela.

— Eu estava fazendo uma pesquisa para minha dissertação.

Depois de seis dias sem dizer uma palavra nas nossas sessões diárias, eu ainda não estava pronta para contar a ela que o havia conhecido enquanto testava uma teoria sobre mulheres vítimas de predadores sexuais na internet. Eu havia criado cinco perfis de mulheres que correm bastante perigo: a Dedicada, a Sobrevivente, a Sofrida, a Vulnerável e a Apaziguadora. Registrei os perfis em vários sites de encontro. Também criei um personagem padrão — uma mulher tímida, cuidadosa, dedicada ao trabalho, que procura fazer o bem, que sabe rir de si mesma e gosta de sexo. Em outras palavras, eu. O primeiro e-mail de Bennett o colocou no grupo padrão de caras normais. Entretanto, ao contrário dos outros "caras normais", cujas respostas pareciam mais currículos enviados para uma vaga de emprego que paga bem, Bennett parecia curioso em relação a mim: queria saber que livros eu lia, que tipo de música ouvia, onde ficava mais à vontade. Passei um bom tempo me sentindo uma farsa até que não tive mais escolha, quando nossa troca de mensagens se intensificou. Mas, quando contei a ele o que realmente estava fazendo, em vez de ficar irritado ou magoado, ele se mostrou fascinado. Fez diversas perguntas a respeito do meu trabalho, e me senti lisonjeada pelo interesse dele. Mais que lisonjeada.

O interesse de Bennett pelo meu trabalho abriu um novo campo na nossa relação no qual nossas mentes se conectavam. Seu entusiasmo pelas minhas ideias era maior que o dos meus colegas de turma, maior inclusive que o daquele policial dominicano gostoso com quem eu fiquei durante um tempo. Na verdade, o interesse de Bennett chegava a ser um pouco obsessivo. Certa tarde, flagrei-o lendo uma mensagem na minha conta de e-mail, que eu havia criado para a pesquisa. O remetente era alguém que eu considerava um pervertido sexual, embora não tivesse certeza de se tratar de um predador. Quando perguntei a Bennett o que estava fazendo, ele respondeu: "Você deixou aberto, fiquei curioso." Então comentou: "Eu notei que esse cara sempre se refere a si mesmo na terceira pessoa. Isso é característico?" Eu não tinha nem me dado conta de que o homem fazia isso. Essa descoberta não apenas venceu minha irritação em relação ao comportamento insolente de Bennett como também deixou evidente a atenção que dava à minha pesquisa. Mais uma vez, ele havia me ajudado. E me ocorreu que agora eu não podia nem pedir desculpas nem agradecer.

— Quando eu vou sair daqui? — perguntei.

— O pedido de internação compulsória expirou há três dias — explicou Cilla. — Sua permanência aqui, a essa altura, é voluntária.

— Eu tenho que sair?

Era estranho ter um sonho erótico enquanto eu estava numa instituição psiquiátrica. Ou talvez não fosse.

— Me diz o que é melhor — pediu Bennett, no sonho.

Ele me beijou, depois puxou meu cabelo com tanta força que doeu. Eu surpreendi a mim mesma ao responder:

— O cabelo.

Ele alisou a parte interna da minha coxa e depois a mordeu. Outra vez, perguntou o que eu preferia.

— A mordida — respondi.

Bennett disse:

— Boa menina. — Então lambeu meu rosto como um cachorro.

Pediu para eu me virar de bruços e, no sonho, eu o senti me penetrar duas vezes ao mesmo tempo. Como isso era possível?

— O que é melhor? — perguntou ele.

— Não consigo escolher.

E ele continuou, como se fossem dois homens ao mesmo tempo.

Quando contei a Cilla sobre o sonho na nossa sessão seguinte, ela disse que não era incomum a angústia suscitar sensações de natureza sexual, que meu corpo estava sofrendo, assim como minha mente. Disse que o sexo, mesmo nos sonhos, é uma afirmação de vida.

Os outros homens tinham as mãos rápidas e provocantes; o toque de Bennett era seguro. Ele começava numa parte do meu corpo e fazia com que as carícias parecessem infinitas. Seu toque nunca era leve — parecia a pressão de um escultor moldando argila.

Na primeira vez que saímos juntos, reservamos um quarto no Old Orchard Beach Inn, em Old Orchard Beach, no Maine.

Queríamos que nosso primeiro encontro ao vivo acontecesse na privacidade de um quarto. Fiquei surpresa ao me dar conta de minha timidez, depois de ter passado um mês querendo aquilo. Também combinamos que Bennett já estaria no quarto, a minha espera. Naquele momento, desejei que tivéssemos combinado de nos encontrar num espaço público, onde pudéssemos fazer alguma coisa: um passeio de barco, uma caminhada, qualquer coisa que não fosse ficar um de frente para o outro num quarto pequeno com uma cama enorme. Antes de Bennett, eu só tinha ficado com garotos. Não importava a idade deles, os garotos eram lascivos, divertidos, rápidos, perigosos, egoístas e gostosos, mas não me passavam segurança. Assim que abri a porta, Bennett segurou meu punho com firmeza e me puxou para dentro. Vi um homem que não tinha uma beleza convencional. E, no mesmo instante, percebi que isso não importava. O rosto dele não era simétrico: um canto da boca se voltava ligeiramente para baixo. E sua pele revelava um caso de acne na adolescência. Os olhos azuis com longos cílios eram especialmente claros, cravados na pele áspera. O que poderia comprometer a aparência de um homem aqui contribuía para lhe conferir a mesma atração que o jovem Tommy Lee Jones exercia sobre as mulheres. Era uma força cinética: os movimentos dele eram excitantes.

O beijo era demorado. Bennett sabia quando parar.

E quando retomar.

Ele segurava meu rosto enquanto me beijava. E eu segurava sua nuca. As mulheres são criadas para endeusar os homens altos, mas Bennett não tinha mais de um e oitenta, e eu gostava de como nos encaixávamos. Gostava do fato de ele não usar perfume. Seu cheiro era puro, como as águas límpidas de um lago.

Fomos para a cama e ele me puxou para perto; no entanto, dessa vez, não pelo punho. O que venceu minha timidez foi o desejo de Bennett por mim. E, quando ele disse que eu era mais bonita pessoalmente, acreditei. Já não me sentia inibida, como se tivesse sido contagiada por sua segurança. Ajudei-o a desabotoar minha blusa. Não havia nenhum fecho que dificultasse, porque, por baixo dela, eu usava uma camisola de seda. Ele a tirou. Sem pressa. Pegou uma das minhas mãos e a botou sobre sua ereção. Ergueu a outra e beijou a palma. Chupou cada um dos meus dedos. Ajoelhou, ainda completamente vestido, calça jeans e camisa branca, e tirou o restante das minhas roupas. Roçou o queixo pelo meu corpo e beijou a parte interna das minhas coxas. Eu o queria, mas me deixava guiar pelo seu ritmo. Bennett não tinha pressa, assim como eu. Então me deitou na cama, abriu minhas pernas e enfiou a língua em mim. Nenhum garoto tinha feito aquilo, não daquele jeito. A rapidez com que gozei me deixou constrangida, até ver o prazer que isso havia lhe proporcionado. Ele se levantou, e agora era eu quem me ajoelhava. Bennett estava usando uma calça da Levi's com fecho de botão. Desabotoei a braguilha, passando a mão sobre o pênis. Esfreguei os seios nele.

— Vem aqui — pediu Bennett.

Ele enfiou um dedo em mim e beijou meu pescoço ao perceber que eu estava pronta. Fez com que eu esperasse mais alguns instantes. Seus movimentos tinham autoridade. Ele entendia que existe poder na submissão e excitação na pausa.

— Vem aqui — repetiu.

Minha colega de quarto na clínica psiquiátrica era uma caloura da Faculdade Sarah Lawrence que havia tentado suicídio enchendo a boca de papel higiênico.

— Eu tinha acabado com as bebidas alcoólicas do meu pai e os comprimidos da minha avó, mas nada estava funcionando — explicou Jody.

Nosso quarto não era diferente do padrão de um dormitório universitário, só que com janelas feitas de vidro anti-impacto e o "espelho" do banheiro era de aço inoxidável. Fechar a porta não nos dava privacidade: havia uma janela em forma de escotilha na porta para o corredor, onde as luzes nunca se apagavam. Foi Jody que me disse que Cilla, nossa psiquiatra, já havia sido *backing vocal* do Lou Reed. A vida de Jody lá fora, qualquer que fosse essa vida, fizera com ela aparentasse ter mais do que seus 18 anos, e o lápis de olho pesado que ela usava não ajudava. Os funcionários da instituição a haviam obrigado a tirar os piercings do rosto, e agora havia uma fileira de buraquinhos em seu lábio inferior.

Cilla, por sua vez, não usava maquiagem nenhuma e ainda assim parecia mais jovem do que eu imaginava que era. O rosto sem rugas era tão tranquilizador quanto seu olhar benevolente. Sem dúvida fora preciso um grande esforço para manter aquele semblante neutro, imparcial, como se estivesse tratando uma paciente comum, e não uma mulher responsável pela morte do noivo. Era o semblante que eu almejava quando me encontrava semanalmente com impostores da internet e exibicionistas na prisão de Rikers Island, como parte da minha formação.

Eu me sentei no divã, enquanto ela se acomodava na poltrona com uma almofada ortopédica. Fiquei imaginando Cilla no passado: calça de couro, sapato plataforma, cantando ao lado do músico mais maneiro de Nova York.

Ela pegou um pacote de chicletes Nicorette.

— Você se importa? — perguntou.

A sala quase vazia, institucional, era pintada em apaziguadores tons terrosos. Havia um quadro laranja pendurado atrás da mesa, o tipo de arte abstrata outrora considerada radical que agora adornava as paredes de todo consultório terapêutico. O quadro era a única concessão a uma cor forte.

— Você está com cara de quem conseguiu descansar essa noite.

— Se ter pesadelos for descanso...

— Posso aumentar o sedativo.

— Não existe dosagem que me traga paz.

— Talvez paz ainda não seja o objetivo — retrucou ela.

— Então o que a gente está fazendo aqui?

— Quando foi a última vez que você se sentiu em paz?

Não era preciso puxar pela memória: tinha sido no fim de junho, o primeiro fim de semana que Bennett e eu havíamos passado juntos. Nós nos encontramos mais uma vez na metade do caminho entre Montreal e o Brooklyn, num antigo hotel de Bar Harbor que Bennett havia descoberto. Ele foi de carro, eu peguei um ônibus. Estávamos andando de caiaque perto da margem quando um alce surgiu da mata. Os chifres deviam medir três metros: metade bicho, metade árvore. Eu nunca tinha visto um animal tão majestoso. Bennett e eu dividimos um instante de encantamento, ambos calados, sem precisar dizer nada.

— Por que você está chorando? — perguntou Cilla.

— Eu estava com ele.

Ela estendeu a caixa de lenços, mas preferi não aceitar.

— Eu destruí o que amava. Existe uma dosagem que me faça aceitar isso?

Cilla não disse nada. O que poderia ser dito?

— E olha como eu sou louca: estou com saudade dos meus cachorros.

Ela me fitou com aquele seu olhar neutro, como se me desafiasse a encontrar um jeito de derrotá-lo.

— Às vezes, eu me sinto tão culpada em relação a Nuvem quanto me sinto em relação a Bennett. Por que eu fui adotar aqueles cachorros?

— Você estava tentando ser generosa.

— Estava? Não foi a primeira vez.

— Você já havia adotado outros cães?

— Um acumulador usa os animais para se automedicar — sugeri.

— Você se considera uma acumuladora? — perguntou Cilla.

— Eu tenho o potencial. Eu era a criança que levava para casa todo gato e cachorro perdido, todo filhote de pássaro que caía do ninho. Quer saber? Aqueles filhotes de pássaro estavam doentes. Era por isso que a mãe os botava para fora. Levei um para casa, e ele acabou matando o periquito que eu adorava.

— As pessoas deveriam parar de ser generosas por causa de consequências imprevisíveis? — questionou ela.

Peguei um lenço na caixa sobre a mesinha de centro que havia entre nós, embora não precisasse. Não estava chorando. Só queria alguma coisa para apertar.

— A morte de Bennett foi imprevisível? — perguntei. — E a mãe de um recém-nascido que tem uma cobra de estimação? E a mulher que leva para casa o namorado recém-despejado e depois não acredita quando a filha diz o que ele faz com ela?

— É esse tipo de predador que você estuda?

— Eu estudo as vítimas.

Finalmente contei a ela como havia conhecido Bennett. Ele era o tipo de homem pelo qual eu vinha procurando. *Sim ou não. Ele prefere ter razão a estar feliz. Ele sempre se sente desafiado. Ele gosta de se sentir protetor em relação às mulheres. Ele gosta de ter poder sobre as mulheres. As mulheres mentem para ele.* Em todos os critérios, Bennett se enquadrava na personalidade do tipo B, o homem respeitoso, com o qual toda mãe deseja que a filha se case. Jamais gostei dos homens que minha mãe aprovava. Foi por isso que a reação sedutora dele ao meu personagem na internet me pegou de surpresa. O e-mail não era atrevido. Bennett não usou a tela do computador como um espelho para se enfeitar. Não usou "eu" nenhuma vez na primeira mensagem. Eu contava os "eus". Um homem normal usa a palavra dezenove vezes em média no primeiro e-mail. É comum que "você", por outro lado, apareça menos de três vezes. A mensagem de Bennett tinha a forma de um questionário. Qual livro você não levaria para uma ilha deserta? Qual é sua palavra preferida na língua inglesa? Você gosta mais de animais do que de pessoas? Qual música faz você chorar, mas você tem vergonha de admitir? Onde você não passaria as férias? Você acha que os números irradiam cor?

— Você acha que Bennett foi uma vítima sua? — perguntou Cilla.

Por que ele teve de ser? Eu não conseguia entender o motivo. Os pit-bulls jamais o haviam ameaçado, com exceção do comportamento inicial de Chester em me proteger. Bennett não sentia medo, ele dizia, mas fez questão de comentar sobre a vez em que Chester estava grunhindo para ele quando tentou remover os ossos congelados que eu havia deixado para os cães. Não era exatamente apaixonado pelos animais, mas havia aceitação mútua. Como será que ele os tratava quando eu não estava lá?

— Por que você escolheu estudar vitimologia? — quis saber Cilla.

— Acho que a vitimologia me escolheu.

A vítima só se torna uma sobrevivente depois do fato. Como a vítima é escolhida?

Digamos que há cinco meninas em idade escolar saindo de um parque. O predador está no carro, do outro lado da rua. Não existe nenhuma semelhança entre seu método de seleção e uma matilha de lobos escolhendo o alce mais fraco. Ou existe?

Ele avalia o modo de andar de cada menina, e como seu traço de personalidade dominante — tímida, audaz, alerta, sonhadora — determina sua postura e seus passos. Ele só escolherá a vítima quando encontrar uma que satisfaça suas necessidades. A primeira menina a sair caminha saltitante. Eu, quando garota. Seria uma escolha fácil, mas esse predador específico não quer uma garota saltitante. São presas complicadas. Elas revidam. A segunda menina que chama sua atenção está acompanhada de amigas e, embora seja seu tipo, ele não quer se empenhar demais para separá-la das outras, arriscando estragar o plano. A terceira está aos berros no telefone, e a quarta se veste de forma masculina demais para o gosto dele. A quinta é cheinha e enrola uma mecha do cabelo no dedo enquanto caminha. A maior parte do rosto está escondida pelo cabelo, sinal de baixa autoestima e retraimento social. Essas nunca revidam. Elas já sabem que são vítimas, se não agora, em algum outro momento. Ele não terá de seduzi-la. O lobo precisa seduzir o alce mais fraco?

O "método de abordagem" é um termo que se refere a como o agressor se aproxima da vítima. Ele oferece pistas em relação à sua personalidade, tais como traquejo social, constituição física e capacidade de manipulação. Em geral, há três métodos de abordagem: o logro, a surpresa e o ataque. Logro é quando o criminoso convence a vítima de que ele precisa de ajuda — Ted Bundy com o braço engessado, pedindo às moças que o ajudem a tirar algo do furgão. Surpresa é quando o criminoso fica à espera da vítima para investir de repente — o homem que aguarda a mulher atrás do carro dela e ataca seu tendão de aquiles quando ela abre a porta, o que a impede de fugir. Ataque é o uso rápido e excessivo de força para dominar a vítima — uma invasão domiciliar na qual uma pessoa desafortunada está em casa e é imediatamente morta, ou estuprada antes de ser morta.

"Estimativa de risco" se refere à probabilidade de determinada pessoa se tornar vítima. O risco se divide em três níveis básicos: baixo, médio e alto. Esses níveis se baseiam em sua vida pessoal, profissional e social. A prostituta é o exemplo óbvio da pessoa de alto risco: exposta a um grande número de desconhecidos, frequentemente em contato com usuários de drogas, sempre sozinha na noite, e da qual muitas vezes ninguém dará falta. A vítima de baixo risco, por outro lado, tem emprego estável, muitos amigos e uma agenda imprevisível.

Mas e se houvesse um tipo diferente de fator de risco, o de confiar demais, não por ingenuidade, mas por compaixão? E a menina que é atraída para o carro do predador porque ele pede a ela ajuda para encontrar um gatinho perdido?

É assim que funciona com os seres humanos.

Eu era supervisionada por um psiquiatra que permitia que os pacientes levassem seus cachorros para a sessão. Ele me falou de uma paciente que levava um pastor-alemão bem-comportado, que ficava deitado aos pés da dona mesmo enquanto ela gesticulava muito com os braços, num drama exagerado. Mas ele me contou que tinha um paciente que ficava inusitadamente imóvel ao lado de seu setter-gordon, falando com voz monótona. O sujeito tomava antipsicóticos, e o cachorro *dele* se levantava e andava de um lado para o outro no consultório, às vezes até rosnava, com as orelhas baixas. O que eu quero dizer? Um cão sabe distinguir o comportamento neurótico do comportamento que é de fato uma ameaça.

Bennett teria ameaçado os cães?

Cilla me ajudou a escrever uma carta de condolências aos pais de Bennett. Ele tinha me mostrado uma foto deles. O pai, já idoso, tocava acordeão na cozinha, enquanto a mãe dançava de avental. Quando Cilla me perguntou o que Bennett contara sobre a família, minha lembrança era genérica. Ele havia falado pouco, e desejei ter perguntado mais sobre os dois. Cilla me aconselhou a fazer com que a carta não fosse sobre a *minha* perda.

Meu irmão, Steven, pediu a um investigador de sua firma de advocacia que descobrisse o endereço deles, uma vez que a polícia não os havia localizado: monsieur Jean-Pierre e madame Marie Vaux-Trudeau, em Saint-Elzéar, Quebec, uma cidadezinha com menos de três mil habitantes.

— Os pais não existem — avisou Steven quando foi me visitar na clínica.

Era o início da minha segunda semana na instituição psiquiátrica, e ele me visitava quase todas as noites. Estávamos sentados nas cadeiras de plástico da sala comunitária, enquanto na televisão passava *Happily Never After*, no Investigação Discovery. Imagine fazer uma temporada inteira com histórias de cônjuges que se mataram... *na lua de mel*. Jody havia me acompanhado porque sabia que Steven sempre levava chocolate. Ela usava fones de ouvido para nos dar privacidade, mas vi que naquele momento tinha diminuído o som.

— Você quer dizer que o investigador não encontrou os dois — corrigi-o.

— Da próxima vez, Steve — interrompeu Jody —, será que você poderia trazer aquele com sal e pedacinhos de bacon?

— Bacon no chocolate? — protestou Steven.

— Talvez eu tenha soletrado errado o sobrenome deles — imaginei.

— Nosso investigador conferiu todas as variações. Não existe ninguém com esse sobrenome em Saint-Elzéar.

— Talvez eu tenha me enganado em relação à cidade — sugeri.

— Ele conferiu todas.

— Eles têm que estar em algum lugar. Alguém precisa avisar a eles que o filho está morto.

— Eu pedi ao nosso investigador que conferisse os arquivos municipais, para localizar a certidão de nascimento de Bennett. Ninguém com esse nome morou lá.

— Eu não pedi para você investigar Bennett.

— Eu não estava investigando Bennett. Estava tentando encontrar os pais dele para você.

Eu conhecia meu irmão melhor do que ninguém. Éramos inseparáveis quando crianças, e muito protetores um com o outro, padrão quase sempre encontrado em filhos de pais com transtorno bipolar. Quando estava no estado de depressão, nosso pai ignorava Steven. Já quando estava na fase de mania, ele o atacava. O transtorno bipolar é um dos raros casos em que predador e vítima podem ocupar o mesmo corpo ao mesmo tempo. É uma luta injusta.

— Você quer que o investigador continue procurando os pais de Bennett? — perguntou Steven.

— É claro que sim — respondi.

Depois que Steven partiu, Jody se pôs a comer o chocolate e disse:

— Aconteceu a mesma coisa com minha professora de criação literária na Sarah Lawrence. Ela conheceu um inglês pela internet e se apaixonou.

— Por que sua professora falaria com você da vida amorosa dela? — perguntei, embora mal conseguisse me concentrar em Jody. Estava fixada no instante em que Steven me revelara que Bennett não havia nascido onde ele tinha me dito.

— A gente precisava se encontrar meia hora por semana para discutir minha escrita. Não tem nada para dizer. A gente sabe disso. Acabou que o sujeito tinha 12 anos.

— Isso deve acontecer bastante — respondi, fazendo menção de apagar o abajur da mesinha de cabeceira.

— Espera! Eu finalmente descobri! Você é a versão ruim daquela atriz, Charlotte Rampling: os olhos sensuais que variam entre o castanho e o verde, dependendo da luz, as maçãs do rosto. Isso estava me levando à loucura.

— A versão *ruim*? — protestei.

— E também a versão mais baixa — confirmou Jody. — Minha irmã e eu dizemos que somos a versão ruim de Joan Fontaine e Olivia de Havilland. A gente assistiu a muitos filmes antigos. Seu irmão, por outro lado, é a versão *boa* do Nicolas Cage.

— Acho que ele pode conviver com isso — respondi. — Eu não conheço sua irmã, mas não acho que você seja a versão ruim de ninguém — acrescentei, com gentileza. Dessa vez, apaguei o abajur. — Durma bem — desejei a Jody, e até me virei para o outro lado, a fim de deixar clara minha intenção de dar fim à conversa. Mas a luz da janelinha na porta iluminava o quarto o bastante para eu não conseguir fingir que era a única pessoa ali.

Por que alguém diria ter nascido onde não nasceu?

De todas as mentiras que os homens já contaram às mulheres, essa era desconcertante. Não parecia ter nenhum propósito que eu pudesse identificar. A menos que ele tivesse mudado de nome. Mas as mudanças de nome — a não ser no casamento, quando a mulher às vezes muda o sobrenome — geralmente são para cortar laços com o passado e recomeçar. E, se tivesse mudado de nome, o que mais ele teria mudado: a história de sua infância? Mas ele falava dos pais com tanto amor... Seria aquela a infância que ele desejava? Quem eram as pessoas na foto? Bennett se parecia com o homem do retrato.

Fiquei me revirando até estar de frente para a outra cama. Se Jody não estava dormindo, no mínimo permaneceria imóvel. Eu não conseguia tirar da cabeça seu joguinho bobo. Bennett seria a versão ruim de quem? Pensei em todos os atores antigos que eu via tarde da noite na televisão e parei no icônico Montgomery Clift. Ele havia sofrido um grave acidente de carro, batendo numa árvore, enquanto filmava *A árvore da vida* e, embora a posterior cirurgia plástica do rosto tivesse ficado muito boa para os anos cinquenta, sem dúvida sua aparência se dividia em um antes e um depois do incidente. Bennett, concluí, era a versão ruim da versão *ruim* de Montgomery Clift. Assim que pensei isso, fiquei envergonhada — por que o sarcasmo? A única coisa que ele tinha feito era mentir sobre sua origem.

Jody ainda estava imóvel, sem emitir nenhum som. A colega de quarto que eu queria era Kathy. Eu não teria apagado a luz e dado as costas para *ela*. Nós teríamos analisado todas as possibilidades daquela situação bizarra, debatendo hipóteses cada vez mais estranhas, até estarmos ambas às gargalhadas. No fim, ela me convenceria de que eu precisava investigar o caso e assumir o risco que isso apresentava.

Assumir os riscos: era o que ela sempre fizera. Kathy era uma mulher audaz, forte e inteligente que levava uma vida invejável. Até certo ponto. Aos 28 anos, quando estava terminando a faculdade de medicina, na Universidade de Nova York, foi diagnosticada com câncer de mama, e o câncer já havia chegado ao osso. Ela continuou frequentando o curso e trabalhando durante o início da quimioterapia, então surgiu no hospital com a cabeça nua: sem peruca, sem lenço. Os pacientes viam sua coragem diariamente, sua obstinação em tratá-los quando outra pessoa já teria desistido.

Ela viveu oito anos depois do diagnóstico. Durante quatro desses anos, dividimos um apartamento em Vinegar Hill, perto da rampa de acesso à ponte do Brooklyn. Morreu pouco antes de eu conhecer Bennett.

E agora eu estava num manicômio com uma colega de quarto doida.

O que Kathy teria feito?

Eu reservaria uma passagem de avião para Montreal pela manhã, usaria a chave que Bennett havia me dado e descobriria o que pudesse.

— Vou sair daqui de tarde — avisei a Cilla, na manhã seguinte.

Estávamos em sua sala, bebendo chá. Eu a via diariamente desde que tinha sido admitida na instituição, e ela prometeu continuar me atendendo. Eu não parava de puxar as linhas da minha moderna calça jeans rasgada.

— Você não acha que devia ficar mais uns dias? — perguntou ela. — Pelo menos até a gente conseguir assegurar uma rede de apoio adequada.

Eu sentia que ela era minha rede de apoio, ela e Steven.

— Steven contratou um serviço de limpeza de cenas de crime para meu apartamento — falei.

— Tem certeza de que você está pronta para voltar para casa, mesmo com o apartamento estando limpo?

— Será que eles usam produtos de limpeza diferentes dos que a gente está acostumada a usar? Uma vez, meu nariz sangrou e não consegui nem tirar o sangue do pano — observei. — Eu não vou para casa. Preciso ir para Montreal, para o apartamento de Bennett, para procurar o telefone e o endereço dos pais dele. Não posso ir para casa antes de encontrar os dois.

— Você acha que cabe a você, e não às autoridades, contar a eles?

— Ninguém conseguiu encontrá-los, nem o investigador que trabalha com Steven.

— E você acha que conseguiria?

— Ele era muito organizado. Guardava as camisas e gravatas separadas por cor. Tenho certeza de que vou encontrar o endereço dos pais dele em algum lugar de sua mesa. Era a mesa mais organizada que eu já vi.

— Então você já esteve no apartamento dele?

— Não, ele me mostrou por Skype.

Nós costumávamos jantar juntos por Skype. Optávamos por comida chinesa, pedíamos o mesmo prato e jantávamos como se estivéssemos sentados um de frente para o outro. A mesa de Bennett tinha toalha. Eu usava um jogo americano na minha.

— Você está preparada para o que pode descobrir? — perguntou Cilla.

Era uma pergunta terapêutica de rotina, a mesma que eu fazia quando conversava com os detentos da prisão de Rikers Island. Todos sempre respondiam que sim.

Mas primeiro eu precisava ver meus cachorros.

Peguei o trem expresso até East Harlem. Achei que talvez fosse o Dia da Parada Porto-riquenha — muitos carros buzinando carregavam a bandeira do país, e o trânsito estava congestionado —, mas então lembrei que o evento era em junho, e estávamos em setembro. Senti o cheiro do abrigo público de animais a um quarteirão de distância, um misto de fezes e medo. A porta estava coberta de cartazes recomendando a castração dos bichos de estimação. Ali dentro, cuidando da sala cheia de crianças chorando, adolescentes apáticos e pais sobrecarregados, havia três mulheres que não pareciam ter mais de 20 anos. Duas falavam ao telefone, o que deixava apenas uma delas para lidar com a multidão alvoroçada — algumas pessoas procuravam cachorros perdidos, outras abandonavam os animais. Naquele ritmo, eu levaria horas para ser atendida.

Vi um funcionário robusto que uma das atendentes havia chamado de Enrique. Em voz baixa, perguntei se ele sabia onde estavam os dois cães que o Controle de Animais havia trazido dez dias antes. Ele respondeu dizendo que o abrigo recebia mais de cem cachorros por semana.

— Você tem o número do canil deles?

Eu não sabia nada de número do canil, por isso falei apenas:

— São aqueles que estão no jornal, do homem que morreu.

— O pit-bull de nariz rosado e aquela branca, grande? — perguntou ele.

— Cão-da-montanha-dos-pirineus, exato — assenti.

— Eles estão na ala 4, mas foram postos em reclusão por mordida em seres humanos, decretada pelo Departamento de Saúde. Embora eu tenha visto no jornal que eles fizeram bem mais que isso.

— São meus cachorros — expliquei.

— Não posso deixar você levar nenhum deles — retrucou. — Nem deixar você entrar no canil. Na ficha deles diz CUIDADO.

— Mas posso pelo menos vê-los? Você pode me levar até eles? — pedi.

Vi que Enrique se virou para as mulheres absortas no balcão, então fez um gesto para que eu o acompanhasse. Passamos pela placa que dizia SOMENTE FUNCIONÁRIOS e, de súbito, estávamos numa grande clínica psiquiátrica, parecida com a Bellevue. Tentei olhar sem ver os cães enlouquecidos de medo e tristeza, andando em círculos nas gaiolas excessivamente pequenas, as vasilhas de água viradas, fezes não apenas no chão, mas nas paredes. Por que não havia mais funcionários para atender às necessidades dos cachorros?

Nuvem nunca dormira em outro lugar que não fosse minha cama. Ela estava encolhida no fundo da gaiola, a cabeça baixa, as orelhas voltadas para trás, em desalento. Quando me aproximei, olhou para mim e ganiu. Chamei pelo seu nome e estendi a mão para afagá-la.

Enrique me deteve.

— Sem contato com os animais, por favor.

Eu me ajoelhei e conversei com Nuvem.

— Ah, meu amor, eu sinto muito que você esteja aqui.

Estaria eu diante da assassina de Bennett? Ninguém me faria acreditar que *aquela* cachorra o havia matado, por isso sobravam Chester e George.

— Onde está George, o pit-bull?

— Na gaiola ao lado — respondeu Enrique. — Ali.

Eu me dei conta de que o ganido que eu estava ouvindo vinha do George, que havia reconhecido minha voz, meu cheiro. Desejei nunca ter salvado aquele cachorro. Desejei odiá-lo. Se não fosse por ele, e por Chester, que agora estava morto, Bennett ainda estaria vivo. Talvez houvesse um motivo para George estar no corredor da morte quando o levei para casa. Algum motivo que não fosse a superlotação do abrigo. Mas ele era tão dócil e havia se mostrado tão agradecido! Era o único cachorro que eu conhecia que não usava os dentes para comer na minha mão, só a boca.

Desatei a chorar. George era o cão beta, ao passo que Chester era o alfa. Seria esse um fator para eu poder perdoá-lo? Eu não queria puni-lo. Era estranho, dadas as circunstâncias, mas não queria que George sofresse. E a mãe cujo filho mata o pai, marido dela? Ela deve odiar o filho? Ele é o mesmo menino que ela amava uma hora antes. Ela não faz a escolha de perdoá-lo? E como isso é possível?

— Tenho trabalho a fazer — avisou Enrique. — Vou pedir a algum voluntário que fique aqui com você. Promete não encostar nos cachorros?

Agradeci-lhe enquanto ele se afastava e fechava a porta, então me sentei entre as gaiolas, no chão imundo onde eu podia ver ambos, e os dois podiam me ver, mas não um ao outro. Queria saber o que eu estava sentindo. E me sentia responsável pela sina de Nuvem. Ela não estaria ali se não fosse o meu — a terapeuta que havia em mim assume o comando — altruísmo patológico, quando atos de generosidade são contraproducentes e podem trazer prejuízo a terceiros.

— Você é corajosa por vir aqui — disse uma mulher que surgiu na ala.

Meu primeiro pensamento foi a atenção ao fato de como ela estava limpa, considerando o lugar onde trabalhava. Usava uma camiseta com o nome do abrigo de animais. Talvez seu turno estivesse começando agora.

— Enrique me disse que você estava aqui. Meu nome é Billie.

Ela se sentou ao meu lado. Estendeu a mão para a gaiola de George, esperou que ele se levantasse e criasse coragem para se aproximar, então enfiou os dedos entre as grades para que ele pudesse lambê-los.

— Você não tem medo? — perguntei. — Você sabe o que meus cachorros fizeram?

— Tinha fotos suas na internet.

Ela sabia a história toda, mas, ainda assim, fazia carinho em George. Ele havia encostado a lateral do corpo nas grades, para que ela pudesse lhe fazer carinho. Ouvi-o suspirar, um sopro de contentamento.

— Ele é um amor — comentou Billie, passando a mão na lateral do corpo de George.

Eu não conseguia acreditar no que ela estava fazendo.

— Eu sinto muito pela sua perda — lamentou, recolhendo os dedos. George se virou na gaiola minúscula, para que tivesse acesso ao outro lado. Ela obedeceu. — Ele era bonito? — perguntou. — Seu noivo.

Foi a segunda coisa nela que me surpreendeu. Quem faria essa pergunta a alguém que está de luto? Apesar disso, gostei dela. Era a primeira pessoa, além de Cilla, que falava comigo como se eu fosse sobreviver àquilo. E fora Kathy quem havia me ensinado que era possível sobreviver a uma experiência dessas.

Mas, no meu caso, por enquanto, eu precisava *agir* como se fosse possível. Não podia fingir acreditar que tinha a mesma certeza das outras pessoas, mas agiria como se pudesse.

Voltando à pergunta estranha de Billie, eu me peguei respondendo que não. Não, Bennett não era exatamente bonito, e, quando o conheci, notei isso, mas deixei esse pensamento de lado quase imediatamente. Eu havia gostado de alguma coisa nele: sua segurança, um tipo diferente de poder.

— Seus cachorros são mais fortes do que você imagina — disse Billie. — É melhor a gente sair antes que te vejam aqui. Você precisa de uma ordem judicial para ver os cachorros. Eles são evidência criminal.

Eu me despedi de Nuvem, mas não falei com George, embora ele ainda mantivesse o corpo encostado na grade.

Billie e eu saímos da ala juntas.

— Eles estão em segurança? — perguntei.

— Por enquanto, sim. Enquanto forem evidência criminal, não vai acontecer nada com eles.

Não perguntei: "E depois disso?" Ambas sabíamos o que aconteceria.

— Eu vou cuidar deles. Toma. — Ela me deu seu cartão: sem profissão, apenas o nome e um número. — Venho aqui três vezes por semana. Liga para mim sempre que quiser saber como eles estão.

Agradeci-lhe e perguntei como ela havia começado a trabalhar como voluntária no abrigo de animais.

— Um cachorro meu já ficou aqui, um pastor-alemão misturado com chow-chow. Ele mordeu a filha do vizinho. Eu também teria mordido a menina se ela me atazanasse como atanazava o Fofinho.

— O que aconteceu com o Fofinho?

— Ele não era evidência criminal — disse Billie.

— E, ainda assim, você quis trabalhar aqui?

— É onde precisam de mim — respondeu ela.

Steven havia se oferecido para me levar ao aeroporto. Ele me buscou em frente ao abrigo de animais, apesar de me considerar louca por eu visitar meus cachorros.

— Como você pode olhar para eles sabendo o que fizeram? — perguntou.

Arrisquei fazer a analogia da mãe com o filho assassino, mas Steven disse:

— Eles são cachorros, não filhos!

A analogia servia para mim.

— Você conhece a Nuvem desde que ela tinha dois meses de vida.

— Eu estou falando do outro.

Eu não pretendia passar a noite em Montreal. Meu plano era encontrar as informações de contato dos pais de Bennett e retornar. Steven me fez jurar que eu ficaria no apartamento dele quando voltasse.

— Passei na sua casa ontem para ver como tinha ficado depois da limpeza. Está impecável, mas não tem onde dormir. Levaram a cama — avisou ele.

— O que mais levaram?

— Está bem vazio. Mas fizeram o que precisava ser feito. Tem certeza de que você quer voltar para lá?

Havia motivos para meu irmão ter esse tipo de preocupação. Uma vida de motivos. Era ele quem intervinha quando a loucura do nosso pai se voltava contra mim. Nosso pai não era um homem violento, exceto quando vinha a fase da mania e ele afundava na depressão. Nos piores momentos, era capaz de apontar uma faca para nossa mãe. Ele me via como uma versão menor dela, e igualmente insubordinada. Numa noite de verão, quando eu estava com 10 anos, e Steven, com 18, nosso pai entrou na cozinha e viu a fruteira vazia.

— Quem comeu meus pêssegos? — gritou ele.

Do porão, onde eu e Steven estávamos vendo TV, conseguimos escutar a voz dele. E ouvimos quando ele se voltou para nossa mãe.

— Você deixou as crianças comerem meus pêssegos?

Deu para ouvir a resposta dela.

— As frutas são de todo mundo.

Steven começou a subir a escada para a cozinha, e eu fui atrás dele.

— Fui eu que comi a porra dos pêssegos! — disse Steven, quando, na verdade, tinha sido eu.

Ele levou uma surra no meu lugar. Dois meses depois, nosso pai o expulsou de casa, e alguém lhe deu uma carona até Nova York. Ele conseguiu um emprego numa empresa de construção e, durante a noite, tinha aulas de criminologia na John Jay. Quando cheguei a Nova York, Steven tinha acabado de ir para o Afeganistão, onde trabalharia como advogado do Departamento de Estado. Ele visitava aldeias periféricas, encorajando seus líderes a seguir um dos pilares do islamismo — para apoiar os pobres e estabelecer um sistema público de defesa. Ele achava o trabalho extremamente gratificante, mas as condições acabavam desanimando-o. Ele e seus colegas viviam em um hotel transformado em bunker que foi explodido pelo Talibã alguns meses depois de Steven retornar. Quando ele voltou para Nova York, foi trabalhar na Avaaz, uma ONG cujo nome significa "voz" em diversos idiomas europeus, do Oriente Médio e até de alguns países asiáticos. Ele se sentia alinhado a missões humanitárias contra o tráfico de pessoas e maus-tratos a animais.

Pousei em Dorval pouco antes da hora do rush, peguei um táxi e informei ao motorista o endereço de Bennett, na rue Saint-Urbain, no Quartier Latin, o equivalente de Montreal à Bedford Avenue, o epicentro hipster, a um quilômetro de onde eu morava. Embora as residências do Quartier Latin fossem idênticas às casas geminadas de Williamsburg, os franceses as haviam pintado de azul-claro e as enfeitado com varandas de ferro batido, como as de Nova Orleans. Em Williamsburg, as casas eram adornadas com altares à Virgem Maria e tributos *kitsch* à Itália.

Caminhamos por uma rua comercial. Era fim de setembro e fazia muito frio, mas as pessoas ainda se sentavam às mesas do lado de fora dos cafés.

Depois de mais alguns quarteirões, o motorista desacelerou para ler os números da rua. Não havia 42.

— A senhora tem certeza de que o endereço é esse? — perguntou ele.

— Essa é a rue Saint-Urbain? Existe um lado norte ou sul?

— Deveria ser aqui.

Paguei ao motorista e saí do carro. Imaginei se não teria invertido o número e voltei dois quarteirões, mas o número 24 era uma lavanderia. Bennett tinha me falado de um restaurante que ficava embaixo do apartamento, onde o dono fazia a melhor omelete que ele já havia comido, o Deux Alguma-Coisa. Caminhei pela rua inteira, mas não vi nenhum restaurante. Digitei o endereço de Bennett no GPS do telefone e aguardei as coordenadas, mas a janela que se abriu mostrava que o endereço não existia.

— Ah, qual é! — resmunguei.

Entrei numa loja e perguntei se havia algum restaurante próximo chamado Deux Alguma-Coisa.

— Aqui é Montreal. Tudo se chama Deux Alguma-Coisa — respondeu a funcionária.

Voltei para perto do suposto endereço, como se os números fossem magicamente mudar e minha apreensão cada vez maior fosse desaparecer. Eu tinha enviado alguma carta para aquele endereço? Não, nós só trocávamos e-mails e nos falávamos por Skype. Tentei me lembrar de qualquer outra coisa que Bennett tivesse me dito sobre a vizinhança ou seus amigos, mas só me lembrava dos músicos que ele representava. Bennett era empresário de bandas indies canadenses, e talvez alguma delas estivesse tocando na cidade. Comprei um jornal na banca e um pacote de Smarties. Eu me sentei do lado de fora do café da esquina, apesar do frio. Respirei fundo algumas vezes e abri o jornal no caderno de cultura. Reconheci alguns nomes.

Notei que o café estava ficando cheio e as pessoas já começavam a pedir o jantar. Meu voo para casa só saía à meia-noite. Os postes se acenderam. Depois de o garçom se aproximar algumas vezes, pedi um *poutine* e uma Coca Diet pequena.

— Pode ser Pepsi Diet?

Ele trouxe uma garrafa minúscula. Ao contrário dos Estados Unidos, ali o pequeno era realmente pequeno, e me senti enganada.

Eu achava que devia saber o que fazer em seguida. Havia passado os dois anos anteriores decorando procedimentos e metodologias, examinando cenas de crime, interpretando relatórios de casos, investigando pessoas desaparecidas, lidando com todo tipo de vítima. Mas agora eu não conseguia pensar em nenhum modelo para seguir. Tive uma ideia engraçada: será que eu poderia preencher o formulário de pessoa desaparecida para um homem morto? Por que Bennett tinha me dado um endereço falso? O que ele estava escondendo? Uma esposa? Uma família? Será que ele tinha problemas com a polícia? Então por isso era Bennett quem sempre me visitava. Isso quer dizer que íamos a pousadas com funcionários intrometidos e cafés da manhã extremamente doces porque ele mantinha um segredo, e não porque queria ser romântico. Sobre o que mais havia mentido?

Por quem eu estava de luto?

O apartamento de Steven, onde eu estava acampada, dormindo num sofá-cama, ficava perto do Instituto Médico-Legal, na Primeira Avenida. Era para lá que levavam os cadáveres. O instituto havia ligado novamente na noite anterior; precisavam que eu fosse ao local. Tentei me convencer de que não seria tão difícil quanto eu imaginava. Pensei na primeira vez que vi um cadáver, na aula de anatomia. Eu havia me forçado a olhar, depois de superar o medo de passar mal ou desmaiar. Na verdade, o interesse científico havia prevalecido. Tudo correra bem. Mas eu não estava prestes a ver um corpo qualquer. Bennett — ou quem quer que fosse — já não estava identificável. Será que eles queriam que eu olhasse o corpo?

Eu imaginava que Steven ficaria irritado quando eu lhe contasse sobre Montreal, e de fato ficou, mas também ficou irritado consigo mesmo por não ter verbalizado sua desconfiança sempre que Bennett inventava uma desculpa para eles dois não se encontrarem. Não que eu fosse ouvi-lo...

Eu não tinha voltado ao meu apartamento desde que saíra da clínica, portanto minhas opções de roupas estavam limitadas: a calça jeans, a blusa de gola rulê e as botas na altura dos tornozelos que eu havia usado para ir a Montreal.

Steven tinha uma reunião com o consulado do Afeganistão: a Avaaz estava lutando para oferecer refúgio a alguns tradutores afegãos. Ele havia pedido a mim que esperasse até a tarde, quando poderia me acompanhar, mas lhe garanti que daria conta daquilo sozinha. Steven argumentou que não seria tão simples quanto tirar uma carteira de habilitação. Mas insisti, pois precisava saber o que sentiria ao ver o corpo de Bennett desfigurado. O corpo que eu sabia, no fim das contas, ser de outra pessoa.

Diante do enorme prédio cinza havia um contêiner responsável pelo aquecimento. Imaginei que haveria um para fazer a refrigeração. Atravessei a ponte de madeira que cobria os cabos elétricos e entrei no saguão.

Informei meu nome à secretária e avisei que me esperavam no quarto andar. Ela pediu que eu me sentasse enquanto conferia a agenda. Notei uma variedade de revistas em cima de duas mesinhas: *Sports Illustrated, Parents, Garden & Gun* e a inesperadamente existencialista *Self*. Alguns minutos depois, um rapaz de jaleco saiu do elevador e me perguntou se eu era Morgan Prager. Ele me convidou a acompanhá-lo até outra sala de espera, que cheirava a formaldeído e não tinha nenhuma revista.

— Eu tenho que ver o corpo? — perguntei, sabendo, naquele instante, que não seria capaz.

— Geralmente fazemos a identificação por foto — explicou ele. — Mas não vou pedir a você que faça isso. Só tenho algumas perguntas. Sei que você era noiva do falecido. Ele tinha alguma tatuagem, marca de nascença, cicatriz ou deformidade?

— Imagino que a cicatriz na sobrancelha seja irrelevante.

— Sinto muito, mas preciso perguntar.

— Não, me desculpe. Só não consigo acreditar que estou aqui. Bennett não tinha tatuagem. Mas não sei nem se esse era o nome verdadeiro dele. O que vai acontecer com o corpo se ninguém puder identificá-lo?

— Ele vai ser mantido aqui durante seis meses e depois enterrado no cemitério para indigentes em Hart Island. Uma ilha perto do Bronx.

Eu não tinha como identificar o corpo, mas será que podia reivindicá-lo? Eu queria reivindicá-lo?

O detetive dissera que o corpo havia sido levado para lá sem nenhum objeto pessoal e que não encontraram nada no meu apartamento.

— E o celular? — eu perguntara. — Estava sempre com ele.

— A senhora não deveria saber? Esperávamos que a senhora soubesse onde estava. Assim como a carteira.

Eu havia sentido uma indireta por não saber o paradeiro do celular nem da carteira de Bennett. Dava para ver que o detetive tinha ficado irritado com minha inabilidade em ajudar na investigação.

E eu só ficara surpresa ao sentir meus olhos se encherem de lágrimas.

— Olha, eu não sei quem ele era. Achei que soubesse, mas não sabia. Quando vocês descobrirem, podem me dizer?

Tomei o trem de volta a Williamsburg e fui até a piscina pública do Centro de Recreação Metropolitano, na estação de Bedford, uma construção da década de vinte. Uma claraboia corria por toda a extensão da piscina. Dava para ver a luz do sol refletida nos azulejos enquanto se nadava na água a vinte e sete graus. Se eu estreitasse os olhos, conseguia fingir que estava boiando no Caribe.

Nadar fazia parte da minha rotina — cinco dias por semana, não importava a estação do ano —, era uma verdadeira paixão. Na verdade, "nadar" não era o termo correto. Eu *corria* debaixo d'água. Usava um AquaJogger, um cinto de flutuação que deixa o corpo suspenso na água, sem que seja preciso gastar energia batendo os pés para manter a posição. Algumas pessoas correm em ritmo moderado, mas eu corria o mais rápido possível. A água me retardava, me detinha. Era como tentar pegar um trem num sonho.

O vestiário, com ventiladores com defeito e ralos entupidos de cabelo, cheirando a amônia e fixador de cabelo, não condizia com a beleza da piscina de vinte e cinco metros, com três raias e água cristalina.

Eu usava a raia lenta, destinada a quem queria nadar de lado, nadar com auxílio da prancha ou conversar. O espaço tinha a largura de um vagão de metrô e a mesma variedade de desconhecidos.

Em geral, eu entrava na piscina pela escada, mas nesse dia mergulhei. Precisava do silêncio e da compressão da água, os poucos segundos em que nada acima da superfície importa. Quando subi em busca de ar, comecei a correr com uma urgência que me surpreendeu. Passei pela mulher cega que fazia polichinelos na parte rasa, pelas senhoras que usavam toucas de banho em vez de toucas de natação e ficavam de maquiagem, pelo menino obeso que andava sem sair do lugar. Se estivesse em terra firme, eu estaria correndo a dezesseis quilômetros por hora.

Eu corria fugindo do corpo do meu antigo namorado no Instituto Médico-Legal, fugindo da minha própria ingenuidade, da vergonha. Quanto mais força eu fazia na água, melhor esperava me sentir, mas o fardo que eu carregava nos ombros era tão pesado que meu corpo não sabia se estava relaxado ou apenas cansado.

Quando enfim saí da piscina, senti a gravidade novamente. É correndo dentro da água que os astronautas aprendem a se deslocar sem sentir o peso do corpo.

Saí da piscina assim que começou o Horário Exclusivo para Mulheres: duas horas em que apenas mulheres, sobretudo judias hassídicas, podiam entrar na piscina. As cortinas das janelas de vidro que davam para o saguão eram baixadas e a salva-vidas também era do sexo feminino. No vestiário, uma dezena de mulheres de todas as idades punham os longos vestidos feitos do material de roupa de banho. Eu nadava de maiô, mas nunca senti preconceito por parte delas. Na verdade, elas me tratavam como se eu não existisse. Exceto Ethel, que tinha tanta curiosidade em relação a mim quanto eu em relação a ela. Ethel me contou que levava uma vida tranquila com a família do marido em Williamsburg, menos no verão, quando trabalhava de salva-vidas num acampamento feminino kosher. Contou também que usava os trajes da Aqua Modesta, uma loja on-line que vendia a recatada roupa de banho kosher original. No verão, entretanto, usava as roupas de banho mais ousadas: as *capris*.

— Desde que os cotovelos e os joelhos estejam tapados... — explicara.

Eu me enxuguei na área dos chuveiros e fui para o vestiário apinhado. Por um instante, pensei ter visto escalpos pendurados nos ganchos do vestiário. As perucas!

— Você precisou ver o corpo? — perguntou Steven.

— Graças a Deus, não.

— Disseram a você quem ele era?

— Sem pele, sem impressões digitais.

A irreverência não refletia meu estado de espírito. Era mais uma tentativa de conter a histeria que só aumentava.

Esperei Steven se deitar e entrei no Sistema Nacional de Pessoas Não Identificadas ou Desaparecidas, um banco de dados acessível tanto à polícia quanto aos cidadãos. Todos os estudantes do curso de necropsia psicológica precisavam se registrar na página. Cliquei no número do caso que o funcionário do Instituto Médico Legal havia me passado: ME 13-02544.

Idade mínima: 20

Idade máxima: 40

Raça: branca

Etnia:

Sexo: masculino

Peso: 67kg

Altura: 1,73m, segundo medição

Inventário das partes do corpo (marque todas as pertinentes):

☑ Todas as partes recuperadas

☐ Cabeça ou parte da cabeça não recuperada

☐ Torso não recuperado

☐ Um ou mais membros não recuperados

☐ Uma ou ambas as mãos não recuperadas

Observações sobre as partes do corpo recuperadas: marcas de dentes caninos visíveis em todos os membros, torso e pescoço.

Condições do corpo: rosto desfigurado.

Em seguida, entrei no banco de dados de Pessoas Desaparecidas. Alguém com certeza entraria em contato com a polícia quando Bennett, ou quem quer que ele fosse, tivesse desaparecido: a esposa ou a mãe verdadeira, não a sra. Marie Vaux-Trudeau.

Na página de busca avançada, preenchi as características dele e a última data em que tinha sido visto. Havia três casos de pessoas desaparecidas que correspondiam a sua descrição geral e à data de seu desaparecimento.

Hesitei, tanto ansiando quanto temendo pelos resultados da pesquisa. Nenhuma das pessoas das fotos se parecia em nada com ele.

Entrei no site de Bennett, que ele mesmo havia me mostrado, para ver a lista de bandas indies que representava. Ou dizia que representava. As bandas existiam, de fato, mas nenhuma delas tinha um empresário chamado Bennett Vaux-Trudeau. Fiz uma breve lista de outros "fatos" que ele havia me contado, os quais eu podia facilmente conferir. Bennett não tinha estudado na Universidade McGill, não tinha ganhado uma bolsa para estudar na Faculdade Berklee de Música, não tinha tocado baixo com o Radiohead.

Será que havia alguma coisa sobre a qual Bennett não tinha mentido para mim?

Fazia quase uma semana que eu estava na casa de Steven quando lhe pedi que fosse comigo pegar umas roupas e uns livros no meu apartamento. A essa altura, já haviam removido a fita amarela de cena do crime, mas isso não impediu que alguns vizinhos aparecessem no corredor quando girei a chave na fechadura. A sra. Szymanski veio me dar os pêsames, aparentemente sinceros. Grace del Forno fechou a porta quando olhei para ela.

Esperei na sala enquanto Steven ia até o quarto buscar as coisas de que eu precisava, consultando uma lista que eu tinha feito para ele. Como num filme, olhei para uma foto nossa sobre a mesinha de centro, tirada no Maine: Bennett me abraçava, com o lago Androscoggin ao fundo. Por um instante, fiquei confusa, pois achei que teria sido levada pelo serviço de limpeza de cenas de crime. Minha confusão se estendia ao sorriso no rosto de Bennett. Seria uma mentira? Olhei objetivamente para ele. Queria encontrar a frieza que teria servido como pista, se eu a tivesse notado antes, mas, para minha tristeza, vi-o como sempre o via.

Steven surgiu no vão da porta, trazendo duas calças jeans e uma pergunta no rosto.

— Ambas — respondi, sentindo-me covarde por não conseguir entrar no quarto.

Em seguida, Steven trouxe uma pilha de livros. Pedi a ele que não se esquecesse do meu laptop. Não queria continuar usando o de Steven. Não queria que ele soubesse em que página eu pretendia entrar: Lovefraud.com. Por outro lado, talvez fosse do seu interesse, pois tinha sido enganado por uma namorada havia pouco tempo.

Cilla, com quem ainda me consultava no escritório dela em Upper West Side, tinha me passado alguns sites onde eu poderia encontrar outras pessoas que haviam passado por situações semelhantes. Ela me dissera que isso ajudava alguns pacientes.

Eu conhecia esses sites. Já havia usado alguns para minha pesquisa, procurando vítimas que pareciam se encaixar na definição de altruístas patológicas. As mulheres postavam confissões: "Ele disse que me amava, me pediu em casamento, pegou o dinheiro e desapareceu", "Por que *eu* me sinto tão culpada?", "O objetivo dele é me ferir?", "A única esperança que tenho é que exista carma". Nunca acreditei na psicologia popular ou no "compartilhamento" de experiências. Eu era quase profissional na área e, como tal, achava que isso ficava abaixo de mim. Mas estava desesperada.

Fui à cozinha pegar água para molhar a figueira. Passei pelo cesto de palha que usava para guardar os brinquedos dos cachorros. Levantei a tampa e vi que estava vazio. Sem dúvida Steven autorizara a remoção deles pelo pessoal da limpeza. Procurei as vasilhas de água e comida. Também estava procurando manchas de sangue que tivessem passado despercebidas pela equipe.

Depois que Steven e eu voltamos para o apartamento dele, eu falei que estava cansada e fui para o quarto de hóspedes com meu laptop.

Os sociopatas representam quatro por cento da população, mais de doze milhões de americanos. Não são necessariamente criminosos ensandecidos. A maioria é sedutora, inteligente e sabe simular preocupação e até amor. Mas eles não têm consciência, não sabem o que é empatia e não sentem culpa nem vergonha pelo comportamento. Também são grandes manipuladores. Durante a infância e a adolescência, nove por cento dos sociopatas torturam ou matam animais.

Esses são os critérios do *Manual diagnóstico e estatístico de transtornos mentais* para o transtorno de personalidade antissocial, termo clínico para a sociopatia. Qualquer estudante de vitimologia sabe disso.

Sociopatas mentem com frequência.

Sociopatas não se desculpam.

Sociopatas acham que as regras não se aplicam a eles.

Sociopatas acreditam que o que eles dizem se torna verdade.

As únicas pessoas que suportam sociopatas por um longo período são as que eles próprios conseguem manipular.

Sociopatas não tratam bem animais de estimação.

Sociopatas quase sempre têm casos extraconjugais.

Entrei no Lovefraud.com. Li sobre uma jovem cujo noivo tinha o nome de outra mulher tatuado no peito. Ele dizia que era o da irmã caçula, que havia morrido no parto. No fim, era o da esposa.

Por volta das quatro da manhã, já lendo sem muito interesse, recuperei de súbito a atenção.

Postado em: Fisgada por um sociopata
por Leitora do Lovefraud
5 de junho de 2013
20 comentários

Eu o conheci num site de encontros para judeus solteiros. Sua primeira carta era encantadora. Em vez de falar de si mesmo, ele fazia perguntas sobre mim. Qual livro você não levaria para uma ilha deserta? Qual música faz você chorar, mas você tem vergonha de admitir? Você gosta mais de animais do que de pessoas? Peter L. era agente literário. Ele me mostrou seu site, e eu conhecia alguns autores que representava.

Na época, eu morava em Boston, e ele, em Manhattan. Era sempre Peter quem me visitava, e ele nunca me convidou para ir a sua casa. Também nunca me apresentou a nenhum amigo e não queria conhecer os meus. Dizia que tínhamos tão pouco tempo juntos que preferia se concentrar em mim.

Quando estávamos longe um do outro, conversávamos por Skype. Ele me deixava à vontade, quando antes eu me sentia inibida. Seu interesse pelo meu trabalho também parecia legítimo. Eu analiso relatórios da polícia de Boston. Certa noite, vi que um autor de quem ele era agente iria a um evento na Harvard Bookstore, em Cambridge. Comprei o livro e, quando fui pedir o autógrafo, mencionei que conhecia o agente dele. "Como você conhece Harriet?", perguntou ele, ao pegar a caneta. "Não", respondi, "o Peter." Ele pareceu confuso. "Quem é Peter?" Quando confrontei Peter aquela noite, pelo telefone, ele disse: "Por que você estava me investigando?" Investigando? Ainda assim, continuamos nos vendo, embora eu sentisse que ele tinha notado minha recém-instaurada desconfiança. Nós nos encontrávamos nos fins de semana, como antes, mas agora, em vez de ele vir a minha casa, nos hospedávamos em hotéis românticos no Maine.

Pouco tempo depois, ele me pediu em casamento. Vendi meu apartamento, pedi demissão do trabalho e fui para a Penn Station, onde Peter tinha combinado de me encontrar. Mas então recebi uma mensagem dele, pedindo desculpas por ter ficado preso no trabalho e me pedindo para usar a chave que ele tinha me dado para entrar em sua casa...

Já sabemos como isso acaba. O endereço não existia.

Senti uma espécie de satisfação perversa ao contar a nova descoberta a Steven. A fúria dele me deixou revigorada.

— Se esse cara já não estivesse morto, eu matava ele! — vociferou.

Era esse tipo de lealdade que eu queria. Steven estava do meu lado. Sempre esteve, fosse ao dar um soco no nariz dos garotos que espalhavam boatos sobre mim na escola, fosse ao passar horas me ensinando a dirigir depois que nosso pai já havia desistido de mim.

Ele preparou dois martínis. Bebericou o dele, enquanto eu virava o meu num gole só. Steven morava no vigésimo nono andar de um prédio na rua 48. Do sofá dele dava para ver as luzes da ONU.

— De jeito nenhum a Nuvem vai pagar pelos meus erros. Eu não vou deixar — declarei, erguendo a taça para mais uma dose. — Você pode defendê-la na audiência? O dia está chegando.

— Eu gostaria, mas não é minha área. Seria melhor você ser representada por um cara que eu conheço da faculdade, Laurence McKenzie. Ele foi editor da *Law Review*, mas, durante o curso, recusou várias ofertas que qualquer um de nós teria aceitado para se dedicar ao direito dos animais. A gente sai para beber de vez em quando. Quer que eu dê uma ligada para ele?

— Não vai ser muito caro?

— Você é minha irmã. Ele não vai cobrar nada.

O escritório de McKenzie ficava numa rua perigosa de Bushwick, perto da estação de metrô da Montrose Avenue, entre uma oficina e uma delicatéssen nova e cara. A secretária era uma jovem de cabelo raspado, com uma pata de cachorro tatuada no pescoço. Ela não me pediu para esperar, e me levou imediatamente à sala de McKenzie.

O homem do outro lado da mesa parecia ter seus 30 e tantos anos. Estava ao telefone. Indicou uma cadeira para eu me sentar e ergueu um dedo, avisando que já desligaria. Isso me deu a chance de investigar o mural cheio de fotos de cachorros. Era um pouco como um obstetra exibindo os retratos dos bebês que trouxe ao mundo. Havia uma foto emoldurada de McKenzie com a mão na tromba de um elefante e outra dele cercado de chimpanzés. Também havia uma tirinha brilhante do cartunista Shanahan em que, no primeiro quadro, um menino que se afoga grita para seu cachorro: "Lassie, procure ajuda!" E, no segundo quadro, vemos Lassie deitada no divã do psiquiatra.

As roupas de McKenzie não tinham nada do que se espera de um advogado. O sujeito ao telefone usava calça jeans e uma camiseta que dizia NÃO COMPRE, ADOTE, com a silhueta da cabeça de um pit-bull. O rosto dele era agradável. O comprimento do cabelo prematuramente grisalho não chamaria a atenção quando aparecesse no tribunal. Ouvi um barulho debaixo da mesa e logo surgiu um galgo-inglês se espreguiçando.

A primeira coisa que ele fez ao desligar o telefone foi me apresentar à cadela. Faye era malhada e delicada, com uma coleira larga e um colar de pérolas falsas. Em vez de lamber minhas mãos, bateu os dentes como se estivesse com frio. McKenzie explicou que era um comportamento típico da raça.

A segunda coisa que fez foi me perguntar se eu tinha levado uma foto de Nuvem.

Abri a galeria de fotos do celular. Quando vi que toda foto recente de Nuvem incluía Chester e George, me enchi de remorso. Parei numa em que eles estavam deitados na minha cama, um ao lado do outro, a Nuvem estendida de costas em cima dos travesseiros. Ergui o celular para lhe mostrar.

— A polícia atirou em qual deles?

Indiquei Chester.

— E os outros dois estão sob custódia do Controle de Animais?

— Não posso nem encostar neles.

— Steven me contou tudo — disse McKenzie.

Desatei a chorar.

— Meu irmão chegou a falar que eu não tenho como arcar com os honorários de um advogado?

Ele se levantou para pegar um copo d'água para mim num bebedouro.

— Eu não faço isso por dinheiro — explicou. — Quer dizer, basta olhar a sua volta. — Ele indicou as fotos na parede. — Esses clientes não me pagaram, e eu ganhei as causas.

— O elefante foi acusado de quê?

— Jasmine atacou o treinador do circo. Consegui provar que ela estava se defendendo dele, que usava aguilhões elétricos.

— Mas ela não chegou a matar o treinador.

— Por sorte.

McKenzie me disse o que seria necessário: o registro veterinário de Nuvem e uma avaliação da Sociedade Americana de Teste de Temperamento Canino.

Perguntei quais eram as chances de salvá-la, e ele me deu o que deduzi ser uma resposta padrão para fugir da pergunta:

— Eu sou bom no que faço.

— Steven admira muito seu trabalho — falei, então comecei a chorar novamente, me desculpando por isso.

Faye se levantou e veio me consolar.

Ele disse à Faye:

— Muito bem, garota. — Então para mim: — Ela também é boa no que faz.

Já havia anoitecido quando cheguei e abri a porta nova do apartamento (os policiais haviam quebrado a antiga). Era a primeira vez que eu passaria a noite em casa.

O banheiro e o quarto eram os únicos cômodos onde eu não tinha entrado durante minha última visita, com Steven. Ele também havia mandado trocar a porta do banheiro. Eu levaria um tempo até entender por quê. E o que era aquela nova cortina no boxe? Parecia de hotel, de algodão sobre o plástico transparente. As várias pequenas amostras de xampu não estavam no lugar. Foram jogadas fora? O papel higiênico era de uma marca que eu nunca havia usado. O pacote tinha o desenho de um cachorrinho brincando. Embora a equipe de limpeza tivesse substituído os objetos que estavam à vista, ninguém havia mexido dentro do armário de remédios. Na prateleira de Bennett, vi seu aparelho de barbear no lugar de sempre. Peguei-o usando um pedaço do papel higiênico Cottonelle e o levei para a cozinha com a intenção de guardá-lo num saco plástico, por causa do DNA. Então me dei conta da loucura daquilo: o corpo de Bennett estava no necrotério. Joguei fora o aparelho.

Tiraram quase todos os móveis do quarto. Os tapetes também. Havia um colchão novo em cima de uma cama de metal, encostada na parede errada. Eu sempre dormia do lado direito da cama. E nunca dormia perto da parede. Eu havia comentado com Bennett de um episódio de *The Twilight Zone* que tinha visto quando criança, no qual uma menininha adormecida perto da parede caía em um portal para a quarta dimensão. No início, Bennett achou minha mania adorável, mas, na última vez em que nos encontramos, no Maine, disse:

— Se você me ama, vai dormir perto da parede.

Eu não entendia como fazer isso poderia ser uma prova de amor maior do que lhe dizer que o amava de forma direta. E me lembro de pensar que esse era um sinal de alerta padrão de várias patologias possessivas. Fiquei perto da parede, mas não consegui dormir. Na manhã seguinte, Bennett fez amor comigo com tanto vigor que mais uma vez me seduziu. Ele sempre me seduzia, embora eu soubesse que se orgulhava de conseguir isso independentemente do que tivesse feito.

Peguei lençóis limpos e arrumei a cama. Pedi comida chinesa do restaurante da esquina e me sentei à mesa da cozinha para separar a correspondência. Nada que não pudesse esperar.

Abri o laptop e liguei a TV na CNN. Provavelmente eu era a única pessoa de 30 anos em Williamsburg vendo o jornal àquela hora. Continuei assistindo depois que a comida chegou. Só quando terminei de comer foi que me dei conta de que não tinha usado o shoyu. Em geral, eu o misturava com molho de mostarda e encharcava a comida. Não era de admirar que não tivesse sentido o gosto de nada.

Abri o armário em que guardava as bebidas alcoólicas e vi que só havia meia garrafa de tequila e um pouco de rum, já velho. Lá se foi o plano de tomar o uísque que eu achava que queria.

Não havia luz suficiente para ler no quarto. O serviço de limpeza provavelmente não tinha conseguido tirar o sangue do abajur com cúpula de seda que eu havia comprado no mercado de pulgas da Meeker Avenue. Deitei e fechei os olhos. O colchão era mais duro do que o meu antigo. Os lençóis tinham mais fios — com certeza Steven queria me impressionar. Mas nenhum conforto físico vencia as imagens que dominavam o quarto. A lembrança do que eu tinha visto suscitou sintomas de choque e tristeza — comecei a tremer e chorar. Por que achei que poderia entrar no quarto e, mais do que isso, dormir nele? Se morasse em qualquer outro lugar que não em Nova York, eu poderia me mudar, mas, com o mercado imobiliário do jeito que estava, isso não era uma opção. Por outro lado, eu não precisava dormir naquele cômodo especificamente.

A cozinha também não era um lugar seguro. Eu me lembrei das manhãs em que Bennett me repreendia por causa das migalhas de pão deixadas na mesa, quando na verdade era ele quem tinha preparado um lanche durante a madrugada, depois de tomar o remédio para insônia, pois se esquecia de que um efeito colateral comum era o sonambulismo. Às vezes ele não se lembrava de ter feito amor comigo. Ou dizia que não se lembrava. Nessas ocasiões, jurava que a única coisa da qual não se esquecia era o amor que sentia por mim. Embora fosse piegas, eu me deixava convencer.

Levei um copo de rum para a sala. Não seria a primeira noite em que eu dormiria no sofá. Se conseguisse dormir. E como poderia?

A televisão ficava na parede do quarto, mas eu ainda precisava de companhia. Restavam os livros.

Eu não queria ler nenhum clássico, nem queria saber da vida de Winston Churchill. Também não releria *Crime e castigo*. Não queria reler nada. Vasculhando a estante, parei num título que não reconheci: *Ligações perigosas*. Muitos anos antes, eu tinha visto o filme, mas não me lembrava de ter comprado o livro. O exemplar estava bem velho, com muitas páginas dobradas. Vi anotações nas margens, mas não sabia dizer se eram de Bennett. Então me dei conta de que não conhecia sua caligrafia. Ele tinha bom gosto literário. Às vezes deixava para trás romances que eu ficava feliz de descobrir — *O quinto filho*, de Doris Lessing, por exemplo. Era importante para mim que gostássemos dos mesmos livros.

Havia uma frase sublinhada: "São criaturas imprudentes, pois no presente amante não veem o futuro inimigo." Voltei um pouco o texto e vi que aquela mulher se referia a outras mulheres.

No filme baseado no romance sobre a decadente aristocracia francesa do século XVIII, dois ex-amantes se entretêm com as histórias de suas conquistas sexuais. A marquesa de Merteuil e o visconde de Valmont fazem arte da destruição daqueles que seduzem, daqueles que se apaixonam pelos dois. Eles não se importam com essas pessoas descartáveis. Para a marquesa e o visconde, trata-se apenas de um jogo e, sobretudo, da lealdade de um ao outro. Porém, quando essa lealdade é comprometida, quando a marquesa acusa Valmont de se apaixonar por um de seus objetos de desejo, o jogo se torna mortal.

Será que foi Bennett quem sublinhou aquela frase ou ele comprou o livro usado?

Também estava sublinhado: "O homem gosta da felicidade que sente; a mulher, da felicidade que proporciona. O prazer dele é satisfazer os desejos dela; o prazer dela é alimentá-los."

Eu esperava que outra pessoa tivesse sublinhado o trecho, porque aquilo me deixou chocada. Contradizia tudo o que eu achava que Bennett era.

Levei o livro para o sofá. Ah, a lembrança do corpo!

Mas então me lembrei de outras coisas. Bennett sempre tomava banho imediatamente depois de fazermos amor.

Ele me obrigava a terminar qualquer sobremesa que eu pedisse, até que parei de pedir sobremesa. Depois me deu de presente uma saia de couro sofisticada que era um número menor que o meu. Um elogio ou uma advertência?

Essas coisas não aconteciam todas de uma vez. Muito tempo se passava entre essas atitudes de Bennett, o que fazia meu instinto não funcionar e dava a ele o benefício da dúvida. Esse era o cara que me parava no meio da rua e apontava para que nos víssemos refletidos numa vitrine: "Olhe só para nós", dizia. Orgulho ou arrogância?

Cilla podia achar que não havia nenhuma vantagem em descobrir quem Bennett realmente era, mas ela não havia sido apaixonada por ele nem tinha se dedicado a estudar predadores e formas de controle, a pesquisa que fez com que Bennett me encontrasse.

Naquela noite, li trechos de *Ligações perigosas* aleatoriamente, à procura de pistas de quem Bennett era, ou pretendia ser, se tivesse de fato sublinhado aquelas frases. Quanto mais lia as palavras da marquesa, mais incomodada eu me sentia e mais familiar ela se tornava. Bennett me falou de uma mulher que conheceu — ele fez o gesto de aspas na palavra "conheceu" — quando estava prestes a completar 30 anos. Num cassino de Montreal, enquanto comemorava a venda de dois quadros que "herdou" — as aspas aqui são minhas —, ele foi abordado por uma mulher atraente que lhe disse:

— Você precisa ver isso.

Bennett contou que ela o levou até uma senhora de cabelos brancos que botava fichas num caça-níqueis de 5 dólares, isolada das outras máquinas por uma corda. As luvas brancas da senhora estavam imundas por causa do manuseio das fichas. A mulher atraente mostrou a ele o senhor com um megafone que, de longe, pedia insistentemente à esposa que parasse de jogar. O cassino havia ligado para ele depois de a mulher já ter perdido 30 mil dólares.

Bennett me contou que achava que a mulher atraente queria lhe mostrar aquilo como uma advertência, mas ela sussurrou no ouvido dele:

— É um jogo. Eles recebem toda essa atenção. A hospedagem fica de graça.

Bennett me disse que argumentou o óbvio, que eles não recebiam os 30 mil dólares de volta. Mas a mulher disse que aquele senhor tinha milhões de dólares. Ele pedia à esposa que colocasse as luvas imundas e despertava piedade a ponto de o chamarem para intervir. *O homem gosta da felicidade que sente; a mulher, da felicidade que proporciona.*

Bennett perguntou à mulher como ela sabia disso, e ela respondeu que tinha visto a mesma cena um mês antes, em outro cassino. Os cassinos não se incomodavam, eles recebiam o dinheiro, explicou ela.

Foi essa mulher, Bennett me disse, que definiu os três anos seguintes da vida dele.

Horas depois, eu ainda não tinha dormido. Vesti o roupão e fui para o terraço. Meu prédio tinha apenas seis andares, mas era mais alto que os outros prédios de madeira da rua, com seus telhados com cobertura de alcatrão, chaminés tortas e antenas parabólicas. Meu terraço tinha uma bela vista, embora intermitente, de Manhattan. Quando me mudei para lá, quatro anos antes, dava para ver desde a ponte de Williamsburg, mas a construção ininterrupta de edifícios na orla obstruíra a vista aos poucos. Eu havia levado Bennett ali em cima para ver os fogos de artifício do feriado de 4 de julho, o primeiro fim de semana que ele passou na minha casa. Steven e eu normalmente víamos os fogos juntos — fazíamos isso desde que éramos crianças —, mas naquele ano eu menti para ele: inventei que viajaria. Bennett tinha dito que não estava pronto para conhecer meu irmão mais velho e não queria desperdiçar o tempo que tínhamos para ficar juntos.

A cada dois anos, a cidade muda o rio onde acontece o show de fogos. O espetáculo daquele ano havia sido no Hudson. Bennett disse que parecia que Nova Jersey estava atacando Nova York. *Quem* era ele?

Nuvens sombrias se deslocavam pelo céu. Eu temia nunca mais voltar a me sentir normal. Naquela noite, Bennett havia cantarolado o clássico dos Drifters "Up on the Roof" enquanto dançávamos. Ele disse que uma de suas bandas faria uma nova versão da música. E eu acreditei.

Alguém tinha deixado uma cadeira de praia quebrada perto do parapeito do terraço, e eu me sentei nela. A única vez que tinha visto estrelas no céu da cidade foi depois do apagão causado pelo furacão Sandy. Agora a maioria dos prédios comerciais do centro de Manhattan estava com as luzes apagadas, com exceção da nova torre do World Trade Center. Ela estava iluminada, e havia uma lua crescente — símbolo do islamismo — numa posição que parecia tocá-la.

Consegui. Passei a primeira noite. Dormir não fez muito parte dela, mas eu sobrevivi. O armário da cozinha que abri para pegar o filtro da cafeteira também armazenava a granola de Bennett. Decidi que tomaria café a caminho da aula. Eu havia emagrecido, por isso coloquei uma calça mais justa e uma blusa de gola rulê. Sem maquiagem, com exceção de um pouquinho de corretivo abaixo dos olhos.

Entrar no Lovefraud.com depois do que tinha lido na noite anterior evidenciava a eloquência da marquesa diante do palavrório vulgar das americanas enganadas. Em resposta ao texto que havia lido dias antes, escrevi:

Li sobre sua experiência terrível com muita empatia e cada vez mais familiaridade. Também me envolvi com um homem que me fez as mesmas perguntas, que fingiu ser um empresário do ramo da música, que nunca me convidou à casa dele e me levava a pousadas no Maine. Por fim, ele me deu uma chave do seu apartamento e, assim como na sua experiência, o endereço não existia. Por isso eu gostaria de falar urgentemente com você. Meu e-mail é simounao@hotmail.com.

Era o e-mail seguro que eu usava para minha pesquisa.

Voltar à aula não foi fácil. Eu pretendia entrar na sala depois que o professor já tivesse começado e sair alguns minutos antes do fim da aula. Uma das minhas últimas matérias, depois de dois anos de mestrado, era psicologia do direito. Soava como algo para iniciantes, mas na verdade apresentava uma visão global sobre as recentes interseções entre saúde mental e questões jurídicas. Eu já havia perdido um quarto das aulas. A última a que havia comparecido fora no dia em que encontrei o corpo de Bennett. Estava morrendo de medo da curiosidade dos meus colegas de turma, de como eu seria vista: a vitimologista que virou vítima.

O corpo discente da John Jay incluía desde o policial que quer receber créditos extras para conseguir uma promoção até o psiquiatra que deseja realizar necropsias psicológicas, passando pelo ex-agente penitenciário cujo objetivo é se tornar diretor do presídio. O campus se estendia por cinco quarteirões, perto do antigo Roosevelt Hospital. O prédio imponente que sempre vemos em fotos, construído em mármore e tijolo vermelho em 1903, se limitava às atividades administrativas. Todas minhas aulas foram num anexo moderno qualquer. Passei minha carteirinha no leitor eletrônico e subi as escadas até a sala. O professor estava consultando um aluno sobre como apresentar os slides de PowerPoint. A luz ainda estava acesa, o que permitiu que todos dessem uma boa olhada em mim. Evitei qualquer contato visual enquanto tirava a mochila das costas e me sentava na cadeira vazia ao lado de Amabile, um nome que definitivamente lhe cabia. Quando eu e ele tivemos um breve relacionamento, Amabile me disse que seu nome significava "adorável". Ele pôs a mão sobre a minha e a deixou ali por algum tempo. Notei que usava uma camiseta com a frase GO, BLOODHOUNDS, apoiando o time de basquete da John Jay. Certamente eu havia sido o assunto de muitas conversas. Não era difícil imaginar que um dia meu caso seria incluído na literatura da criminologia.

Entrei nesse campo de estudo para responder a uma pergunta. Não a que todos fazem — por que algumas pessoas cruzam a linha do crime? Eu queria era saber por que *nem todos* cruzam. Eu queria saber o que me segurava, e até que ponto. Meu interesse era mais que acadêmico. Era pessoal.

Steven e eu éramos do Meio-Oeste dos Estados Unidos, com direito a todos os estereótipos: tínhamos um pai conservador, autoconfiante, honesto e obstinado. Quer dizer, isso quando não estava na fase da mania. Nesses momentos ele era carismático, aventureiro e sedutor. Foi durante uma dessas fases que nossa mãe se casou com ele. Por sua vez, ela havia se mudado da Califórnia para Illinois, filha de trabalhadores rurais que tinham fugido de Oklahoma durante as tempestades de areia dos anos trinta, não conseguiram se firmar no vale central da Califórnia e acabaram trabalhando nos estábulos de Chicago, vivendo em South Side com os negros recém-chegados do sul. Nossa mãe era uma pessoa flexível, independente, inconsequente, vaidosa e atraente. Não tinha a menor intenção de continuar morando na região. Estava no sétimo mês da gravidez de Steven quando testemunhou o primeiro surto do marido. A crise começou com ele desafiando as advertências do obstetra no que dizia respeito a sexo nos estágios mais avançados da gravidez. Quando nossa mãe se recusou a ceder, ele dormiu com a sobrinha dela, de 16 anos. Mulheres já se vingaram dos maridos por menos. Por que nossa mãe não havia cruzado a linha?

No ensino médio, eu era uma aluna medíocre que sonhava em virar pintora, atriz ou poeta, na velha tradição juvenil de não ter noção de nada, sem dar muita atenção ao fato de se ter ou não talento. Assim que terminei a graduação, peguei um ônibus para Nova York e cheguei ao terminal Port Authority às duas horas de uma madrugada chuvosa de verão.

Eu pretendia ficar na ACM, e no ônibus conheci uma menina que já havia feito o mesmo. Tinha ido fazer uma visita à mãe em Cleveland e estava retornando para casa. Morava no Brooklyn havia seis meses e se virava como garçonete até conseguir um trabalho como modelo. Gentilmente me convidou para ficar em sua casa. Ela morava num conjugado, no primeiro andar de um prédio com vista para o estaleiro. A cozinha era improvisada — apenas um cook top e uma geladeira pequena. Não tinha nada pendurado nas paredes, e a tinta verde estava descascando. Dormi num colchão inflável, enquanto ela ocupava o sofá-cama.

Por volta das seis da manhã seguinte, ouvi uma chave na fechadura. Um homem entrava no apartamento. Chamei minha amiga, Candice, que, sonolenta, respondeu:

— É só o Doug, meu namorado.

Doug disse "Oi" para mim e depois "Oi, amor" para Candice. Ele se sentou na beira do sofá-cama e tirou as botas. Não estava usando meias. E, por algum motivo, isso me deixou ainda mais alarmada.

Fiz menção de me levantar do colchão, agora um tanto esvaziado, e falei:

— Acho que já posso ir embora. Obrigada por me deixar passar a noite.

— Não precisa ir embora — interveio ele, tirando a camisa. — Eu tenho que estar no trabalho daqui a duas horas.

Tinha deixado minha bolsa do outro lado da sala, e eu teria de passar perto dele para pegá-la. Eu havia dormido apenas de camiseta e calcinha.

Ele tirou a calça. Sem despregar os olhos da minha bolsa, notei que também não usava cueca. Doug se deitou no sofá-cama, ao lado de Candice, e tentei me acalmar, dizendo a mim mesma que estava em Nova York e tinha sorte por ter conseguido um lugar para dormir.

O colchão inflável estava a apenas dois metros do sofá-cama, portanto é claro que ouvi quando Candice pediu ao namorado que parasse, embora não demonstrasse irritação. Eu ainda não tinha chegado aos finalmentes quando o assunto era sexo, mas sabia o que estava acontecendo. Essas foram as palavras exatas que me ocorreram: "chegar aos finalmentes". Eu já estava construindo a história que contaria às minhas amigas da New Trier, em Winnetka, uma escola de ensino médio famosa por revelar talentos precoces como Ann-Margret e Rock Hudson, embora minhas amigas tivessem o raciocínio bem mais lento.

Fechei os olhos, tapei a cabeça com o travesseiro e fingi que aquele era o tipo de coisa que acontecia comigo o tempo todo. A certa altura, a atividade cessou e eu voltei a dormir.

Acordei tossindo, e o travesseiro parecia ser o motivo. Ele ainda cobria meu rosto, mas havia uma pressão por trás dele. Eu não conseguia respirar direito e, quando tentei afastá-lo, senti os braços de alguém o segurando.

— Ah, pelo amor de Deus, seu idiota, deixa ela em paz — ouvi Candice dizer.

Mas as mãos não diminuíram a pressão. Comecei a me debater.

— Deixa ela respirar — exigiu Candice.

Uma das mãos soltou o travesseiro, e respirei fundo antes que a mão livre prendesse meus braços.

— Segura os pés dela — pediu Doug a Candice.

— Eu não quero levar outro chute — disse Candice, mas mesmo assim a senti segurar meus tornozelos.

A essa altura, o colchão inflável esvaziara tanto que parecia um saco de dormir.

— Eu falei para você que o colchão estava furado — resmungou Doug. — Isso vai ferrar meu joelho.

— Você foi à Walgreens ontem — argumentou Candice.

— E daí?

— E daí que lá vende colchão inflável.

Apesar do que estava acontecendo, a briga despropositada dos dois me fazia achar que tudo ainda poderia ficar bem.

— Se você me soltar, eu posso ir comprar um colchão novo — sugeri.

Senti o efeito das minhas palavras quando a mão dele afrouxou e logo em seguida aumentou a pressão.

— Você acha que a gente é idiota? — disse Doug.

— Candice — implorei —, por que você está fazendo isso comigo?

— Não é ela que está fazendo, sou eu — corrigiu Doug.

Reconsiderei minha esperança de escapar ilesa.

— Eu não vou dizer nada se você me soltar. Eu não sei onde estou. Só quero ir embora.

— Amor, pega a fita adesiva debaixo da pia.

Eu não conseguia me mexer, com o corpo dele em cima do meu. O travesseiro ainda cobria meu rosto, mas eu conseguia respirar. Virei a cabeça e vi que Candice estava vestida como eu, só que com a camisa de Doug. Ela cortava um pedaço de fita adesiva.

— Segura a cabeça dela — pediu Candice, agachando-se ao meu lado e cobrindo minha boca com a fita.

Ela estava tão perto de mim que senti o cheiro da ejaculação de Doug. Se não tivesse ficado sufocada com o cheiro, eu teria vomitado.

— Prende o pulso dela no aquecedor — ordenou Doug, pressionando minha mão direita no metal.

Enquanto Candice cortava mais um pedaço de fita e o colocava em volta do meu outro pulso, Doug cantarolava "Crazy Little Thing Called Love". Depois que ela prendeu meu outro pulso no pé de uma cômoda, Doug passou a mão pelo meu corpo e arrancou minha calcinha. Ouvi a mim mesma protestando através da fita adesiva que cobria minha boca.

— Amor, traz uma cerveja para mim? — pediu Doug.

— Eu não sou sua empregada — retrucou Candice. — E, de qualquer forma, acabou.

— Porra, você tinha ficado de comprar.

— Ah, e quando eu faria isso? Acabei de voltar daquela merda de Cleveland.

— Então vai lá comprar agora — pediu ele.

— Não tem nada aberto às seis da manhã — rebateu Candice.

— A Walgreens está aberta.

— Lá tem cerveja?

— É claro que tem!

Rezei para que Candice não me deixasse sozinha com ele.

Ela vestiu a calça e vasculhou os bolsos de Doug em busca de dinheiro.

— Ela queria tanto comprar um colchão para a gente — interrompeu Doug. — Deixa ela pagar a cerveja.

Candice pegou minha calça e tirou todo o dinheiro dela, 300 dólares.

— Na próxima vez, talvez seja melhor andar com um cartão de débito — aconselhou Candice antes de sair do apartamento.

— É uma pena tapar uma boca tão bonita — disse Doug. — Se eu tirar a fita, promete ficar quieta?

Assenti.

— Vai doer um pouco — avisou ele. Achei que Doug arrancaria a fita como um Band-Aid, mas ele a puxou lentamente, como se aquilo fosse uma preliminar. — Você já teve muitos namorados?

Senti meus olhos se encherem de lágrimas.

— Ou só um carinha especial? Aposto que você deixava ele se divertir — disse Doug, levantando minha camiseta. Beliscando o bico dos meus seios, acrescentou: — Candice se superou dessa vez.

Doug começou a esfregar o pênis ereto entre meus seios quando o celular tocou. Ele pegou o aparelho e conferiu o número antes de atender.

— O que foi? — Enquanto ouvia a pessoa do outro lado da linha, esfregava a cabeça do pênis nos meus mamilos, que antes havia beliscado. — Qual cerveja? Tanto faz. Pode ser Coors.

Ele desligou e resmungou em seguida. Saiu de cima de mim e foi até a janela. O pênis já não estava totalmente duro.

Doug começou a se masturbar; entretanto, como nada acontecia, montou novamente em cima de mim e disse:

— Vem cá, me ajuda com essa boquinha linda.

Num reflexo, afastei o rosto, mas ele me segurou pelo maxilar e abriu minha boca.

Enfiou o pênis à força. Senti outra vez ânsia de vômito, e lágrimas escorreram pelo meu rosto. Isso pareceu deixar Doug com mais tesão, porque a ereção voltou.

— Eu geralmente espero pela Candice, mas acho que não vou conseguir dessa vez.

Ele tirou o pênis da minha boca, abriu minhas pernas e num instante eu já não era mais virgem. Terminou rápido, e eu ainda estava viva. Doug estava dentro de mim quando a porta foi aberta — Candice com as cervejas.

— Seu idiota, era para você esperar.

— Você demorou pra caralho! — reclamou ele.

Apesar disso, ela abriu uma lata e lhe entregou. Abriu uma segunda e tomou um gole demorado. Então abriu uma terceira e a deixou no chão, ao meu lado.

— O que é isso? Vai bancar a anfitriã agora? — perguntou Doug.

— Ela também deve estar com sede. Não é, Morgan?

Sem nenhuma cerimônia, Candice sacou um canivete suíço e soltou uma das minhas mãos. Consegui me sentar e, quando fiz isso, a camiseta deslizou para baixo, me cobrindo. A ideia de tomar cerveja com eles era repulsiva, mas eu não podia arriscar provocá-los. Peguei a lata e me forcei a beber um pouco.

Candice olhou para o despertador que ficava em cima da cômoda, à qual eu ainda estava presa, e disse:

— É melhor você se arrumar para o trabalho.

— Tem alguma camisa limpa aqui? E não venha me dizer que você estava em Cleveland.

Candice foi até o armário e jogou uma camisa de manga comprida para ele.

— Você vai ter tempo de deixar a garota na rodoviária? — perguntou ela.

Candice soltou meu outro pulso e entregou minha bolsa. Os dois me levaram até um furgão branco. No caminho do que eu esperava ser o Port Authority, Doug mantinha o rádio numa estação de músicas antigas, que só tocava baladas. Era bom não precisar conversar com ele. Eu estava sentada no banco traseiro, observando-o balançar a cabeça no ritmo da música. Quando chegamos ao terminal rodoviário, Doug desligou o rádio e disse:

— Você vai sair do carro e só vai olhar para trás depois de contar até cem. A não ser que queira me ver de novo.

Não olhei para trás mesmo depois de contar até mil.

Assim que a aula terminou, Amabile segurou minha mão e disse:

— Vem comigo.

Ele conseguiu me tirar da sala antes que qualquer pessoa tivesse a chance de falar comigo. Disse que tinha um capacete extra para mim e me ofereceu carona até a prisão de Rikers Island. Nós tínhamos pacientes no mesmo horário, e eu precisava recuperar o tempo perdido. Nunca quis ser psicóloga, mas eram necessárias setecentas horas de clínica para me formar. A prisão acomodava detentos que aguardavam julgamento ou cumpriam penas inferiores a um ano. Meus pacientes eram homens que tinham a esperança de que o juiz olhasse para eles com bons olhos por se consultarem com um psicólogo. Como toda a população do presídio (catorze mil detentos) que aguardava julgamento, todos ali se diziam "inocentes".

Agarrei-me à cintura de Amabile quando atravessamos a ponte Francis Buono, saindo do Queens, o único acesso à ilha. Durante a orientação que recebemos, ficamos sabendo que o local havia sido uma base de treinamento militar durante a Guerra Civil. Tornara-se um presídio em 1932.

Em 1957, o voo 823 da Northeast Airlines caiu na ilha pouco depois de decolar do aeroporto LaGuardia, matando vinte pessoas e deixando setenta e oito feridos, do total de noventa e cinco passageiros e seis tripulantes. Imediatamente após o acidente, funcionários do presídio e detentos correram ao local para tentar salvar os sobreviventes. Por consequência, dos cinquenta e sete detentos que ajudaram no resgate, trinta foram libertados e dezesseis tiveram redução da pena em seis meses pelo Conselho de Liberdade Condicional de Nova York.

Também descobrimos que um desenho de Salvador Dalí, feito como um pedido de desculpa por ele não ter podido comparecer a uma palestra sobre arte para os prisioneiros, ficara pendurado no refeitório dos detentos de 1965 a 1981, quando o transferiram para o saguão do presídio por motivos de segurança. O desenho foi roubado em 2003 por alguns guardas e substituído por uma réplica.

O presídio era uma pequena cidade. Havia escolas, clínicas médicas, campos esportivos, capelas, academias, programas de reabilitação para dependentes de drogas, mercados, barbearias, uma padaria, uma lávanderia, uma usina elétrica, uma pista de corrida, uma alfaiataria, uma estamparia, um terminal rodoviário e até um lava-jato. Era a maior colônia penal do mundo.

Eu atendia meus pacientes num pequeno anexo de uma ala superlotada, onde as luzes fluorescentes jamais eram apagadas. A televisão ficava ligada das sete da manhã à meia-noite. Os homens usavam macacões laranja e pareciam viver num terminal rodoviário à espera de um ônibus que nunca vinha.

Depois que Amabile e eu fomos identificados e revistados, avançamos pelo labirinto de corredores com grade nas janelas e portas que apenas os guardas podiam abrir.

Minha sala, que eu dividia com outros três alunos, resumia-se a um espaço de cinco metros quadrados, menor que uma cela, com duas cadeiras dobráveis idênticas e um armário.

Meu primeiro paciente era um rapaz branco e magro de cabelo raspado bem baixo e orelhas deformadas em lutas, cumprindo uma sentença de nove meses por exibir as partes íntimas no Museu Metropolitan, na ala de esculturas gregas. Ele havia se posicionado no fim de uma fileira de estátuas de mármore nuas, à espera de algumas meninas que estavam numa excursão escolar. Não demonstrava remorso e afirmava ser inocente: dizia que a braguilha tinha aberto sem que ele percebesse.

Ele sempre começava nossas sessões com uma piada para tentar me assustar ou me seduzir, eu nunca sabia exatamente qual dos dois. Era mais que isso: ele só respondia as minhas perguntas com piadas.

Dessa vez, começou assim:

— O prisioneiro diz: "Doutor, o senhor já removeu meu baço, minhas amídalas e um dos meus rins. Eu só vim aqui para ver se o senhor me tirava desse lugar!" O médico responde: "E estou tirando... Aos poucos!"

— Você está me pedindo para tirar você daqui? — perguntei.

— O sujeito foge da penitenciária e invade uma casa em busca de dinheiro, mas só encontra um jovem casal na cama. Ordena que o cara se levante e o amarra numa cadeira. Enquanto amarra a mulher na cama, sobe em cima dela, dá um beijo no seu pescoço e vai para o banheiro. Enquanto ele está lá, o marido diz à mulher: "Esse cara acabou de fugir da prisão, olha as roupas dele. Provavelmente ele não vê uma mulher há muito tempo. Viu como ele beijou seu pescoço? Se ele quiser sexo, não resista, não reclame, faça tudo o que ele pedir. Porque, se ele se irritar, vai acabar matando a gente. Seja forte, querida. Eu te amo." E a mulher responde: "Ele não veio dar um beijo no meu pescoço. Ele estava cochichando no meu ouvido. Disse que é gay, achou você bonito e perguntou se tinha vaselina no banheiro."

— Você tem medo de ser estuprado aqui?

— Certa manhã, um psiquiatra faz a ronda num hospital psiquiátrico. "Como você está se sentindo hoje?", pergunta ao primeiro paciente. O sujeito está pelado, de pernas cruzadas, com o pênis escondido no meio delas. Ele se vira para o psiquiatra e fala: "Eu estou despirocado, doutor. Devo ficar aqui por algum tempo."

— Você está aceitando o fato de que vai ficar aqui por algum tempo?

— Sabe, doutora, acho que eu tenho alergia a você.

Esperei o temido fim da piada.

— É — prosseguiu ele. — Toda vez que eu te vejo meu pau incha.

— Vamos terminar mais cedo hoje — falei, fazendo sinal pelo vidro reforçado da janela para que o guarda entrasse.

Permaneci na cadeira dobrável lembrando a mim mesma por que havia aceitado fazer esse trabalho. Se ao menos Bennett tivesse sido tão óbvio quanto aquele piadista exibicionista... Quantos sociopatas são necessários para trocar uma lâmpada? Um. Ele segura a lâmpada enquanto o mundo gira ao seu redor.

Vi Doug e Candice mais uma vez.

Servi a eles omelete e batata frita, e Doug me pediu o molho de pimenta. Não me reconheceram: meu uniforme de garçonete e meu cabelo recém-cortado e tingido aliados à eterna ressaca dos dois tornariam a tarefa impossível. Quando Doug deixou a faca cair e pediu outra, levei uma faca de serra e cogitei enfiá-la no peito dele, cinco centímetros abaixo da clavícula, no vão que existe entre as costelas. Talvez tenha sido a mão da minha mãe que me deteve naquele momento determinante. Ou talvez eu tenha me dado conta de que apunhalar Doug seria apenas uma forma de *auto*destruição. E também há o fato de que a vingança exige atos maiores para satisfazer a pessoa que se vinga.

Arrumei um lugar para morar com duas estudantes de medicina em Vinegar Hill, umas delas era Kathy. Eu tinha aceitado o emprego de garçonete naquele restaurante de Bushwick para pagar um curso de extensão em poesia na New School. A poesia parecia a forma de arte mais natural para mim e, na verdade, eu tinha até escrito alguns poemas sobre Doug e Candice.

O café da manhã deles custou US$ 21,12. Deixaram menos de um dólar de gorjeta.

Atendi mais um paciente naquele dia — foi bem tranquilo, se comparado ao piadista. Depois Amabile me levou à minha casa e perguntou se eu gostaria que ele me acompanhasse. Respondi que estava bem e lhe agradeci pela generosidade e pela preocupação. Tínhamos terminado o namoro quando conheci Bennett, e fiquei feliz por termos continuado amigos.

Depois que nos despedimos, fui à Mother's e comprei um hambúrguer vegetariano com batata-doce frita e uma Coca Diet, sabendo que tomar Coca Diet com batata frita não fazia nenhum sentido.

Abri todas as janelas do apartamento porque o cheiro dos solventes de limpeza ainda estava forte. Uma amiga budista havia se oferecido para "incensar" o apartamento, a fim de neutralizar o horror, mas eu conseguiria continuar morando ali mesmo depois de um ritual desses? Senti uma leve tonteira e me dei conta de que estava prendendo a respiração. Deixei o saco de comida ao lado do computador, peguei duas batatas e conferi meu e-mail.

Aqui é a mulher com quem você entrou em contato. Existem outras. Você não foi a primeira a comentar sobre a familiaridade da minha experiência. O homem que conheci como "Peter" tinha pouco menos de 1,80 e cabelo castanho. Também tinha uma pequena cicatriz na sobrancelha. Não era exatamente bonito, mas isso não tinha a menor importância. Ele era seguro, o que o tornava bastante carismático. O homem com quem você se envolveu ficou apaixonado rapidamente? Deu de presente para você o perfume Green Tea da Bvlgari e fazia questão de que você sempre o usasse? Ele odiava seus animais de estimação? Se você quiser conversar, eu preferia que a gente fizesse isso pessoalmente, num lugar público. Você é de Boston? A gente pode se encontrar amanhã, às quatro, no Clarke's, um bar perto da South Station, no lado da Atlantic Avenue. Vou estar de cachecol de tricô laranja. Está bom para você?

Na manhã seguinte, eu embarcava num trem com destino a Boston.

O Clarke's estava fechado. Não só naquele dia, mas para sempre. Havia uma placa de ALUGA-SE na janela. Eu não lembrava se ela dissera para nos encontrarmos dentro ou fora do bar, mas, ao ver a placa, minha mente concluiu que só podia ser fora. Fiquei meia hora lá. Por quê? Pelo mesmo motivo de ter ido de um lado para o outro da rue Saint-Urbain em busca do restaurante de que Bennett tinha falado. Vi um policial na esquina e comecei a andar na direção dele, até me dar conta de que não saberia o que lhe perguntar. Eu não sabia o nome dela, apenas o fato de que trabalhava na polícia e havia se apaixonado pelo mesmo homem que eu.

Será que ela mudou de ideia em relação ao nosso encontro? Deduzi que era corajosa por ter publicado seu relato e pelo fato de trabalhar na polícia. Talvez tivesse acontecido alguma emergência. Não tínhamos trocado números de telefone. Mandei um e-mail para ela e atravessei a Atlantic Avenue, para esperar num café. Escolhi uma mesa com vista para o Clarke's. Depois da terceira xícara de café, decidi ir à delegacia mais próxima, onde imaginei que ela poderia trabalhar. Na postagem, ela dizia ser analista de relatórios. Quantas mulheres jovens e analistas de relatórios poderia haver numa delegacia? Eu havia levado uma foto de Bennett, ou pelo menos metade dela, a que eu tinha encontrado em cima da mesinha de centro, deixada pela equipe de limpeza. Eu havia cortado a foto para não me ver mais nela.

A delegacia ficava a dez quarteirões, um prédio grande de tijolos onde talvez um dia tivesse funcionado um orfanato ou uma biblioteca. Era mais imponente que o da delegacia do 90º distrito, do Brooklyn, pelo qual eu passava todo dia a caminho da estação de trem. O prédio do 90º distrito não poderia ter sido nada além de uma delegacia.

O policial na recepção estava sendo importunado por uma senhora que exigia saber para onde haviam levado seu filho. Esperei o policial acalmar a senhora a ponto de ela se sentar novamente.

— Você poderia me ajudar? — perguntei num tom autoritário, uma voz que, na minha profissão, eu usava para falar tanto com policiais quanto com criminosos. — Eu sou da Faculdade de Justiça Criminal John Jay, em Nova York. E tenho hora marcada com sua analista de relatórios. Você sabe me dizer onde ela está?

— Onde *ele* está. É um homem. Segundo andar. Mas preciso ver algum documento de identificação.

Mostrei minha carteirinha da faculdade e disse que estava procurando uma mulher.

— Nosso novo analista é Gerald Marks. A senhora não está falando de Susan Rorke, está?

— Talvez. Sei que parece confuso, mas não sei o nome da mulher com quem vou me encontrar. Só sei que ela ocupa esse cargo e que essa é a delegacia mais próxima de onde ela sugeriu que nos encontrássemos hoje. Você sabe onde eu poderia encontrar Susan Rorke?

— Eu sinto muito, senhora, mas Susan Rorke morreu seis semanas atrás.

— A mulher que estou procurando pediu demissão do trabalho para se mudar para Nova York, mas voltou para cá em algum momento do verão.

— Susan realmente pediu demissão, mas foi assassinada pouco depois de voltar para Boston.

— Você disse que ela morreu...

— Não posso dar detalhes de uma investigação em andamento.

Fiz um cálculo rápido. Se estávamos falando da mesma pessoa, Susan Rorke devia ter morrido pouco depois de postar o relato no

Lovefraud. Perguntei ao policial da recepção se eu poderia falar com algum colega dela.

Ele pegou o telefone e disse:

— Você pode vir à recepção?

Poucos minutos depois, um jovem que parecia alguém capaz de ir ao trabalho de skate apareceu e se apresentou como detetive Homes.

— Ela quer saber de Susan Rorke — explicou o policial da recepção.

— Não tenho certeza se é ela — intervim, e me expliquei para ele.

— O que a senhora sabe sobre essa investigação?

— Nada, só que Susan Rorke conhecia esse homem.

Entreguei a ele a foto de Bennett.

— Onde a senhora conseguiu isso? — perguntou ele.

Senti que o detetive já o tinha visto. Senti que descobriria alguma coisa que não queria saber. Mas já sabia.

— Esse homem estava envolvido com Susan Rorke? — indaguei.

— Essa investigação é minha — disse ele. — Por favor, responda à pergunta.

— Ele era meu noivo.

— Qual é o nome dele?

— Eu esperava que você pudesse me dizer.

— A senhora pode subir comigo e dar uma olhada em algumas fotos?

Não falei nada enquanto subíamos a escada. O corrimão foi bastante útil naquele momento, em que minha cabeça era tomada por um misto de confusão e vergonha por ter interpretado tão mal um homem que eu amava.

A mesa do detetive era surpreendentemente arrumada, só havia uma pequena pilha de pastas. Ele pegou uma delas e a abriu enquanto indicava a cadeira para eu me sentar. Presa por um clipe dentro da pasta, havia a foto de uma mulher. Ela parecia ter minha idade, uma mulher bonita segurando no colo um jack-russell terrier de um olho só.

— A senhora conhece essa mulher?

— Imagino que seja Susan Rorke. Mas não, não a conheço.

Ele me mostrou outra foto. Dessa vez, Susan sorria numa paisagem montanhosa ensolarada, a cabeça encostada no ombro de Bennett.

— É esse o homem que a senhora diz ser seu noivo?

— Como ela morreu?

— Por favor, responda à pergunta.

Eu me sentia ora transtornada, ora completamente calma.

— Posso tomar um copo d'água?

De quando era aquela foto? Seria de antes de eu conhecer Bennett? O detetive Homes voltou do bebedouro e me entregou um copinho descartável antiquado em forma de cone.

— De quando é essa foto? — perguntei quando terminei de beber.

— De quando é *sua* foto desse homem?

— Ele é suspeito?

— Por favor, preciso que a senhora responda sem rodeios.

— Tudo bem. Minha foto foi tirada no Maine, cerca de um mês antes de ele morrer.

— Ele está morto? — surpreendeu-se o detetive.

— Você deve ter lido a respeito. Ataque de cães. Fui eu que encontrei o corpo.

— Isso foi em Nova York — comentou ele.

— No Brooklyn. Dia 20 de setembro.

— Eu não sabia que era o homem que estávamos procurando.

O detetive Homes pediu licença e pegou o telefone. Deduzi que notificaria seu chefe. Eu me sentia aérea. Ele achava que Bennett era o assassino?

Depois de desligar, o detetive me entregou seu cartão e disse que manteríamos contato.

— Como faço para falar com a senhora? — perguntou.

Passei para ele minhas informações de contato e abri a bolsa.

— Acho que você deveria ver isso — falei, entregando-lhe o relato do Lovefraud que eu havia imprimido.

Esperei que ele terminasse de ler e lhe pedi que me dissesse como ela havia morrido.

— Ela caiu do terceiro andar de um abrigo para pessoas em situação de rua onde trabalhava como voluntária. Acreditamos que tenha sido empurrada.

— Por que vocês acham isso?

— Havia arranhões na moldura da janela quando supostamente ela tentou se defender.

— E você acha que foi Bennett que a empurrou?

— Nós o conhecemos por outro nome.

— Que você não pode me dizer, não é?

— Posso tirar uma cópia dessa foto? — pediu ele.

Entreguei-lhe a foto cortada e, quando o detetive Homes a trouxe de volta, não consegui olhar para ela. Guardei-a na pasta de papelão que havia usado para protegê-la na mochila. Mas, dessa vez, sequer abri o pequeno compartimento onde a deixara para separá-la de toda a tralha que havia ali dentro: a maquiagem que não usei, as canetas vazias, metade de uma barrinha de cereais com mais calorias que o Milky Way que eu queria de fato.

Lá fora, senti aquela surpresa já familiar de que o mundo continuava igual depois da minha nova descoberta. Quando todos estão na mesma situação — digamos, uma comunidade depois de um tornado atingir a cidade —, prevalece certa camaradagem. Eu estava sozinha com o que sabia. E jamais havia me sentido tão isolada, com tanto medo.

Talvez outra mulher tivesse ido para um bar. Mas o que de fato me ocorreu não foi algo que desejei — apenas imaginei. Eu me vi empurrando um carrinho cheio de lençóis e toalhas sujas, amaciante e sabão em pó. Queria levar o carrinho a uma pequena lavanderia do bairro e fazer ao dono perguntas simples sobre quando acrescentar o amaciante. Queria me sentar numa cadeira de plástico e ver a roupa girar na máquina, ficando limpa. Queria dobrá-la, quentinha depois da secadora, e voltar para casa levando aquela pequena prova de que eu tinha alguma serventia no mundo, de que podia melhorar alguma coisa.

Será que meus cachorros haviam me salvado?

Onde estava Bennett seis semanas antes, quando Susan Rorke havia sido assassinada?

No trem, durante a viagem de volta para Nova York, conferi o calendário no celular e vi que estava certa: naquele fim de semana, Bennett tinha me encontrado no Old Orchard Beach Inn, um hotel vitoriano amarelo erguido sobre um rochedo com vista para o mar, perto do píer.

Susan havia morrido naquela sexta. De Boston a Old Orchard, no Maine, eram duas horas de carro. Bennett teria sido capaz de empurrá-la da janela e dirigir o carro alugado por mais de duzentos e cinquenta quilômetros até uma cidadezinha litorânea de veraneio para passar um fim de semana romântico comigo? Sim, daria tempo de fazer isso. Eu já o aguardava no hotel quando ele chegou. E as rosas brancas? Quando as teria comprado? Ele me deu um beijo como sempre e perguntou onde podíamos beber alguma coisa. Eu disse que o hotel servia vinho perto da lareira, e ele falou que queria uma bebida de verdade. Eu me lembro de ter ficado surpresa com isso. Bennett também disse que, antes, queria tomar um banho e trocar de roupa, pois havia saído de Montreal às nove da manhã. Isso significava que tinha passado seis horas dirigindo sem parar, portanto não havia nada de inusitado no fato de querer tomar um banho primeiro. Bennett estava bem animado e foi atencioso comigo. Também estava com fome: comemos lagosta no jantar. E, evidentemente, fizemos amor. Ele estava com algum arranhão? Susan havia lutado por sua vida? Depois, ele fez questão de passear na praia ao luar, embora fizesse muito frio. Bennett insistiu para que caminhássemos pelo calçadão, àquela altura quase vazio, por causa da hora e da temperatura. Ouvi algumas frases entrecortadas em um francês com sotaque de Quebec vindas de alguns transeuntes e perguntei sobre o que eles estavam falando. Bennett me disse que estavam conversando sobre o amistoso de hóquei do dia seguinte, entre o Toronto Maple Leafs e o Canadiens de Montréal.

Enquanto eu me lembrava da minha busca infrutífera pelo apartamento dele em Montreal, me perguntei se Bennett realmente falava francês. Pesquisei no Google o calendário da liga de hóquei canadense e descobri que o Canadiens de Montréal não tinha nenhum jogo naquele fim de semana.

Depois, no quarto do hotel, quando Bennett tirou a calça, vi um grande hematoma na sua canela, ainda recente. Perguntei o que havia acontecido e ele explicou que tinha se machucado ao ajudar uma de suas bandas no transporte de alguns equipamentos. Uma das bandas que ele não representava.

Naquela noite, como sempre, me deitei do lado direito da cama. O lado esquerdo ficava encostado na parede, e Bennett sabia do meu antigo medo de infância de dormir perto da parede. Quando eu já estava adormecendo em seus braços, ele sussurrou:

— Se você me ama, vai dormir perto da parede.

E se eu não tivesse cedido? O que ele teria feito comigo? Na manhã seguinte... Ah, eu não queria me lembrar do sexo. Relembrando-o agora, depois da minha descoberta em Boston, era repulsivo. E, no entanto, naquela noite, parecia que ele não havia largado minha mão por um segundo sequer. E continuava segurando-a quando acordei.

Cheguei à Penn Station pouco depois da meia-noite. Estava exausta, mas não com sono. Assim que entrei em casa, li todas as matérias sobre a morte de Susan Rorke, na ordem em que foram publicadas.

Ela estava com 35 anos e era analista de relatórios da polícia. Também trabalhava uma vez por semana como voluntária num abrigo para sem-teto de South Boston. No começo, a morte havia sido tratada como acidente. Ela desaparecera depois de tentar consertar a persiana de uma janela do terceiro andar. O corpo de Susan foi encontrado num beco atrás do abrigo. Segundo a polícia, tudo indicava que Susan tinha caído da janela e morrido com o impacto. A matéria seguinte dizia que a polícia estava investigando a morte como possível homicídio. Estavam procurando uma pessoa em situação de rua que havia passado aquela noite no abrigo e, de acordo com testemunhas, tinha discutido com Susan. O sujeito foi encontrado, interrogado e solto. A polícia ainda considerava a morte um homicídio, à espera de mais investigações.

Em seguida, entrei no Facebook. A foto de perfil dela era a mesma que o detetive havia me mostrado, com o jack-russell de um olho só no colo. Imaginei o que teria acontecido com o cachorro. Vi os últimos meses de suas postagens e encontrei algo que chamou minha atenção: uma foto de sua mão esquerda, os dedos separados, exibindo um anel de noivado. Era uma aliança tradicional com diamante de aproximadamente um quilate sobre ouro branco ou platina. Os comentários diziam todos mais ou menos a mesma coisa: quando vamos conhecê-lo?

Peguei na gaveta a caixinha de couro, forrada de veludo, que guardava a aliança que Bennett tinha me dado, idêntica. Fiquei tentada a jogá-la fora, mas me dei conta de que era uma evidência. Era uma prova de que eu pertencia àquela irmandade de mulheres enganadas. Se Susan e eu pertencíamos a essa irmandade, a mulher que havia me escrito no Lovefraud fingindo ser Susan Rorke também fazia parte. Mesmo ela desconfiava de que havia outras. Se existiam três, por que não quatro? Ou mais?

Entrei no Lovefraud e enviei uma mensagem à terceira:

Quem é você? Por que fingiu ser Susan Rorke? Por que acha que o homem que você conheceu como "Peter" enganou outras mulheres? Fui encontrá-la de boa-fé e descobri que a mulher pela qual você estava se passando foi assassinada um mês e meio atrás. Tenho informações sobre o homem que conheci como "Bennett" que são do seu interesse. Não estou inventando nada para chamar sua atenção. Estou sendo totalmente sincera. Não sei por que você não foi ao nosso encontro, mas, se está com medo dele, não precisa ficar. Espero que me escreva.

Eu estava com fome e, pela primeira vez em semanas, queria comer alguma coisa saudável. Andei alguns quarteirões até o Champs. Ele abria às oito da manhã. Como sempre, eu era a única cliente sem tatuagem nas pernas e nos braços. Os funcionários pareciam animados como de costume. Escolhi uma mesa mais reservada, debaixo de um cartaz que remetia aos anos cinquenta. Pedi duas porções de tofu mexido, com seus temperos misteriosos, e banana-da-terra frita. Adocei o café com açúcar de verdade. Quando procurei a garçonete transgênero para que ela me servisse mais café, vi a porta ser aberta. Levei um tempo para identificar de quem se tratava. Ele estava tirando o capacete de ciclismo. E, quando vi o cabelo, me dei conta de que era McKenzie, meu advogado. Usava uma camiseta suada e um short de ciclismo feito de lycra que nele não parecia uma fantasia.

McKenzie olhou para meu prato e disse:

— Espero que não sejam as últimas bananas fritas.

— Aceita uma?

Indiquei o assento vazio a minha frente.

Ele se sentou e, sem consultar o cardápio, pediu exatamente o que eu havia pedido. Então pegou uma fatia de banana do meu prato.

— Eu só comia isso na época em que trabalhava em Porto Rico.

— Quando foi isso? — perguntei.

— Eu defendi um cavalo em Vieques, quinze anos atrás. Um fazendeiro que morava perto de um campo de testes de explosivos da Marinha notou que o melhor cavalo dele tinha parado de procriar. Ganhamos o processo para o fazendeiro e para o garanhão.

Ergui a xícara de café num brinde.

— Você já marcou o teste de temperamento? — perguntou ele.

— Vai ser na sexta que vem, em Staten Island.

— Ótimo! Boa sorte lá!

Quando a comida de McKenzie chegou, tentei mudar de assunto para ele não achar que eu o havia convidado a se sentar comigo para me aproveitar de sua consultoria jurídica.

— O mais perto que já cheguei de Vieques foi ver a ilha quando estava em Saint Thomas — comentei.

— Eu adoro as ilhas! O que você foi fazer lá?

— Eu sempre ia mergulhar e aproveitava para trazer alguns cães de rua. Eles eram abandonados e sobreviviam comendo o que encontravam no lixo. Eu trabalho para uma organização sem fins lucrativos que traz os cães das ilhas para procurar casas para eles.

— Como era mergulhar lá? — perguntou McKenzie.

— Os recifes estão acabando. Sempre que um navio despeja dois mil turistas no mar usando protetor solar, os corais descolorem e morrem. Acho que tive sorte de ter visto os recifes antes de eles desaparecerem. Você mergulhou em Vieques?

— Algumas vezes — respondeu ele.

— Não é incrível? Nadar naqueles cânions de corais. As cores! Você já mergulhou à noite, quando os corais moles aparecem? É como nadar num jardim de rosas, só com uma lanterna. E os peixes! Você já foi seguido por aqueles cardumes de cirurgião-patela? O jeito como eles se viram todos ao mesmo tempo e ficam iridescentes.

McKenzie deixou o garfo sobre a mesa, embora não tivesse terminado as bananas fritas. Suspeitei que eu tivesse dito alguma coisa errada.

— Deixa que eu pago seu café da manhã — disse ele, pegando o dinheiro no bolso embutido do traje.

Agradeci, e ele disse que precisava apresentar alguns documentos no centro da cidade.

— De bicicleta?

— Assim os guardas acham que sou um mensageiro e eu não preciso subir para conversar sobre trabalho.

Pela janela do restaurante, vi-o retirar o cadeado da bicicleta e se afastar na direção da ponte de Williamsburg.

Terminei as bananas fritas dele, agradeci à garçonete, fui para casa e, antes mesmo de conferir o e-mail para ver se havia recebido uma resposta à minha última mensagem no Lovefraud, entrei no Google e pesquisei por Laurence McKenzie. Li por alto suas conquistas profissionais, até me deparar com um artigo que me deixou péssima. Cinco anos antes, ele e a esposa estavam mergulhando em

Vieques quando a mulher desapareceu. Ela se separou do restante do grupo de mergulho durante uma subida por correntezas inusitadamente fortes. Foi encontrada alguns minutos depois, boiando de bruços e inconsciente, com o colete equilibrador parcialmente inflado e o cilindro de oxigênio vazio.

Não conseguiram reanimá-la.

As chances de alguém ser atingido por um raio nos Estados Unidos é de uma em seiscentas mil. É seis vezes mais provável que a pessoa seja atingida por um raio do que morta por um cachorro de qualquer raça. E quatro vezes mais provável que seja morta por uma vaca do que por qualquer cachorro.

Eu estava em Staten Island, do lado de fora do que parecia uma arena para exposição de cavalos. Aguardava trazerem Nuvem para a primeira parte do teste de temperamento quando vi Billie atravessando o estacionamento e a chamei algumas vezes para perguntar sobre meus cães.

Ela acenou para mim.

— Você está envolvida nisso? — perguntei.

— Eu não deixaria que fizessem os testes com esses cachorrinhos sem estar aqui para torcer por eles — respondeu ela.

Alguma coisa em mim se retraiu diante da saudação animada. Seria ela uma dessas pessoas que se alimentam do drama alheio?

Até então eu só a havia visto em meio à rotina cansativa do abrigo de animais, e não tinha me dado conta de como era bonita e atlética. Billie estava com uma calça jeans com a barra dobrada e *ankle boots* marrons. Apesar do primeiro friozinho do outono, o casaco de linho estava aberto sobre a camiseta justa que reconheci ser de uma organização de resgate de animais. Dizia: "<3 PIT-BULL".

— Não acredito que você veio — falei.

— Eu já compareci a muitos testes. Gostaria que existissem testes de temperamento para homens.

Ela me conduziu a um pequeno promontório, de onde podíamos acompanhar o teste sem sermos vistas. Disse que nossa presença distrairia Nuvem.

— Eu tenho uma surpresa para você — cochichou quando a cuidadora entrou na arena trazendo Nuvem numa guia curta. — Você vai ver.

Nuvem e a mulher pararam diante dos quatro juízes, dos quais três eram mulheres de meia-idade, e o quarto, um homem que aparentava ter uns 30 anos. Nuvem parecia tão feliz de estar ao ar livre que temi que a luz do sol a distraísse.

Billie me explicou que a primeira parte do teste media a reação do cachorro a desconhecidos. Primeiro, vimos o desconhecido "neutro" se aproximar de Nuvem, parar e cumprimentar a cuidadora. Nuvem não reagiu. Em seguida, o desconhecido "simpático" se aproximou com animação, falou com Nuvem e passou a mão em sua cabeça. Ela balançou o rabo e lambeu a mão do sujeito. O terceiro desconhecido se aproximou de súbito, agitando os braços e falando em voz alta.

Billie se inclinou para perto de mim.

— Querem ver se ela parte para o ataque, ignora a provocação ou fica com medo.

— Se eu fosse Nuvem, faria as três coisas — comentei.

— Depois de tudo o que você passou, eu também.

Mas Nuvem se saiu bem. Ela não mordeu a isca.

A cuidadora conduziu Nuvem lentamente pela arena, passando com ela por pequenas estações. De trás de cada uma delas, vinham provocações: o barulho de moedas sacudidas numa caixa de metal, o gesto súbito de abrir repentinamente um guarda-chuva... Nuvem ficou assustada e se escondeu atrás da mulher.

— O teste do guarda-chuva é o que mais condena os cachorros. A reação desejada é que eles mostrem apenas curiosidade e sigam em frente — explicou Billie.

— Mas ela sempre teve medo de guarda-chuvas. Eles vão levar isso em consideração?

— Se ela passar nos demais, não é o fim do mundo — explicou Billie. — E se esconder é melhor do que demonstrar agressividade.

Depois que Nuvem passou pelo teste do tiro — disparavam uma bala de festim perto dela —, os juízes a aprovaram. Vicki Hearne, a finada filósofa e treinadora de cães, já escrevera sobre "o que esconde a ilusão da ferocidade". Nuvem era uma cadela enorme com grandes bochechas, e, coberta de sangue, tinha parecido um animal feroz, mas isso não passava de uma ilusão, que escondia, na verdade, o medo.

Já haviam me dito que eu não poderia visitá-la depois do teste, por isso peguei a bolsa e o casaco e me virei para me despedir de Billie quando vi que a mesma cuidadora que havia conduzido Nuvem agora entrava com George.

Quando olhei para Billie, ela sorria.

— Surpresa!

— Quem autorizou que você fizesse George passar pelo teste? — perguntei.

— Eu não acho que ele seja um assassino — retrucou Billie.

— A decisão não cabia a você!

Na arena, a mulher pediu a George que se sentasse. Ele então passou em todos os testes a que Nuvem havia sido submetida: o desconhecido normal, o simpático e o agitado, as moedas sacudindo e até o teste do guarda-chuva. Nada distraía sua obediência à cuidadora. Eu me lembrei de como ele gostava de agradar. E, com essa lembrança, veio outra: de que Bennett tinha empurrado uma mulher da janela. O que ele teria feito com aquele cachorro? George agora estava magro como quando o vi pela primeira vez — deve-se conseguir sentir as costelas de um cão, não vê-las. Isso foi parte do motivo que me levou a adotá-lo. Simplesmente alimentar um cachorro faminto é um prazer enorme.

Mas o teste do tiro o deixou apavorado.

Ele correu para trás da cuidadora e tentou fugir, embora a mulher segurasse firme a guia e o puxasse para perto.

— Ele ouviu o tiro que deram em Chester — murmurei. — Será que devo informar isso aos juízes?

— Essa não é uma reação tão incomum — garantiu Billie. — Fogem mais cachorros durante os fogos de artifício do feriado de 4 de julho do que em qualquer outra época do ano.

A cuidadora levou um ou dois minutos para tranquilizar George. Por fim, pediu a ele que se sentasse e o parabenizou. Mesmo de longe, dava para vê-lo lambendo a mão dela. Mas, depois de andar sem nenhum problema por um plástico barulhento, ele se recusou a entrar na grade de metal. Parou de súbito e não havia nada que o fizesse continuar. A mulher puxou a guia, e deu para ouvir o George rosnar.

— Droga — murmurei. — As patas dele são frágeis, depois que ele passou anos numa gaiola muito úmida. Essa gente não entende que todos têm suas peculiaridades?

E imediatamente fiquei aos prantos, diante daquela situação impossível: estava defendendo meu cachorro, um cachorro que estava sendo acusado de matar alguém. Será que Bennett puxou George pela grade do aquecedor no chão do apartamento? Eu buscava alguma maneira de entender o que havia acontecido.

Billie reagiu à minha aflição me dando um abraço.

— Não se preocupe, ainda não acabou — avisou.

Quando acabou *de fato*, os juízes anunciaram que estavam dispostos a fazer George passar pelo teste novamente, numa data futura. A ansiedade de assistir aos dois testes me deixou exaurida e desesperada. Billie perguntou se eu tinha comido alguma coisa aquela manhã e, como respondi que não, disse que havia a alguns quarteirões dali uma lanchonete que servia um o café péssimo, mas as panquecas eram excelentes. Ela se ofereceu para me levar.

Considerando o tempo que ela passava com os animais do abrigo, era surpreendente que os bancos de couro do Volvo de Billie não tivessem nenhum pelo de cachorro. Ao contrário do sofá de couro que Steven tinha me dado, que eu precisava cobrir com uma manta quando Bennett me visitava.

— Obrigada por trazer o George — agradeci.

A lanchonete não se parecia em nada com o Champs. As tatuagens que víamos nos clientes eram aquelas típicas das Forças Armadas e com a palavra MÃE dentro de corações. As panquecas tinham glúten. Pedi uma de chocolate com creme, e Billie pediu o tal café péssimo.

Eu não me abria com uma amiga desde a morte de Kathy. E, embora mal conhecesse Billie, me peguei contando a ela sobre as mentiras de Bennett. Quanto mais eu falava, mais era difícil parar. Numa torrente de palavras, contei toda a história de manipulação, com suas lacunas e interrogações: desde nosso primeiro contato na internet, quando eu conduzia uma pesquisa sobre sociopatas e suas vítimas, até o endereço falso de Montreal e a chave que ele havia me dado. Billie disse que isso lhe lembrava um ex-namorado, um homem que sempre mentia e, quando confrontado, respondeu que só estava tentando entretê-la.

— "Eu minto para mim mesmo o tempo todo" — citou Billie.

— "Só não acredito" — terminei para ela.

— *Vidas sem rumo* — dissemos juntas. — Susan E. Hinton.

Descobrimos que nós duas tínhamos visto muitas vezes o filme baseado no livro, sobre dois marginais de Tulsa, Johnny Cade e Ponyboy Curtis, e o assassinato do membro de uma gangue rival por um deles. Matt Dillon, Patrick Swayze, Rob Lowe e Tom Cruise faziam parte do elenco, antes de se tornarem astros do cinema.

— Na história de Bennett também tem um assassinato — confidenciei a Billie, falando de Susan Rorke.

— *Você* acha que foi Bennett? — perguntou ela.

— A polícia acha.

— Por que acham que foi ele?

— Sempre suspeitam do marido ou do noivo.

— Bennett também estava noivo dela?

— Ele deu para ela uma aliança igual a minha.

— A aliança de *sofrimento*? Espero que tenha sido cara, pelo menos — brincou Billie.

— Achei que fosse. — Meu Deus, como eu sentia falta de conversar com alguém. — Posso fazer uma pergunta pessoal? Você está quase sempre no abrigo de animais, e hoje conseguiu um dia para vir aqui... Como você se sustenta?

— Minha família é rica. Uma família que me mantém sob supervisão rigorosa. Minha avó não confia em mim.

A garçonete trouxe minha panqueca.

— O que a polícia faz quando o principal suspeito está morto? Ele não pode exatamente ser levado a julgamento — considerou Billie.

— Acho que Susan Rorke e eu não fomos as únicas mulheres que Bennett enganou. Acho que estou me correspondendo com uma terceira.

— Reportmyex.com? — perguntou Billie.

— Lovefraud.com. Ela disse que queria se encontrar comigo, mas não apareceu.

— Existem muitos motivos para ela não ter aparecido — refletiu Billie.

— Ela se passou por Susan Rorke. Talvez não soubesse que estava morta.

— Talvez soubesse.

Quando a conta chegou, Billie pagou tudo, embora só tivesse pedido um café.

No carro, a caminho da cidade, falei:

— Ele usou um nome diferente com ela. Peter. Mas era ele. Mostrei uma foto ao detetive, e ele confirmou.

— Então quem é a terceira mulher? — perguntou Billie.

— Talvez ela seja a décima.

— Talvez os cachorros tenham feito um favor a você.

— Já pensei nisso.

— Quer dizer, ele empurrou uma mulher da janela...

— Ele nunca foi violento comigo. Mas como eu podia não saber de nada?

— Os cachorros sabiam — comentou Billie.

Pedi a Billie que me deixasse na Delancey Street para que eu cruzasse a pé a ponte de Williamsburg. Eu precisava fazer alguma atividade física, que não exigisse nenhum esforço mental. Tinha vista para o centro de Manhattan com as duas pontes majestosas — a de Manhattan e a do Brooklyn — cruzando o East River. A ponte do

Brooklyn foi a primeira a ser construída: a maior ponte suspensa do mundo e uma das mais bonitas. A de Manhattan foi a terceira, uma rede de suportes de metal. Nesse meio-tempo, construíram a ponte de Williamsburg, considerada a mais feia sobre o rio. Mas não é o que se vê ao caminhar por ela. A vista supera o barulho de caminhões, carros e trens que passam perto de pedestres e ciclistas. Até Edward Hopper pintou um quadro chamado *From Williamsburg Bridge*. O calçadão termina no bairro judeu, onde as mulheres ainda usam perucas e os homens cultivam barba e longas costeletas. Mesmo no calor do verão, quando chega o sabá, os homens usam grandes chapéus de pele conhecidos como *shtreimel*. Num espaço de dez quarteirões, ouvimos conversas em iídiche, espanhol, chinês e italiano. Foi uma das razões para eu ter me mudado para Nova York.

Subi os cinco lances de escada até meu apartamento. Havia uma mensagem do detetive Homes na secretária eletrônica. Como ainda não eram cinco da tarde, retornei imediatamente a ligação.

— Sra. Prager, tenho algumas perguntas sobre o assassinato de Susan Rorke — disse ele. — É uma boa hora para conversarmos?

— É, sim.

— Eu gostaria de saber sobre o fim de semana em que ela foi morta, quando a senhora estava no Maine com esse tal de Bennett.

— O que você gostaria de saber?

— A senhora disse que ele foi de carro de Montreal até Old Orchard Beach. A que horas ele chegou?

— Uma hora depois de mim, por volta das quatro, mas não sei se ele saiu de Montreal.

— A senhora notou algo de estranho no comportamento ou na aparência dele?

— Ele estava normal, mas depois vi um hematoma grande numa das pernas. Ele disse que tinha se machucado ao ajudar no transporte do equipamento de uma de suas bandas, mas não passava de uma mentira. Ele não era empresário de banda nenhuma.

— E quando a senhora descobriu que ele tinha mentido sobre o trabalho?

— E sobre todo o resto. Algumas semanas depois que ele morreu. *Você* descobriu quem ele era?

— Temos um protocolo a seguir nas investigações criminais. A mulher que estava se passando por Susan Rorke entrou em contato com a senhora novamente?

— Não, mas quem é *ela*? Essa é a pergunta que eu gostaria que você me respondesse. E como ela sabia de mim, Bennett e Susan?

— Estamos tentando descobrir.

— Vocês descobriram *alguma coisa*? Sabem quem era Bennett?

— Assim que soubermos, vamos informar à senhora.

— Mas vocês acham que ele é culpado?

— Só o júri pode considerá-lo culpado — respondeu o detetive. — E os mortos não podem ser levados a julgamento.

Naquela noite, fui ao Turkey's Nest, em Bedford. Fiquei com um cara e fui para a casa dele. Não foi planejado, só aconteceu. O Turkey's Nest tem o jukebox mais desatualizado de Williamsburg e uma clientela constituída sobretudo de peões de obra. Num momento extremamente irônico, botei as moedas no jukebox e escolhi "Crazy", de Patsy Cline. Quando a música terminou, um rapaz bonito me perguntou por que eu a havia escolhido. Eu já havia bebido duas doses de uísque.

— Para ver quem é louco o bastante para me chamar para dançar.

Ele tirou do bolso da calça justa que estava usando algumas moedas e as colocou no jukebox.

"Crazy" começou a tocar novamente, e ele me puxou para perto.

— Você está louca? — perguntou.

— Nem queira saber.

— Eu quero — disse ele, me conduzindo à pista de dança, um espaço apertado entre o balcão e a mesa de sinuca.

— Não sei por onde começar — admiti.

— Eu sempre começo pela minha ex-mulher.

— O que tem ela?

— Cortou a manga direita de todas as minhas camisas — respondeu ele.

— O que seu braço direito fez?

— Nada que o esquerdo não tenha feito. Sua vez.

— Meu noivo estava comprometido com duas mulheres ao mesmo tempo. Ele deu para nós duas alianças idênticas.

— Minha ex-mulher pichou a palavra "imbecil" no portão do corpo de bombeiros. Eu sou bombeiro.

— Meu noivo matou a outra mulher.

— Uau! — exclamou ele, interrompendo a dança. — Sério?

— Parece que sim. Mas eu vim para cá para não pensar nisso.

— Ele está preso?

— Está morto.

Ele me conduziu de volta ao balcão.

— O que você quer beber? — perguntou.

Tomei mais duas doses de uísque, e ele me acompanhou. Morava em Greenpoint, perto do Transmitter Park, com dois outros rapazes, ambos bombeiros. Nenhum deles estava em casa quando chegamos. O quarto dele era uma bagunça só, mas aquilo não me incomodava.

Tampouco me incomodavam seus beijos. Eu não beijava ninguém desde Bennett. E esse pensamento não me largava.

Eu preferia estar beijando Bennett?

Eu o conhecia tanto quanto conhecia aquele bombeiro.

Não conseguia me concentrar, e meu corpo não reagia aos seus estímulos. Ele parou quando ambos ainda estávamos vestidos e disse:

— Você não está aqui, não é?

Ele não parecia irritado.

— Eu gostaria de estar.

— Vou chamar um táxi para você — propôs ele, sem nenhum resquício de raiva na voz.

Então me conduziu ao táxi e entregou ao motorista uma nota de 20 dólares.

— Sua ex-mulher está enganada em relação a você — comentei.

Eu estava de volta ao temido apartamento. Talvez Cilla tivesse razão e eu devesse considerar a ideia de me mudar, mas eu não me sentia preparada nem tinha dinheiro para isso. Ela pode ter tido uma juventude louca, mas o pouco de equilíbrio que eu sentia agora se devia a ela. Sentei-me à janela da sala, que dava para o quintal dos vizinhos: num deles todas as plantas podadas em formas ornamentais, o varal cheio de roupas em outro, e, por fim, um com pedras dispostas num jardim zen. A Lua estava no quarto crescente, e fiquei sentada ali com minha xícara de chá intocada até o raiar do dia.

Quando contei a Steven que Bennett era suspeito de homicídio, ele disse: "Esses cachorros são heróis." Quando contei a Cilla, ela perguntou se saber disso ajudava a me perdoar pelo que havia acontecido. Quando contei a McKenzie, ele disse: "Isso *sim* pode nos ajudar!"

Estávamos mais uma vez no Champs. Eu tinha pedido a ele que me encontrasse na lanchonete. Queria que ele também defendesse George.

— Bennett é suspeito de ter assassinado quem?

Eu já havia passado da fase de sentir vergonha por ter sido enganada.

— A outra noiva dele — respondi.

Observei-o assimilar a informação. Ele me avaliava, para tentar entender como eu estava. Eu me sentia mal por não lhe dizer, mas não queria passar a imagem de vítima. Rá!

— Como ela morreu?

Contei o que sabia, e ele disse que pediria o relatório policial do caso.

— No relatório, você vai ver que ele usava um nome diferente com a mulher que a polícia suspeita que ele tenha matado.

Informei a McKenzie o nome do detetive Homes, assim como o nome da vítima. Não sabia, no entanto, informar o nome do meu ex-noivo.

Quando perguntei se ele podia defender George também, McKenzie não quis dar falsas esperanças de que conseguiria salvá-lo, mas disse que faria o que eu pedisse. Isso deu uma trégua ao meu desespero. Era nítida aquela sensação de intimidade que surge quando duas pessoas estão sintonizadas, concentradas em algo para além de si próprias. Nós queríamos a mesma coisa.

Ele me levou até a frente da lanchonete, e, antes de seguir pela Lorimer Street, estendi a mão para me despedir. Mas McKenzie me deu um abraço. O fato de esse abraço ter demorado um pouco além do esperado era algo em que eu pensaria nos meses seguintes.

Em geral, gosto de caminhar para digerir notícias ruins; entretanto, depois que me despedi de McKenzie, foi a sensação dos braços dele ao meu redor que me impeliu pelas ruas. Eu precisava reabastecer minha cozinha. Queria itens básicos, embora nunca cozinhasse. Fui ao C-Town, na Graham Avenue, e passei pela lanchonete onde um casal de velhinhos passava as tardes sentado. Os bancos eram apenas para clientes, mas ninguém da lanchonete tinha coragem de expulsá-los. Um patrimônio do lugar, eles saudavam com gentileza as pessoas que transitavam por ali. Também eram gentis um com o outro. Sempre que os via, eu pensava a mesma coisa: eles ainda se amam. Era o típico casal de velhinhos que parece existir para evocar esse tipo de sentimento, sentimento esse que tentei suprimir a todo custo.

Um homem com uma teia de aranha tatuada na metade do rosto saiu da lanchonete. A velhinha disse ao marido:

— Sem dúvida ele se comprometeu com seu estilo de vida.

Quando entrei em casa, conferi minha conta no Lovefraud e encontrei o seguinte e-mail:

Tenho acompanhado suas postagens sobre o homem que você chama de "Bennett" e gostaria de pedir que pare. Não existe nenhuma informação que você tenha sobre ele que possa me interessar. Esse homem é a última pessoa de quem eu teria medo, e suas insinuações de que ele enganaria as mulheres é uma mentira. Eu estou noiva dele. Não fingi ser Susan Rorke, mas, se você quer continuar procurando por Susan, é melhor consultar as amigas malucas dela. Estou disposta a conversar com você, mas só porque devo isso a ele.

Parecia que eu estava vivendo do outro lado da parede. Que eu tinha dormido muito perto dela e, durante a noite, caíra em outra dimensão.

Encontrei Samantha no dia seguinte, no Le Pain Quotidien do Upper East Side. Eu nunca lia o letreiro com a pronúncia francesa de "pão". Minha mente insistia em interpretar como *pain* no inglês: "sofrimento". Por isso, achei adequado quando ela escolheu a padaria para nosso encontro.

Como era fim de semana, todas as mesinhas estavam ocupadas. Teríamos de nos sentar à longa mesa coletiva. Corri os olhos pelos clientes à procura de uma mulher que tivesse uma cadeira vazia ao lado. Havia três que se encaixavam na descrição. Uma estava com a bolsa descuidadamente aberta em cima da mesa; outra estava mandando alguma mensagem pelo celular, as unhas pintadas de preto; a terceira ajeitava o casaco no encosto da cadeira. A de bolsa aberta tinha uma beleza convencional, os traços do rosto acentuados pela maquiagem cuidadosamente aplicada. Parecia ter a minha idade mas também parecia que daria trabalho demais para "Bennett". A de unhas pretas era gótica demais para ele. Sobrava a mulher nervosa, que, depois de ajeitar o casaco, passou a ajeitar os talheres. Da mesma forma que o garfo e a faca, a pedra em sua aliança de noivado reluzia. Fiquei observando-a até ela olhar para mim. A mulher enrubesceu e desviou o olhar por um instante — um acesso de raiva, e não de constrangimento.

Fui até a cadeira vazia e disse:

— Samantha?

— Só tenho quinze minutos — declarou ela.

Quando concordei em me encontrar com essa mulher, eu queria ver quem mais o havia conquistado. Queria ver quem mais havia se deixado seduzir por ele. Queria comparar os danos que havíamos sofrido em suas mãos. Queria arrancar aquelas mulheres da ilusão de que Bennett tinha alguma devoção por elas. Queria que elas soubessem que estavam em segurança. E uma parte mais terrível de mim queria contar que ele estava morto.

Chamei o garçom e pedi um cappuccino.

Como nunca fui de protelar, e como sabia que ela só dispunha de quinze minutos, contei imediatamente que "Bennett" estava morto.

— Não está, não — retrucou ela, categórica.

Peguei a foto de Bennett que havia mostrado ao detetive Homes e perguntei à mulher se aquele era o noivo dela.

Samantha não respondeu.

— Ele morreu um mês e meio atrás — falei.

— Ele me mandou flores.

— Fui eu que encontrei o corpo — insisti.

— Você não entende — disse ela. — Ele me mandou flores há três dias. Recebi um e-mail dele agora de manhã. Ele está escondido por causa daqueles detetives incompetentes de Boston. E por causa das amigas malucas de Susan Rorke.

A certeza dela de que Bennett estava vivo me fez hesitar. Enquanto me recompunha, cogitei rapidamente uma hipótese. E se o corpo não fosse de Bennett? Ninguém tinha como identificá-lo. E se Bennett estivesse vivo? Essa possibilidade me deixou ao mesmo tempo nauseada e assustada, mas a chance de confrontá-lo me animava. Confrontei Samantha.

— Você não respondeu a minha pergunta — falei, erguendo a foto. — Esse é o seu noivo?

— Por que você tem uma foto dele? — perguntou ela.

— Também estávamos noivos.

Samantha bufou e disse:

— Foi alguma amiga de Susan Rorke que mandou a foto para você? Foi alguma amiga dela que pediu para você se encontrar comigo? Você está tentando localizá-lo para a polícia? Eu sei muito bem o que é uma cilada.

Abri a bolsa e peguei a caixinha de couro forrada de veludo que guardava a aliança que Bennett havia me dado. Botei-a no dedo para mostrar cabia em mim. Estendi a mão ao lado da dela.

— Então você está com a aliança de Susan. As amigas dela vão fazer qualquer coisa para incriminá-lo — disse Samantha, sua voz se destacando em meio ao burburinho da mesa coletiva e já atraindo olhares para nós. — Eu sei disso. Susan não quis devolver a aliança que pertencia à avó dele, e por isso ele tratou de comprar uma igual para mim.

Pouco antes da morte de Bennett, eu havia batido o carro na traseira de um táxi parado a minha frente. Eu estava olhando para a frente, mas apenas no momento do impacto me dei conta de que não estava enxergando o que estava bem diante de mim. Samantha agora era a motorista. Compreendi que eu poderia mostrar a ela todas as provas da má-fé de Bennett que Samantha não enxergaria. Arrisquei uma abordagem diferente.

— Quem você acha que matou Susan Rorke?

— Susan Rorke matou Susan Rorke. Ela já havia avisado que, se eles não se casassem, ela se suicidaria e faria parecer um assassinato. Susan até arranhou a moldura da janela de onde se jogou para parecer que tinha acontecido uma briga. Piranha desesperada.

Samantha estava falando tão alto, que pensei em lhe pedir que baixasse o tom, mas não ousei interrompê-la agora que ela enfim estava dizendo alguma coisa.

— Ela podia ter feito a coisa certa, mas não: Susan Rorke queria derrubar todo mundo junto. Ela não tinha vergonha. Não suportava a ideia de que estávamos felizes, planejando nosso casamento. Sabe o que ela fez naquela manhã, antes de se matar? Anunciou o noivado dela no *Boston Globe*.

As pessoas já não escondiam o fato de que estavam prestando atenção em nós duas. A agitação de Samantha a fazia gesticular muito, e ela derrubou um moedor de pimenta. Mas continuou falando. Tive a sensação de que aquelas mãos seriam capazes de empurrar alguém de uma janela.

Samantha continuava falando compulsivamente, e já havíamos passado em muito dos seus quinze minutos.

— E outra coisa: Susan só trabalhava como voluntária no abrigo dos sem-teto em benefício próprio. Ela não ligava para os pobres. Susan queria uma promoção no trabalho e achou que isso seria bom para o currículo dela.

— Que tipo de trabalho voluntário você faz? — perguntei, interrompendo-a bruscamente.

— Como você sabe que eu faço trabalho voluntário?

— Você faz?

— Posso garantir que não tem nada a ver com meu currículo!

Um garçom se aproximou e pediu a Samantha que baixasse um pouco o tom de voz.

— Eu vi uma mulher trocar a fralda do filho numa mesa aqui e ninguém reclamou com ela! — resmungou Samantha.

Mas pediu a conta e me lançou uma bomba:

— Talvez você devesse conversar com a ex-mulher dele.

— Ele era casado? — perguntei, notando, nesse momento, a mudança de poder entre nós.

— Seu noivo nunca contou a você que era casado? Susan sabia.

Ao juntarmos nossas coisas para ir embora, tive a chance de organizar os pensamentos.

— Como posso falar com ela?

— Procure no catálogo de Sag Harbor. Ela usa o nome de solteira: Loewi, Pat.

Samantha mal se despediu. Fiquei observando-a se afastar, ciente de que minha suspeita se confirmaria; eu contaria à polícia de Boston sobre ela. Como ela poderia saber dos arranhões na moldura da janela?

Eu não lia Shakespeare desde o ensino médio, mas abri uma antologia de peças para dar uma olhada em *Otelo*. No texto, o amargurado alferes de Otelo, Iago, leva o general a crer que sua esposa, Desdêmona, está dormindo com um tenente de seu exército. Acreditando na mentira, Otelo, enfurecido, enforca a inocente Desdêmona com as próprias mãos. Foi só no mestrado que fiquei sabendo da existência da síndrome de Otelo, um tipo de ciúme mórbido que termina em violência. Nem toda sociedade pune crimes passionais. Por exemplo, se uma mulher de Hong Kong descobre que o marido foi infiel, ela tem o direito de matá-lo, mas só pode usar as próprias mãos. No entanto, a amante do marido pode ser morta como a mulher quiser. É uma lei antiga, mas que continua em vigor. E, de acordo com estatísticas criminais, o ciúme é um dos três maiores motivos de assassinato.

Sentada à mesa da cozinha, eu refletia sobre os motivos para notificar o detetive Homes sobre Samantha. Faria diferença se minha suspeita estivesse contaminada pelo ciúme? Eu me lembrei da primeira vez em que Bennett e eu tivemos a velha conversa sobre antigos relacionamentos, só que, no caso dele, os relacionamentos não eram antigos, e sim simultâneos. Uma lembrança da mesma aula na qual li *Otelo*, cortesia de William Faulkner: "O passado não está morto, o passado nem sequer passou." A mentira de Bennett em relação a sua formação na McGill talvez tivesse um quê de verdade: uma namorada que ele chamava de Sam. Apelido de Samantha? Bennett me disse que a menina não parava de dar em cima dele e chegara a persegui-lo. Ele falou que até trocou o número do telefone e se mudou, mas nem assim ela havia parado de persegui-lo. A tal Sam o assustava. Ele alegou que certa noite ela seguiu uma mulher com quem ele estava ficando e furou os pneus do carro dela. No entanto, isso não o havia impedido de pedi-la em casamento. Sam estava com a aliança. Bennett era o tipo de mentiroso que paira pouco acima da verdade.

Liguei para o detetive Homes. Já tínhamos conversado o suficiente para não precisarmos perder tempo com trivialidades.

Contei a ele sobre minha suspeita em relação a Samantha.

— Ela sabia dos arranhões na moldura da janela — confidenciei.

— Isso chegou a ser divulgado pelos jornais. Essa Samantha é a *terceira* noiva de Bennett? — perguntou ele, sem tentar esconder o sarcasmo.

— A terceira que eu saiba.

Não mencionei a ex-esposa.

— Além de saber dos arranhões na moldura da janela, o único fato em que sua acusação se baseia é a afirmação de que Susan Rorke teria se matado?

— Samantha manifestava ciúme mórbido e fúria irracional. Digo isso como profissional — respondi.

Eu sabia que minha formação não importava — se é que eu conseguiria encontrar tempo e concentração para terminar o curso. Tudo que aquele detetive enxergava era o ciúme de uma noiva abandonada.

Os postes se acenderam assim que desliguei o telefone. O crepúsculo de novembro começava às quatro e meia. Eu não comia nada desde o Le Pain Quotidien, onde só havia tomado um cappuccino. Minha cozinha estava mais limpa agora do que jamais esteve. Eu não tinha sequer fritado um ovo desde que voltara ao apartamento. Peguei os poucos ingredientes de que dispunha: ketchup, um saco de batatas chips e um pedaço de gorgonzola que havia comprado na delicatéssen por 29 dólares. Botei uma fatia de queijo sobre uma batata e a mergulhei no ketchup: amido, proteína e vegetal. Deixei a escuridão se apoderar do apartamento. Steven achava que eu era teimosa por continuar morando ali depois do que tinha acontecido. Mas, se eu me mudasse, continuaria me mudando sem nunca me sentir em casa.

Fui até a janela. Minha vista eram os quintais. Os italianos ainda penduravam as roupas no varal. Vi uma mulher puxar os lençóis pela janela aberta.

Então Bennett tinha uma ex-esposa. De todas as mentiras que ele havia me contado, essa era a que mais doía. Afinal, ele havia contado às outras duas noivas sobre a ex. O vento soprou o último lençol para fora do alcance da minha vizinha. O lençol caiu no quintal com as plantas podadas, pousando num arbusto em forma de cogumelo.

Liguei para Steven e perguntei se ele gostaria de vir a minha casa.

— Eu já estou de pijama — respondeu ele. — Assistindo a *Chopped: o desafio.*

— Isso é algum programa de investigação?

— Passa no Food Network. Os ingredientes de hoje são melancia, sardinha enlatada, queijo Monterey Jack com pimenta e metade de uma abobrinha.

— Eu acabei de jantar batatas chips com gorgonzola e ketchup.

— Se você estivesse no *Chopped*, teria feito uma lasanha com isso. O que você está vendo?

— *Happily Never After*, um programa sobre assassinatos em plena lua de mel. Sabe qual o episódio de hoje? "As noivas vestem sangue." Ele já havia sido casado.

— O noivo?

— Bennett.

Ouvi a televisão de Steven ficar no mudo.

— Ele morreu, Megan. As mentiras estão enterradas com ele.

— Ele não pode ser enterrado enquanto ninguém reivindicar o corpo.

— Como você sabe que ele já havia sido casado?

Contei a Steven sobre Samantha.

— Você acha que ela é perigosa?

Respondi que não sabia.

— Vou pedir um táxi e já estou indo para aí.

— Samantha não pode me empurrar pela janela. As janelas daqui têm grades.

Meia hora depois, Steven tocava o interfone. Chegou com uma escova de dente e a roupa de trabalho do dia seguinte: um terno escuro, ainda no plástico da lavanderia. Teria uma reunião importante na ONU.

Dormiu no sofá que havia me dado de presente cinco meses antes, no meu aniversário de 30 anos.

Ao contrário de seres humanos acusados de um crime, Nuvem e George não tinham direito a um julgamento rápido, tampouco existia algo como direito à liberdade condicional para cães. Enquanto o serviço judiciário protelava o caso, eles definhavam física e espiritualmente nas gaiolas imundas daquele abrigo barulhento, sem funcionários suficientes.

Mas então McKenzie me ligou com uma notícia que me deu esperança: ele havia marcado a data da audiência, dali a duas semanas. Combinamos de nos encontrar como sempre, no Champs, e, pela primeira vez, ele chegou antes de mim. Dava para ver que estava animado, satisfeito com o que tinha conseguido. Explicou a notícia como a dádiva que era — eu sabia que os casos de cães perigosos podiam passar um ano ou mais sem ir a julgamento.

Fiquei surpresa quando a primeira coisa que ele me disse era que eu parecia melhor. Melhor comparado ao quê? Devo ter demonstrado certa confusão, porque McKenzie sentiu necessidade de se explicar:

— Você parece mais descansada, mais tranquila.

— Sério? — perguntei, incrédula. Aparentemente, ficar acordada a noite inteira tentando encontrar a ex-mulher do noivo rejuvenescia.
— Obrigada. Você também.

— Não precisa retribuir o elogio. Só estou feliz de ver você bem — disse McKenzie.

Ele chamou a garçonete. Quando ela trouxe os cardápios, ele não precisou consultá-los.

Contei que havia levado a declaração do veterinário e lhe entreguei a pasta, com anos de relatórios da Nuvem. Quando filhote, ela havia comido uma meia-calça. A cirurgia para tirá-la do estômago custara 4 mil dólares, mas o veterinário conseguiu retirá-la e devolvê-la para mim. Como a meia-calça tinha custado 65 dólares, calculei que a cirurgia saíra por 3.935 dólares.

— Você gastou 65 dólares numa meia-calça? — comentou ele, folheando a pasta.

McKenzie continuou lendo. Certa vez Nuvem fora picada por uma vespa, e o focinho inchou tanto que ela não conseguia abrir os olhos. Em outra ocasião, levara uma picada de cobra nadando num lago da Flórida.

A pasta de George, por sua vez, continha apenas três meses de relatórios veterinários. Os tratamentos que ele havia feito se resumiam a vacinas e exames de rotina.

— Por que não existe nenhuma cobrança em relação ao George?

Contei a ele que minha veterinária se recusava a cobrar pelas consultas de George e Chester: ela se solidarizava com os cães resgatados por mim.

A garçonete trouxe para McKenzie um suco verde, feito de sete vegetais. Pedi café, puro.

— Também trouxe algumas fotos — lembrei.

Espalhei-as sobre a mesa: os três cachorros encontrando um bebê no parque e jogando bola com um time de crianças de uma turma do primeiro ano do ensino fundamental.

Entreguei a McKenzie a declaração de vizinhos que conheciam Nuvem desde que ela era um filhotinho.

— Você é muito organizada — elogiou ele, guardando tudo na mochila.

— Tem mais alguma coisa que eu possa fazer? — perguntei.

— Algum desses vizinhos conhece George bem o bastante para testemunhar em sua defesa no tribunal?

— Meus vizinhos viram a Nuvem crescer, mas tinham medo de George. Fiquei bem triste com o preconceito por ele ser um pit-bull. Ele nunca fez nada de errado e, ainda assim, todos o evitavam.

Foi quando me lembrei de Billie enfiando a mão na gaiola para fazer carinho em George, quando ele e Nuvem foram levados para o abrigo.

— Uma voluntária do abrigo conhece o George e possivelmente testemunharia. Foi ela que providenciou o teste de temperamento para ele.

— Isso nos ajudaria bastante — assentiu ele.

Fiquei surpresa com o uso do pronome "nos". Isso revelava muito sobre ele. Fiquei muito agradecida por não estar sozinha. E isso me acalmou.

Não estava acostumada a me sentir assim com um homem. Estava gostando daquilo. Mas não confiava naquele sentimento. Em geral, me via atraída por homens que, como Bennett, pareciam amáveis e atenciosos no começo, mas depois se revelavam justamente o oposto. Quando eu descobria isso, minha reação era sempre contraintuitiva: ficava ainda mais atraída. Na verdade, quanto mais controlador e retraído ele se mostrava, mais próxima eu me sentia. Não porque ele depositava em mim sua confiança, mas justamente pelo contrário. Eu me empenhava mais por merecê-la. E, quanto mais me empenhava, *menos* ele confiava em mim. Eu ficava cada vez mais ansiosa e confundia essa ansiedade com paixão. E, quanto mais me sentia ansiosa, mais fixado em mim ele se tornava, e eu confundia essa fixação — onde você estava? por que se atrasou? — com amor.

— Como eu faço para falar com essa voluntária? — perguntou McKenzie.

Passei para ele o telefone que Billie havia me dado quando nos conhecemos no abrigo.

— Tenho uma coisa para você — disse ele, enfiando a mão na mochila. — É uma cópia do relatório da polícia de Boston sobre a morte de Susan Rorke.

Peguei a pasta pesada, mas, antes que pudesse guardá-la na minha bolsa, McKenzie disse:

— Você está acostumada com fotografias forenses, não é?

— Sem problemas — menti.

As vítimas das centenas de fotografias forenses que eu havia estudado não tinham nenhuma relação com meu noivo.

— Você quer mais alguma coisa além de café? — ofereceu ele.

Inventei uma desculpa. Estava tão ansiosa para ler aquele relatório que mal via a hora de ir embora. (Existe uma linha tênue entre apreensão e entusiasmo.)

Foi imaginação minha ou notei certa decepção no rosto de McKenzie quando ele percebeu que eu estava pegando minhas coisas? E, se não foi isso, ele estava decepcionado por eu me mostrar mais interessada na morte de Susan Rorke do que nos cachorros? Ou estava decepcionado por eu não ficar mais tempo com ele?

Eu não conseguia ler o relatório policial no apartamento onde Bennett havia sido morto. Andei um quarteirão até a biblioteca pública de East Williamsburg, um pequeno prédio de um andar, de tijolos cobertos de hera.

Passei pela área deserta de livros infantis, pelo setor de locação de filmes e pela fila de pessoas em situação de rua à espera de um computador livre e me sentei à longa mesa vazia destinada aos leitores. Em geral, ficava triste que tão poucas pessoas lessem, mas nesse dia isso não me incomodou nem um pouco.

Espalhei em cima da mesa as fotografias forenses. Eu não sabia que Susan Rorke tinha caído no carrinho de um ambulante. O corpo estava de ponta-cabeça, as pernas presas no carrinho, o torso pendendo. A blusa tinha subido, expondo os seios dela. Uma ginasta suspensa. Um cervo pendurado. Tentei entender anatomicamente o que tinha diante dos meus olhos. A justaposição do carrinho e do corpo destruído era obscena, assim como os pensamentos que me ocorreram: aquele carrinho foi aposentado depois disso? Com vergonha de mim mesma, pensei nas fotos do Facebook em que ela mostrava a aliança de noivado, que não aparecia em nenhuma fotografia forense. O assassino levou o anel? Como uma lembrança ou para esconder uma evidência? Se tivesse sido Bennett, então era a segunda opção; se tivesse sido Samantha, era para recuperar o que ela acreditava ser a aliança da avó dele e para guardar o que acreditava lhe pertencer por direito.

O relatório da necropsia dizia que a causa da morte havia sido um trauma contuso. Até aí, podia ser acidente, suicídio ou homicídio. As mortes por trauma contuso se estendem numa vasta gama de situações em que não há indício de penetração na pele, ao passo que as mortes por ferimento de tiro ou faca, por exemplo, restringem-se a menos possibilidades. Li com avidez em busca da resposta a uma pergunta-chave: o trauma se devia à colisão com o carrinho, ou Susan já havia sofrido o dano fatal antes do impacto? O relatório da necropsia era claro no seguinte: a causa da morte era um impacto na nuca com um instrumento do tamanho de uma moeda, compatível com a cabeça de um martelo. No entanto, nenhum martelo havia sido encontrado no local, nem durante uma extensiva busca no prédio e adjacências.

Uma coisa era empurrar a pessoa da janela num momento de fúria, outra coisa era levar um martelo. A morte teria sido imediata.

Pulei a parte das condições ambientais do local. Não tinha nenhuma necessidade de saber a "temperatura exterior".

Também passei direto pelo relatório dos policiais, pela descrição do local e pela "extensão dos danos", pela localização, e recomecei a ler quando cheguei ao inventário de provas.

O exame toxicológico mostrava que não havia nem álcool nem drogas no sangue dela. A vítima não apresentava nenhum sinal de debilidade, até ser atacada pelo vulto não identificado, capturado por uma câmera de segurança num banco do outro lado da rua do abrigo. A câmera do próprio abrigo estava quebrada.

Uma das testemunhas, o guarda do abrigo, dizia ter ouvido os gritos de uma mulher — "Não, não, não!" — quando saiu para fumar, seguido do baque do corpo de Susan Rorke caindo a menos de trinta metros de distância. Outras testemunhas — três médicos-residentes do abrigo, na enfermaria — diziam ter visto uma pessoa de capuz correndo pelo corredor. Duas voluntárias da cozinha que preparavam o almoço do dia viram a mesma pessoa de capuz deixar o prédio pouco depois da hora da morte.

Olhei para a foto do carro de Bennett passando pelo pedágio da I-93 no sentido norte, à uma e cinquenta e sete, quarenta minutos depois da morte de Susan Rorke. Antes de nos encontrarmos em Old Orchard.

E então a evidência mais incriminatória: o DNA do sêmen encontrado em Susan Rorke correspondia ao DNA do corpo que estava no Instituto Médico-Legal de Manhattan.

Respirei fundo. Mais do que a possibilidade de Bennett ter ido se encontrar comigo no Maine depois de matar outra mulher, o que me incomodava naquele momento era saber que ele tinha ido me ver depois de transar com ela. E, se mesmo eu estava com ciúmes assim, por que Samantha não estaria? O relatório policial incluía uma ligação para a emergência feita por Susan uma semana antes de ser assassinada. Os pneus do carro dela haviam sido furados, dizia. Se Samantha realmente era a "Sam" de quem Bennett falava, esse era seu *modus operandi.* O capuz e a roupa larga impossibilitavam identificar o sexo do suspeito. Bennett podia até ter dormido com Susan Rorke na noite anterior e estar em Boston no dia em que ela foi assassinada, mas não era incontestável que fosse o assassino. Sabendo que sessenta e oito por cento dos assassinatos de mulheres são cometidos pelo marido ou pelo namorado, a polícia de Boston teria suspeitado primeiro de Bennett. Eu não teria suspeitado também, se pudesse ser imparcial? Só que não era. Na minha experiência, a raiva de Bennett não era destrutiva — era controladora. Mas e na experiência de outra pessoa, alguém que o tivesse conhecido melhor que eu, como sua ex-esposa? Se ele era capaz de assassinar alguém, ela saberia.

Peguei o ônibus para Hampton, em Manhattan, no ponto da 86 com a Terceira Avenida, para ter chance de escolher um bom lugar. No outono, não era tão complicado arrumar um lugar para sentar quanto era na alta temporada, mas esse hábito se arrastava havia muitos verões, quando eu morava em East End. Pretendia usar a viagem a Sag Harbor para trabalhar nos três quartos concluídos da dissertação. A viagem supostamente levava duas horas, mas é sempre hora do rush na Long Island Expressway.

Escolhi um assento à janela mais para o fundo do ônibus e abri o laptop. Pela enésima vez, revisei o material que havia recolhido durante dois anos. Os sites de relacionamento operam num modelo de resolução de problema, em busca de uma solução. É um algoritmo básico: juntar informações para encontrar padrões. Até o Petfinder funciona assim, só que melhor porque mais encontros terminam em amor. Em geral, entretanto, os sites de relacionamento fazem perguntas superficiais que são genéricas demais para estabelecer padrões: Você prefere filmes de aventura ou comédias românticas? Prefere praia ou montanha? Que animal você seria? Eu trabalhava em outro plano: havia elaborado perguntas que podiam ser feitas tanto à potencial vítima quanto ao potencial predador. Por exemplo: Você gosta que o homem faça o pedido por você num restaurante, sem perguntar o que você quer? / Você gosta que a mulher faça o pedido por você num restaurante? Você se sente lisonjeada quando o homem a procura com frequência? / Você sente necessidade de procurar com frequência a mulher que está namorando? Você considera ciúme no homem algo lisonjeiro? / Você gostaria de saber o passado amoroso da mulher? / Você acha que honestidade é sempre a melhor estratégia? Com informações suficientes, podem-se inferir correlações inusitadas. Por exemplo, a estatista Amy Webb, em sua busca por um marido, descobriu que "um homem que bebe uísque menciona fetiches sexuais imediatamente".

Mais surpreendente foi a revelação feita pelo psiquiatra forense Adrian Raine. Ele descobriu que os psicopatas têm um fator biológico em comum: baixa frequência cardíaca. Essa descoberta é importante porque com isso sabe-se que são necessários níveis de risco maiores para gerar uma sensação de estímulo. O dr. Raine também descobriu que os psicopatas bem-sucedidos — aqueles que não se deixam capturar — são capazes de aumentar a frequência cardíaca o suficiente para se tornarem cuidadosos. Menos bem-sucedidos são os psicopatas que não têm aumento significativo da frequência cardíaca: suas tentativas de sentir estímulo ficam cada vez mais inconsequentes, até eles serem pegos.

Nem todo sociopata é um psicopata. Não é apenas uma questão de grau. A predisposição à violência é alta na psicopatia, ao passo que varia na sociopatia. No que se refere ao comportamento criminal, o psicopata deixa pistas, ao passo que o sociopata trama para minimizar sua exposição. Mais pertinente à minha pesquisa é o fato de o psicopata ser incapaz de manter relações normais, ao passo que o sociopata pode aparentar certa normalidade superficial, embora, na verdade, esteja agindo como um predador social.

As definições clínicas se distinguem com base na capacidade de sentir empatia: o que se diz é que o psicopata não sente nenhuma, ao passo que o sociopata sente uma forma atenuada de empatia, mas prefere ignorá-la. O psicopata é destemido, o sociopata, não. O psicopata não sabe a diferença entre certo e errado; o sociopata, sabe, embora isso não mude seu comportamento. Bennett era sociopata se mentia tão despudoradamente para mim e todas as demais. Era psicopata se matou Susan Rorke e depois foi passar um fim de semana romântico no Maine comigo.

Minha teoria era instigante: tanto o sociopata quanto o psicopata podem não ter empatia, mas o sociopata sabe dos sentimentos alheios o suficiente para ver o que lhe falta — amor — e querer um pouco disso. Ele busca bondade e fraqueza nas vítimas (Speck matando enfermeiras, Bundy pedindo ajuda) porque onde há bondade, com frequência há amor.

Trabalhar na dissertação foi bom para me distrair do encontro com Pat Loewi, que eu havia marcado na noite anterior. Falei para ela que tinha informações sobre seu ex-marido e que precisávamos conversar. Ao sentir sua hesitação, me ofereci para ir até Sag Harbor, e ela concordou. Reconheci-a antes de descer do ônibus porque ela disse que iria com seu cachorro. Havia duas mulheres com cachorros na coleira, esperando: a amazona de culote e botas de montaria que segurava um retriever, e a outra, eu tinha certeza, a ex-mulher de Bennett. Ela era magra com cabelo ruivo, encaracolado, na altura dos ombros, branco nas raízes. Usava um casaco largo, calça jeans e galochas. Sentada ao seu lado havia uma imponente rottweiler.

Pat segurou a guia com ambas as mãos e disse:

— Audie precisa conhecer a pessoa antes de encostarem nela.

Longe de boas-vindas, aquela mulher havia levado reforço. Saímos do ponto de ônibus e caminhamos pela Main Street, afastando-nos do cais. Preferi caminhar à direita de Pat, considerando que ela levava Audie à esquerda. Agradeci-lhe por se encontrar comigo.

— Pensei em levar Audie para passear na praia de Haven — disse ela, antes de passarmos por três lojas para turistas. — Fica a uns quinze minutos daqui.

Começamos a andar num ritmo tranquilo e, depois de alguns quarteirões, eu disse que precisava de um café e perguntei se ela também queria. Pat respondeu que não bebia café, só chá, porém, quando me ofereci para comprar, ela disse que só tomava chá verde e a lanchonete aonde eu estava indo não tinha. Entrei e saí poucos minutos depois, com apenas um café.

Seguimos pela Main Street até Pat dobrar à esquerda numa rua residencial. Tudo o que eu tinha pensado em perguntar ou dizer me parecia tão forçado que sequer ousei abrir a boca. E a notícia que eu pretendia dar era o tipo de notícia para a qual o momento nunca parece certo. Ainda assim, pensei em esperar para lhe dizer quando estivéssemos na praia.

A praia de Haven, fora da alta temporada, estava quase vazia. Mas vários cães desacompanhados corriam pelas ondas suaves da baía. Temi que Pat soltasse a cadela, o que ela fez. Audie cheirou minha bolsa, repleta de muitas guloseimas.

— É só ignorá-la — sugeriu Pat.

A notícia saiu de súbito. Contei que seu ex-marido estava morto.

— Nós nunca fomos casados — respondeu ela.

Será que Samantha mentiu? Ou ela não sabia de nada?

No instante em que Pat disse isso, Audie se posicionou ao seu lado, me encarando. Embora Pat não tivesse elevado a voz, a cadela havia captado a tristeza da dona e se manteve alerta.

Contei-lhe as circunstâncias da morte. Contei que eu estava noiva dele na ocasião. Contei que não era a única e que outra noiva havia sido assassinada, possivelmente pelo ex-namorado de Pat.

E olha que antes eu não queria ser tão direta...

— Ele não gostava de cachorros, e os cachorros também não gostavam dele — comentou Pat.

Ela parecia surpreendentemente calma, embora a cadela estivesse ficando cada vez mais agitada, reagindo ao que deduzi serem seus verdadeiros sentimentos.

Esperei que ela continuasse.

Pat pegou um pedaço de vidro arrastado pelas ondas e o examinou.

— Então ele não mudou — disse. — Só duas noivas?

— Isso não foi surpresa para você.

— Ele vivia de acordo com as próprias regras — comentou ela, enquanto Audie corria para o mar. — Mas homicídio é novidade.

— A polícia acha que foi ele.

— E você não acha?

— Eu não sei o que pensar.

Só notei que Audie tinha voltado da água quando ela se sacudiu perto de mim.

— Sei que não estou reagindo como você devia estar esperando — admitiu Pat. — Mas esse homem me fez sofrer muito.

— Quanto tempo você ficou com ele?

— Tempo o bastante para ele tirar minha vida dos eixos — respondeu ela. — E você?

— Eu tive sorte. Relativamente.

Não era minha intenção competir. Queria que Pat me contasse o que ele tinha feito.

— Eu estava dando um curso de extensão, entrevistando alunos durante o período de matrícula, quando um rapaz petulante de calça justa e camiseta branca perguntou à secretária do departamento se ainda tinha lugar na minha turma. Eu estava ocupada com outro aluno. O rapaz, que parecia ter uns 20 e poucos anos, não podia me esperar terminar. Quando se virou para sair, cochichei para a secretária: "Sempre vai ter lugar na minha turma para ele." Eu cochichei, mas a acústica da sala fez com que ele me ouvisse. Então notei que ele parou. Eu era doze anos mais velha que ele, mas a partir daquele momento ele começou a flertar comigo.

"Na época, eu pintava e estava procurando uma galeria. Ele parecia muito empolgado com meu trabalho e disse que pretendia abrir uma galeria um dia. Eu me sentia numa corrida contra o tempo para expor minha obra. Você conhece a velha piada de como construíram o túnel Holland? Deram aos artistas de Nova Jersey colheres de chá e disseram que o primeiro a cavar até Manhattan ganhava uma galeria. Levei anos para entender o que ele tinha visto em mim: uma oportunidade.

"Ele não tinha dinheiro — continuou ela. — Tinha charme. E usou esse charme para me desviar de tudo o que eu gostava."

Caminhávamos devagar pela areia dura, nos revezando em jogar um pedaço de pau para Audie buscar.

— A ironia — continuou Pat — é que ensinei tudo o que ele sabia sobre arte sem me dar conta disso. E, quando ele aprendeu o bastante para entender o valor dos quadros do meu avô, roubou as duas únicas telas dele que eu tinha. Um presente de despedida que ele deu a si mesmo.

— Meu Deus! — exclamei.

— Espera que melhora. Eu fiquei triste porque ele não roubou *meu* trabalho.

— Ele fez mal a muitas mulheres — comentei, suspirando.

— De quantas estamos falando?

— Contando comigo, quatro, pelo que sei — respondi. — Simultâneas, não consecutivas.

Isso fez com que ela risse. Audie pareceu acompanhá-la na mudança de humor: a cachorra se deitou de barriga para cima na areia e ficou chutando o ar, então se endireitou, sacudindo-se. Avançávamos contra o vento, e uma espécie de sincronia nos fez dar meia-volta ao mesmo tempo. Pat perguntou se eu gostaria de conhecer seu ateliê.

Caminhamos mais vinte minutos até dobrarmos em uma ruazinha de terra. Eu tinha medo de carrapatos, apesar da temperatura baixa. A partir de quando não é preciso mais se preocupar com eles? Avançamos por entre carvalhos e pinheiros, a terra arenosa. Eu queria não estar com minhas botas de camurça. Por causa de uma tempestade, o chão estava cheio de galhos quebrados, e precisávamos passar por cima deles para continuar em frente.

O ateliê de Pat era um galpão de madeira malcuidado, do tamanho de uma garagem para três carros, com uma porta de correr antiga, trancada a cadeado. Depois de girar o segredo para a direita, para a esquerda e de novo para a direita, Pat jogou o peso do corpo na maçaneta e fez a porta deslizar. Tateou a parede onde ficava o interruptor, e uma lâmpada fluorescente iluminou o ambiente. Era muito maior do que parecia do lado de fora.

Eu havia imaginado paisagens genéricas e fiquei surpresa com as fotos dela nua, em tamanho real, cada uma com um coração ensanguentado sobre o seio esquerdo.

— Não se preocupe, é um coração de porco — explicou Pat.

Se eu estava preocupada? Agora estava. Nas fotos, ela parecia dez anos mais jovem do que a mulher ao meu lado. Pat se antecipou a qualquer comentário que eu pudesse cogitar fazer com uma única palavra:

— Sutil. Eu fiz esse trabalho assim que ele foi embora. Deixei as fotos aqui depois que você me ligou, ontem à noite. — Ela indicou outra parede — É nisso que estou trabalhando agora.

Ali estavam as paisagens marítimas, modernas por causa dos desenhos sutis de padrões de ondas feitos com grafite. Se Vija Celmins já não tivesse feito isso antes, Pat estaria no caminho certo. Ela repetia coisas que já existiam, em vez de criar algo novo. Pelo visto, Bennett roubara também sua coragem.

Ela preparou chá verde para nós e deu a Audie um enorme osso defumado para mastigar. Não consegui acreditar que Pat não notasse quanto isso era perturbador depois do que eu havia lhe contado sobre a morte de Bennett. O rangido dos dentes no osso era desconcertante.

Nesse momento, ouvimos um barulho vindo do lado de fora, como galhos se partindo sob o pé de alguém ou de alguma coisa. Audie correu para a janela e começou a latir e rosnar. Com a luz do ateliê acesa, e o sol já tendo se posto, nem Pat nem eu conseguíamos enxergar fora do galpão. Audie pulava no vidro da janela, e temi que ele se quebrasse. Corri os olhos pelo ateliê para ver se encontrava algum esconderijo. Estava à beira do pânico. Mas Pat se mantinha estranhamente alheia a tudo aquilo.

— Mudei para o acrílico com essa série — explicou. — Não sei se gosto tanto das superfícies, mas sou impaciente demais para esperar o óleo secar.

— Audie sempre age assim? Será que a gente devia dar uma olhada lá fora? — perguntei.

— Deve ser um guaxinim tentando entrar no lixo, ou um coiote. De qualquer jeito, não vou deixar Audie sair. Meu outro cachorro morreu atacado por coiotes, na semana passada.

— Ah, minha nossa, eu sinto muito!

— Bem, os vizinhos acham que foram coiotes, mas eu não tenho certeza.

— O que mais poderia ser?

— Audie, chega! — A cachorra finalmente se afastou da janela, rosnando baixinho. Pat se aproximou do autorretrato. — Eu sei o nome verdadeiro dele — disse, fitando aquela versão mais nova de si mesma.

Senti a boca secar.

— Quem era ele? — perguntei.

— Precisei gastar 5 mil dólares para descobrir.

Aguardei que Pat continuasse, mas, como ficou em silêncio, me perguntei se ela estaria esperando algum pagamento para me passar a informação.

— Contratei um detetive particular para localizar os quadros do meu avô. Ele descobriu que as telas tinham sido leiloadas no Catar por pouco mais de 1 milhão de dólares. Disse que o vendedor era anônimo, mas conseguiu descobrir que vinha do Maine.

— Você disse que sabe o nome dele.

— Sei com que nome ele começou a dar os golpes. Jimmy Gordon. O detetive particular não encontrou os quadros, mas conseguiu o endereço da mãe de Jimmy.

— Como ela era? — perguntei.

— Eu nunca fui até ela. Por que faria isso?

— Você se importaria se eu fosse?

— Se fizer isso, pergunte a ela onde estão os quadros do meu avô.

Levei nossas xícaras vazias para a pia, no canto do ateliê. Audie me observava de sua caminha. Eu mantinha distância dela. Perguntei se podia usar o banheiro antes de ir embora.

— O ateliê não tem banheiro. Eu vou no mato.

Agradeci-lhe o chá e por ter se encontrado comigo.

Pat perguntou se eu tinha alguma foto recente de Bennett. Peguei a metade já gasta da que ainda carregava comigo. Ela deu uma olhada rápida e me devolveu.

— Ainda impenetrável. Esse corte de cabelo, meu Deus!

Eu queria lhe fazer uma pergunta — se ela acreditava que ele era capaz de matar alguém —, mas não teria confiado na resposta.

Pat entreabriu a porta para eu passar e a fechou assim que saí. Havia apenas um quarto crescente de Lua no céu e nenhuma outra luz à vista. Apenas dez passos e eu já havia me afastado da trilha. Tateei o interior da bolsa em busca da caixa de lenços e me agachei. Urinei morrendo de medo de heras venenosas, carrapatos, cobras, tarântulas e coiotes. Suspendi a calça. Ouvi Audie correndo dentro do ateliê. Pelo menos eu esperava que fosse lá dentro.

Comecei a caminhar, acreditando que estava seguindo na direção certa. Um galho arranhou minha bochecha, e sangrou um pouco. Torci o tornozelo e passei por uma teia de aranha, tudo no escuro. Precisava me controlar para não entrar em pânico. Eu me concentrei para tentar escutar o som do tráfego. Só ouvia latidos.

Uma nuvem cobriu as estrelas. De qualquer forma, eu não havia conseguido me guiar pela luz delas. Peguei o celular, mas estava sem sinal. Por que eu não tinha baixado o aplicativo de lanterna?

Meu casaco não era apropriado para aquele frio úmido. Então tive uma ideia: encontrar o mar para me guiar por ele. Tentei detectar algum cheiro que não fosse dos pinheiros que me cercavam. Ou era uma alucinação olfativa, ou eu realmente estava sentindo um leve cheiro de mar.

Caminhei com cuidado naquela direção, mas, depois de alguns minutos, perdi o rastro, assim como minha segurança efêmera. Ouvi um barulho semelhante ao que tinha ouvido quando estava no estúdio, de galhos se partindo. E o que me restava de tranquilidade se esvaiu. Ouvi mais uma vez o barulho e resmunguei:

— É sério mesmo?

Era assim que começavam vários filmes de terror: a mulher sozinha foge do predador desconhecido na floresta escura. E quem era o predador? Audie? Os coiotes? Pat? Samantha? A pessoa que se passava por Susan Rorke? Nesse instante, como se o livro estivesse diante dos meus olhos, me lembrei de um trecho de Helen Keller: "Evitar o perigo não é, a longo prazo, tão seguro quanto se expor a ele. Os temerosos são alcançados tanto quanto os corajosos." Quer dizer, se atravessar a vida cega e surda não ensina sobre o medo, nada ensinará.

Minha pulsação desacelerou, respirei fundo e avancei no que talvez fosse a direção do mar. Depois de pensar nas palavras de Helen Keller, me ocorreu algo que Cilla me dissera: "A curiosidade, mais do que a coragem, vence o medo." Enquanto caminhava pela escuridão, eu me fiz a pergunta que havia me levado até ali. Eu não queria saber se Bennett era capaz de matar alguém. A pergunta verdadeira era como tinha sido capaz de me apaixonar por ele.

Senti o cheiro de maresia. Mais que isso, entrevi o horizonte e me lembrei de que a água sempre reflete a luz ambiente. Pouco depois, ouvi o som das ondas.

Eu sabia exatamente onde estava.

Embarquei no trem C e desci na rua 72 para caminhar pelos últimos quinze quarteirões no parque e esvaziar a mente antes da minha sessão com Cilla. Havia rosas espalhadas sobre o mosaico de pedras em forma de mandala com a palavra "*Imagine*" ao centro — o tributo a John Lennon em Strawberry Fields. Na noite anterior, eu tinha feito algumas pesquisas na internet. Não havia nada sobre o Jimmy Gordon que eu estava procurando; ele tinha desaparecido em 1992, aos 17 anos. Só encontrei um gato chamado Jim Gordon, que tinha sua própria página, e o famoso baterista Jimmy Gordon, que havia tocado com John Lennon, Bob Dylan e o Beach Boys até ser preso por matar a mãe a facadas.

Entrei na fila para comprar uma garrafa de água mineral de um vendedor ambulante do parque e o vi pescar uma salsicha de uma tina de água quente que ele provavelmente só trocaria na primavera. Eu estava com fome também, mas não tanta. Quando ele me deu a garrafa d'água, entreguei-lhe duas notas de um dólar.

— Três dólares — disse ele, rispidamente.

Passei pelo parquinho, repleto de crianças brincando sob os olhos atentos das babás, e entrei no Ramble, o único lugar do Central Park onde eu me perdia. Embora as trilhas escarpadas às vezes dessem em lagos e rochedos, eu não tinha medo da natureza ali. No Central Park, sabemos que não vamos ser atacados por uma matilha de coiotes ou uma tarântula. A ameaça são as pessoas. É só pensarmos em Robert Chambers, o assassino almofadinha que matou uma adolescente perto dali, ou a gangue "selvagem" que foi acusada de atacar e estuprar uma mulher que corria no parque. A condenação dos garotos foi anulada quando Matias Reyes, estuprador e assassino sentenciado à prisão perpétua por outros delitos, confessou o crime.

Antes de sair de casa, liguei para o Instituto Médico Legal para identificar o corpo de "Bennett". Também liguei para o detetive Homes a fim de lhe informar seu verdadeiro nome. Ele recebeu a informação sem muito interesse, e senti vontade de dizer que o caso podia estar encerrado para ele, mas não para mim. Reiterei meu medo de Samantha. Eu sentia que não estava sozinha na mata na noite anterior, e a única pessoa que sabia que eu visitaria Pat era ela. Mas eu não tinha prova nenhuma.

O consultório de Cilla funcionava num prédio da rua 87, oeste, no térreo. Fiquei na sala de espera até ela terminar a consulta do paciente anterior. Peguei um exemplar da *Tricycle*, uma revista budista, e li parte do artigo "A arte de estar errado". Também havia uma *Rolling Stone*, e sorri com o que poderia ser uma lembrança dos tempos em que ela cantava com o Lou Reed.

Embora eu a tivesse visto apenas uma semana antes, muita coisa havia acontecido nesse meio-tempo. Eu me sentei no divã sem esperar que Cilla me perguntasse como eu estava.

Atualizei-a em relação a Samantha e Pat.

— Será que Bennett procurava mulheres inseguras? Ou ele fazia com que elas se tornassem inseguras?

— Qualquer mulher pode ser enganada por um sociopata experiente — comentou Cilla. — É o que eles fazem. Não é isso que sua dissertação pretende mostrar?

— Eu já não sei mais nada da minha dissertação.

— Você acha que Bennett mudou a essência de quem você é? — perguntou Cilla.

— Como posso ter me enganado tanto? Em que momento dar à pessoa o benefício da dúvida gera um comportamento de risco? Eu não devia ter desconfiado quando ele se recusou a me levar até a casa dele? Ou quando não quis conhecer nenhum amigo meu? — perguntei, percebendo que estava sentada na beira do divã. — A vulnerabilidade de Pat era querer ser bem-sucedida como pintora. Qual era a minha? Nós todas devemos ser parecidas, de alguma forma. O que a gente tinha em comum?

— Precisa haver algo em comum? — questionou Cilla.

— Todas nós fomos enganadas — afirmei.

— Você acha que confiança precisa ser substituída por desconfiança?

— Aparentemente, sim. Não quero parecer leviana. Não quero ser cínica. Não quero me tornar uma pessoa amarga. Mas eu preciso entender isso. E por isso vou falar com a mãe dele.

— Você descobriu a identidade de Bennett? — perguntou Cilla, surpresa.

— Pat me disse que o verdadeiro nome dele é Jimmy Gordon e me explicou como encontrar a mãe dele.

— O que você acha que conseguiria se encontrando com a mãe dele?

— Talvez ela queira reivindicar o corpo — expliquei.

— Não, não, não — protestou Cilla. — O que *você* conseguiria se encontrando com a mãe dele?

— O que quer que eu descubra, é melhor do que ficar imaginando.

Fui atingida pela gravidade da situação.

— Isso é um trabalho para você ou para a polícia? — indagou Cilla.

— Para a polícia o caso está encerrado. Ele matou Susan Rorke, e meus cães o mataram — respondi.

— E suas aulas? Você continua se dedicando à pesquisa?

— Essa é a minha pesquisa. Você me falaria se eu estivesse perdendo a cabeça, não falaria? — perguntei. — Quer dizer, se eu estivesse realmente enlouquecendo...

— Seus instintos estão bons — garantiu Cilla. — Confie neles.

De volta a Williamsburg, eu estava morrendo de fome quando desci do metrô na Lorimer Street. Comprei um wrap "O poderoso chefão" (*soppressata*, provolone e pimentão-vermelho assado) na Bagelsmith e comecei a caminhar devagar, aproveitando que não estava ventando. Já havia comido metade do wrap quando vi uma cachorrinha branca sem coleira correndo pela rua. Procurei o dono, mas só vi um casal de jovens gritando e assobiando para chamá-la. Eu me agachei na calçada e peguei uma fatia de *soppressata* do sanduíche. Tentei atrair a atenção da cachorrinha, fazendo o som de beijos estalados. Um caminhão vinha pela rua, então corri para a frente dele, acenando para que parasse. Os jovens continuavam chamando a cadela, que não parava de correr. Aquilo não ia acabar bem.

Um homem de bicicleta parou de pedalar e se aproximou devagar da cachorrinha, sem olhar para ela. Então me lembrei de que era assim que se ganhava a confiança de um cachorro de rua: sem olhar diretamente para ele. O homem batia o braço na perna, e sabia que o movimento devia ser da direita para a esquerda, imitando o rabo de um cachorro feliz. Da esquerda para a direita mostra agressividade. Então tudo me voltou à mente — como se devia proceder. Eu caminhava até o sujeito enquanto ele fazia esses gestos, então notei que era McKenzie.

— Oi — cumprimentei. — Você sabe de quem é essa cachorra?

— Só um instante — disse ele, e pediu que eu lhe entregasse o wrap.

Deixou metade do sanduíche à sua frente, na calçada. Sentou-se e pediu a mim que não me mexesse. A essa altura, o casal tinha entendido que havia ali alguém que sabia o que estava fazendo e agora se limitava a observar o que no fim das contas poderia ser um resgate.

A cadela estava encolhida debaixo de um carro estacionado. Eu me sentei ao lado de McKenzie, e ficamos aguardando. Não falávamos nada. Cinco minutos haviam se passado quando a cachorrinha saiu de baixo do carro e devorou o sanduíche com duas mordidas.

Um amador talvez agarrasse o animal agora, mas McKenzie abriu a mochila e pegou uma corda gasta, fez um laço rápido numa das pontas e prendeu a cachorra com tranquilidade, durante todo o tempo conversando com ela em voz baixa e amistosa. A cadela parecia aliviada, e não encurralada.

Por fim, ele se virou para mim.

— Estou meia hora atrasado para um compromisso — avisou.
— Será que você poderia levar essa cachorrinha para casa, até a gente conseguir um lar para ela?

Dois cachorros meus estavam sob custódia do Departamento de Saúde, mas de jeito nenhum eu deixaria de levar aquela cadelinha para casa.

Peguei a guia improvisada de McKenzie.

— Eu te ligo mais tarde — prometeu ele.

A cadela quis acompanhá-lo.

— Você vai ter que ficar comigo, mocinha — falei.

Havia bastante ração na minha casa, é claro, e essa seria a primeira vez que um cachorro entrava no apartamento desde o dia da morte de Bennett.

Eu a levei para casa e enchi uma vasilha de água gelada e outra de ração. A cadelinha começou a comer imediatamente. Sempre gostei do barulho de cachorros comendo. Satisfeita, ela pulou no meu colo, tão leve que fiquei surpresa de encontrá-la ali. Passei a mão entre suas omoplatas, à procura de um microchip do tamanho de um grão de arroz. Senti as vértebras, mas nada além disso. Ela não devia pesar mais de cinco quilos. Enchi a pia da cozinha com água quente e mergulhei a cadelinha imunda ali. Ela não resistiu, entregando-se à sensação agradável de ser ensaboada. Enxuguei-a e decidi como a chamaria. Seus olhos enormes pareciam azeitonas pretas, por isso foi como a batizei. À noite, convenci Azeitona a me acompanhar até o quarto. Quando acordei, depois da meia-noite, ela estava dormindo em cima de mim. Eu precisava me virar e fiz isso devagar, para não assustá-la, mas não era necessário. Azeitona se virou também, mantendo-se em cima de mim.

De manhã, quando eu ainda estava na cama, McKenzie me ligou para dizer que havia encontrado uma organização de resgate disposta a aceitar a cadela.

— Eu posso ficar com a Azeitona por enquanto, sem problema — avisei.

McKenzie riu.

— Azeitona? Você quer mesmo assumir essa responsabilidade agora? A audiência é na segunda.

— A audiência é na segunda quer eu fique com ela ou não — argumentei. — Eu preciso me preocupar?

— Você conseguiu convencer a vizinha de baixo a testemunhar? — perguntou ele.

— Ela disse que não queria o cachorro assassino de volta.

— Bem, as chances eram pequenas. Imagino que você não vá regar as plantas dela quando ela sair de viagem.

— Quantos processos como esse você costuma ganhar? — perguntei.

— Menos do que eu gostaria.

— Mas você continua — observei.

— O resultado individual representa só uma parte do que estou tentando fazer. É por intermédio da lei que tento mudar a forma como as pessoas tratam os animais.

A eloquência de McKenzie por si só me tranquilizou, e lhe agradeci novamente a ajuda. Depois de desligarmos, entrei no FidoFinder para conferir o banco de dados de cães desaparecidos.

Incluí as palavras "perdida", "branca", "pequena" e meu CEP. Tentei me preparar para as descrições angustiantes dos animais desaparecidos, mas nenhum deles era a cadelinha que eu havia levado para casa. Imprimi uma porção de cartazes com a palavra PERDIDA bem visível. O site recomendava que fossem afixados num raio de um quilômetro a partir do local onde um cachorro pequeno foi encontrado. Levando Azeitona comigo, coloquei cartazes nas redondezas. No caminho de volta, colei o último deles no parque de cães do McCarren Park. Uma mulher passou seu cachorrinho por cima da cerca suspendendo-o pela coleira e o deixou no meio dos outros cachorros que brincavam, como um saquinho de chá.

Liguei para Billie assim que entrei no apartamento, para lembrá-la da audiência na segunda e lhe falar do meu encontro com Pat. Eu gostava de atualizá-la sobre o que estava acontecendo — por mais terrível que fosse, qualquer episódio sempre virava uma narrativa, uma história, e assim parecia mais distante de mim. Era como quando Kathy e eu fazíamos uma brincadeira chamada "Ele acha mesmo...": "*Ele acha mesmo* que pode me ligar na véspera do Natal e me convidar para beber." Esse tipo de coisa. Quando se transforma algo incômodo numa brincadeira ou numa história, é possível seguir em frente. Às vezes, o acontecimento até deixa de ser importante.

Quando contei que Pat havia me mostrado a série de autorretratos dela nua com um coração de porco sobre o seio esquerdo, Billie comentou:

— Não dá vontade de ser a musa dessa mulher.

— E a cachorra dela? — comentei. — Ao menor barulho do lado de fora, parecia um míssil, se jogando no vidro da janela.

Contei a Billie que eu tinha levado para casa uma cadelinha perdida e fui pega de surpresa quando ela perguntou:

— Seu foco agora não deveriam ser seus próprios cachorros?

— Eu estou totalmente focada neles — garanti.

Fiquei magoada com o tom de censura dela.

Ouvi os bipes que indicavam que alguém estava me ligando, mas os ignorei, ciente de que Billie saberia que eu estava deixando passar a ligação para continuar na linha com ela: uma espécie de oferta de paz. Funcionou, e voltamos aos eixos da conversa. Ela me contou que tinha conseguido de Enrique, o chefe do abrigo de animais, uma carta dando suas impressões sobre meus cachorros. Os bipes voltaram e, dessa vez, Billie sugeriu que eu atendesse.

— A gente se vê na segunda, na audiência — despediu-se.

Atendi a ligação e imediatamente desejei não tê-lo feito.

— Fiquei sabendo que você conheceu Pat — disse Samantha.

Levei alguns instantes para formular a pergunta óbvia:

— Como você ficou sabendo disso?

— Ela mostrou os autorretratos nus? Ela mostra para todo mundo. E aqueles corações de porco?

Falando em coração, o meu batia acelerado.

— Ela também disse para você que o ex roubou os quadros do avô dela? Foi ela que pediu a ele que vendesse as telas, e não é culpa dele que a casa de leilão não tenha pago.

Não havia dúvida de que Samantha estava tentando me provocar, mas suas palavras só me deixavam cansada. Eu não queria brigar com uma pessoa louca, possivelmente assassina. Queria ajuda. Queria que aquela mulher maluca me deixasse em paz. Mas o que realmente me assustava era o que tínhamos em comum, embora eu já não defendesse mais Bennett. Como manter uma conversa assim? Ou melhor: como terminá-la? Adotei uma postura submissa, sem querer aflorar os ânimos de alguém que talvez tivesse me seguido até Sag Harbor. Como ela poderia saber da minha visita? Pat, que eu tinha acabado de conhecer, não teria ligado para Samantha.

— Eu vi os corações de porco — falei, tão neutra e calma quanto possível ao se dizer "Eu vi os corações de porco".

— Ela diz que ele acabou com a carreira dela — prosseguiu Samantha. — Rá! Quem conseguiria levar a sério alguém que tira fotos com um coração de um porco de verdade?

— Garanto que eu não.

— Você não contou a Pat que fui eu que passei o nome dela, contou? — Antes que eu pudesse responder, Samantha acrescentou: — Ele só se casou com ela porque ela fingiu que estava grávida.

— As mulheres ainda fazem isso? — perguntei, sabendo que eles não tinham se casado. — O que Bennett fez quando descobriu que ela havia mentido sobre a gravidez?

— A mesma coisa que fez quando, mais tarde, ela fingiu um aborto espontâneo: ficou com pena.

Eu sabia que piedade era um sentimento condescendente. Bennett era incapaz de sentir empatia.

— Ele acha que ela ainda quer o mal dele — declarou Samantha.

O fato de Samantha utilizar o tempo presente me irritava. Eu me recusava a abraçar a irrealidade. Como não a incentivei, ela bateu o telefone na minha cara. Samantha era louca, ou perigosa, ou ambos. E eu não queria nada disso.

Era tarde de sexta, e eu não tinha nenhum plano para o fim de semana. Um ano antes, isso teria me incomodado, mas agora eu gostava da ideia de ter aqueles dias livres pela frente. Eu precisava ser uma pessoa normal, alguém que não aguardava uma audiência ou se preocupava com as outras noivas do noivo assassinado. Peguei a pequena Azeitona e, em vez de perguntar se ela gostaria de dar uma volta, falei:

— Quer sair para comer?

Acomodei-a na bolsa, esquecendo que ali havia muitas guloseimas caninas. Não era de admirar que ela tivesse se ajeitado tão bem. Com a aproximação do Dia de Ação de Graças, as ruas já estavam cheias de decorações natalinas. Eu havia prometido a Steven que levaria uma torta, então fui à Blue Stove, na Graham Avenue, para encomendá-la.

Fazia frio e o dia estava claro, com o céu branco familiar aos nova--iorquinos durante o inverno. Decidi comprar alguma coisa para casa e fui à Abode, na Grand Street. Corri os olhos pelas prateleiras: um abridor de garrafa que não passava de um prego num pedaço de madeira (US$ 18,99) e mesinhas de papelão que pareciam caixas minúsculas empilhadas (US$ 59,99). Passei pelo lustre geométrico preto que parecia conter uma galáxia (US$ 12.500). Havia uma almofada preta com o que parecia uma espiral de fumaça sobre ela (US$ 270), e logo entendi que não encontraria nada pelo que pudesse pagar. Passei na Mystery Train, mas não havia almofadas, só roupas. A Two Jakes, por sua vez, vendia principalmente móveis, e encontrei algumas almofadas numa cor chamada giz. A 39 dólares cada, me pareceram uma pechincha. Em seguida fui ao Grand Ferry Park, uma concessão à Azeitona. Sentei-me num banco próximo ao East River e a tirei da bolsa. Ela quis se sentar no banco, ao meu lado. A vista de Manhattan fazia jus à sua reputação.

Botei Azeitona de volta na bolsa e passamos na loja de ferragens para visitar a seção de plantas, com seus quinhentos metros quadrados. O centro das atenções era um porco de quarenta quilos chamado Franklin, que morava numa jaula bem grande (do tamanho de um conjugado em Williamsburg, para se ter ideia), entre os milhares de plantas à venda. Comprei diversos vasinhos de ervas para a cozinha e um vaso de alfazema para perfumar o quarto.

Deixei a almofada e as plantas no apartamento, servi a ração de Azeitona e saí sozinha. Fazia tempo que eu não ia ao cinema. Peguei o trem L até a Union Square, que concentrava mais de uma dezena de salas no espaço de apenas alguns quarteirões. Os multiplexes exibiam os sucessos comerciais, mas nenhum me interessou. Conferi a programação do Village East e vi que estavam exibindo o documentário *A um passo do estrelato*, sobre backing vocals negras. Uma das mulheres que mais me impressionaram não tinha nenhum interesse em seguir carreira solo, pois gostava da harmonia que aquelas várias vozes criavam. É claro que pensei em Cilla. Ela havia me contado, numa das nossas últimas sessões, que chegou um momento em que ela achou que já não sabia cantar em grupo. Assustada, desistiu da profissão. Mas, com o tempo, entendeu que aquela incapacidade só significava que era hora de fazer um tipo diferente de harmonia. Uma harmonia que podia ajudar pessoas com problemas e mudar completamente suas vidas.

— Não diga "não" ainda — pedi —, mas talvez você goste dessa voluntária que vem testemunhar hoje.

Steven e eu estávamos procurando uma vaga perto do fórum.

— Morgan...

— Você gosta do tipo esportista — argumentei.

— Não depois que Claire me obrigou a correr uma maratona com ela.

— Foi esse o problema? Você nunca esteve em melhor forma.

— Fisicamente — ressaltou.

Steven não era resiliente nesse campo nem em nenhum outro. Eu sabia que ele ainda não tinha se recuperado depois de ter sido abandonado por Claire, após dois anos juntos. Ela queria que ele fosse para o setor privado para ganhar mais; ele queria continuar trabalhando na Avaaz.

— Ela é bonita? — perguntou Steven.

Eu sempre ficava desconcertada quando os homens faziam essa pergunta. Era sempre a primeira coisa que eles queriam saber.

— Ali à direita — falei, indicando uma vaga. — Você vai vê-la no fórum, daqui a poucos minutos.

A sala designada para a audiência era malconservada. O banco em que nos sentamos tinha iniciais talhadas. O juiz se sentou a uma mesa igualmente avariada.

— Lá está ela — avisei, cutucando meu irmão.

Bancar o cupido para Steven era um bem-vindo retorno à normalidade, algo que eu não fazia havia muito tempo.

Billie já estava sentada ao lado de McKenzie. Eu nunca o tinha visto arrumado para um julgamento. Empertigado, de terno, ele parecia mais do que capaz — parecia imponente. Billie, por sua vez, trocara as botas de motoqueira por botas de couro sofisticadas. Seu cabelo estava preso num rabo de cavalo baixo, e ela usava um blazer preto, simples, por cima de uma camiseta branca, e uma calça justa também preta.

Steven se limitou a murmurar apenas uma palavra para mim:

— Uau!

Depois que entramos, McKenzie fez suas observações iniciais para o juiz.

— Primeiro, eu gostaria de citar o artigo 7º da Lei de Agricultura e Mercados de Nova York: "Um cão não poderá ser declarado *perigoso* se o tribunal estabelecer que sua conduta é justificada por maus-tratos, ataques ou ameaças físicas, em qualquer tempo, a si próprio ou a sua prole."

McKenzie pegou uma pasta grossa.

— Eu gostaria de apresentar a Prova A, uma cópia do arquivo da polícia de Boston sobre o assassinato de Susan Rorke. A polícia acredita que a sra. Rorke teve o crânio fraturado por um martelo antes de ser jogada da janela de um prédio. James Gordon, também conhecido como Bennett Vaux-Trudeau, é o principal suspeito. O ataque que resultou na morte dele ocorreu menos de um mês depois do assassinato de Susan Rorke. Esse homem tem um histórico de comportamento violento. Nuvem, da raça cão-da-montanha-dos-pirineus, morava com Morgan Prager desde os dois meses de vida e não tem nenhum histórico de agressividade. A sra. Prager adotou George, o pit-bull misturado, cinco meses atrás, e ele também nunca manifestou nenhum indício de agressividade.

McKenzie apresentou o registro veterinário de ambos os cachorros, bem como a declaração do veterinário. Também entregou o resultado dos testes de temperamento de ambos os cães.

— Eu gostaria de chamar uma testemunha, uma voluntária do abrigo onde os cachorros se encontram isolados há dois meses.

Billie se levantou, apresentou-se ao juiz e informou a frequência com que visitava os cães. Fiquei admirada com sua desenvoltura. Ela era segura, direta e convincente. Conseguia fazer várias observações oportunas sem se alongar. Olhei para Steven, que parecia ter a mesma impressão.

Meu irmão foi a testemunha seguinte. Confirmou que nenhum dos dois cães jamais havia se mostrado agressivo.

— Eu estava com minha irmã quando ela adotou a Nuvem.

— Quanto tempo o senhor passou com o pit-bull? — perguntou o juiz.

— Eu encontro minha irmã pelo menos uma vez a cada duas semanas e sempre gostei de brincar com George. Ele nunca foi bruto.

O juiz perguntou a McKenzie se ele tinha mais alguma coisa a apresentar em defesa dos cães, antes de a sessão ser interrompida para sua tomada de decisão. McKenzie se levantou e disse que gostaria de lembrar ao tribunal que, no dia 4 de abril de 2013, a Suprema Corte de Nova York havia citado o caso "Roup contra Conrad" em seu memorando: "A condenação de um cão exclusivamente em virtude de sua raça não constitui nenhuma base legal."

Como o juiz havia comunicado a McKenzie que teria o veredito às três da tarde, Billie sugeriu que almoçássemos num restaurante próximo que ela conhecia. Quando chegamos ao local, olhei para Steven — o restaurante era um templo Hare Krishna. A única concessão à arquitetura indiana eram três arcos de estuque sobre as convencionais paredes de tijolos vermelhos. Billie nos conduziu ao andar de baixo, onde o restaurante tinha um bufê de comida vegetariana. Notei que Steven só pegou batata e cenoura, os únicos legumes que reconhecia.

Nunca fui boa em esperar. Não consegui deixar de perguntar a McKenzie se ele achava que o juiz decidiria a nosso favor. Mas logo me desculpei pela inconveniência. Billie havia se sentado ao lado dele, de frente para meu irmão. Eu achava que esse tipo de armação tinha mais chance de não ser um desastre se uma das partes não soubesse que se tratava de uma armação.

Billie manifestou sua opinião:

— Acho que o juiz vai escolher esse caso para mandar uma mensagem maior à comunidade: tolerância zero a pit-bulls.

— Ou talvez ele nos surpreenda depois de ler o relatório policial — argumentou McKenzie.

Acima da música que vinha das caixas de som no canto da sala, ouvi Steven expressar sua opinião, cautelosamente otimista. Notei que, embora Steven estivesse falando, Billie mantinha os olhos em McKenzie. Se eu notei, meu irmão também tinha notado.

Minha ansiedade em relação à decisão do juiz chegou a ponto de eu precisar visualizar algo tranquilizador para continuar sentada à mesa do almoço. Eu me imaginei nas águas cálidas e tranquilas do mar caribenho, boiando de bruços, com os olhos abertos para contemplar as suaves ondas na areia branca.

Quando voltei do devaneio e retomei a conversa, Billie discutia com Steven sobre uma questão jurídica. Então me ocorreu que ela se achava uma igual em relação a ele.

— Não vamos precipitar o resultado — disse meu irmão.

McKenzie interveio como uma espécie de árbitro, dando o ponto para Steven. Billie logo recuou, desculpando-se por fazer deduções sobre assuntos jurídicos.

No caminho de volta ao tribunal, ela ficou ao lado de McKenzie, por isso dei um passo atrás para andar com meu irmão, sentindo-me deslocada. Steven cochichou para mim:

— Essa menina não é sua amiga.

— Ela tem se devotado tanto aos meus cães quanto eu.

Steven me lembrou que aquela devoção havia ultrapassado os limites quando ela marcou o teste de temperamento de George sem me consultar. E eu disse a ele que a atitude dela agora dava a George uma chance.

Quando saímos do elevador, no quarto andar do tribunal, McKenzie me chamou para ficar ao seu lado.

— Vamos lá — disse, pousando a mão nas minhas costas para me conduzir à sala.

Havia outro motivo pelo qual eu poderia ter entrado na sala de um fórum, e pensar nisso agora me envergonhava. Depois de atender à mesa de Candice e Doug no café onde trabalhei por um breve período, encontrei forças para ir à delegacia. Na verdade, foi a insistência de Kathy em me acompanhar que me deu forças. Só fazia um mês que nos conhecíamos, mas eu tinha certeza de sua bondade. Eu fora incapaz de denunciar o ataque tinha sofrido quando poderia ser de alguma utilidade: depois que Doug me deixou na rodoviária, com a evidência ainda dentro de mim. Ou pelo menos foi isso que eu disse a mim mesma. Coloquei minha necessidade de distanciamento do episódio acima de qualquer responsabilidade cívica. A ideia de que eu talvez pudesse ter interrompido a atividade predatória deles não era uma prioridade. Eu precisava me proteger.

Quando Kathy e eu fomos à polícia, minha ação foi mais simbólica do que eficaz na busca por justiça. Eu já não dispunha de nenhuma evidência física, havia entrado no apartamento por vontade própria, não sabia nem sequer o endereço, e um mês havia se passado desde o ataque. Um policial simpático anotou minha queixa e nos levou para a região do estaleiro, para ver se alguma coisa me parecia familiar. Mas era noite quando cheguei e, no dia seguinte, eu estava vendada na caminhonete. Pedi desculpa ao policial por desperdiçar seu tempo, e ele me garantiu que não era o caso. Disse que eu tinha feito o certo ao dar queixa. Evidentemente, eu sabia que, se tivesse ido à delegacia a tempo, poderia ter levado o caso a julgamento, talvez até tivesse colocado o casal pervertido atrás das grades.

Estávamos na primeira fila quando o juiz entrou, animado. Ele leu o documento que carregava.

— Assim, de acordo com a Lei da Agricultura e Mercados, parágrafo 123, inciso II, que o presente tribunal é obrigado a seguir, e nas atuais circunstâncias da necessária proteção da cidadania, fica aqui decidido que a cadela da raça cão-da-montanha-dos-pirineus permaneça num abrigo de animais especializado em lidar com cães perigosos, melhor opção para manter em segurança tanto os cidadãos quanto o animal.

McKenzie pôs a mão no meu braço, como se para me amparar, enquanto o juiz anunciava a sentença de George, decretando sua morte, por — no jargão retórico empregado — "eutanásia humanitária". Concedeu a George vinte e quatro horas de vida e declarou o fim da audiência.

— Isso não acaba aqui — sussurrou McKenzie. — A gente pode recorrer.

— Para os dois?

— Podemos pedir primeiro uma protelação para o George — sugeriu McKenzie. — Posso pedir para que ele também seja mantido num abrigo.

— Mas os bons abrigos não têm vagas — argumentou Billie. — Já não aceitam nem nome para lista de espera.

— E o que vai acontecer com Nuvem se não tiver vaga? — perguntei, desesperada.

— Temos tempo para nos preocupar com ela. Agora preciso pedir a protelação da execução de George — insistiu McKenzie. — Steven, você pode levar todo mundo para casa? Eu ligo assim que tiver alguma notícia.

Steven me disse que teríamos alguma resposta ainda aquela tarde, e nós três — Billie à frente — seguimos para a estação do metrô.

— Os pit-bulls nunca têm uma trégua! — exclamou ela.

— Eu tirei George do corredor da morte e agora ele está exatamente onde o encontrei — lamentei.

— Você deu a George um amor que ele jamais teria tido — argumentou Steven.

Sua tentativa não trazia nenhum consolo, embora a intenção fosse boa. Próximo à entrada do metrô, Billie se despediu sem dizer para onde ia, Steven se dirigiu ao carro para voltar a Manhattan, e eu peguei o trem G para esperar em Williamsburg.

Certa vez, li um livro sobre um homem e uma mulher que tinham um relacionamento longo e conturbado. A mulher se virava para o companheiro e dizia: "Podia ter sido tão fácil..." Esse comentário me tocou, tanto por sua resignação quanto pelo simples desejo. Alguma vez era fácil?

À tarde, a notícia de McKenzie não foi o que eu esperava ouvir: o juiz havia rejeitado o recurso de protelação da execução de George. Ele receberia uma injeção letal no dia seguinte. A voz de McKenzie parecia cansada. Ele disse que escreveria um recurso para que Nuvem pudesse voltar para casa, mesmo que tivesse de usar focinheira e eu precisasse assinar um termo de responsabilidade.

— Sinto muito — disse ele. Eu não conseguia acreditar que não havia mais nada que pudéssemos fazer. — Você gostaria que eu acompanhasse você ao abrigo? — ofereceu-se McKenzie. — A gente pode se encontrar lá de manhã.

— Seria muita gentileza sua — respondi, já decidida a fazer uma visita naquela tarde mesmo.

Combinamos de nos encontrar no saguão imundo do abrigo de animais às onze.

Liguei para Billie, confidenciei a ela que queria levar um jantar especial para George e perguntei se ela podia facilitar minha entrada para visitá-lo. Billie respondeu que não estaria oficialmente em serviço, mas que apareceria de qualquer jeito, e sim, daríamos a ele aquele último jantar inesquecível.

Fui ao mercado e comprei um quilo de rosbife malpassado, meio quilo de presunto fresco com crosta de mel e um saco de batatas chips.

No metrô, a caminho do abrigo de animais, me distraí com música. Corri os olhos pelas minhas playlists até encontrar "Love Interruption", de Jack White. A música me assombrava nos meus melhores momentos, e agora eu queria que ela correspondesse àquele estado de espírito. O amor é sempre interrompido, não é? "I want love / to... stick a knife inside me / ..."

Desci na rua 116 e segui para a 119, então fui na direção do rio. As rajadas de vento me açoitavam. Voluntários passeavam com cachorros que vestiam casaquinhos finos com as palavras ME ADOTE escritas em letras garrafais. Exatamente como no vídeo viral da mulher dançando sozinha num ponto de ônibus, uma jovem latina se sacudia ao ritmo de uma música de sua própria cabeça, aguardando o ônibus. No segundo andar de um prédio, alguém enfiou as mãos por entre as grades da janela para esvaziar o saco do aspirador de pó na calçada, que, como sempre, estava cheia de misteriosos ossos de galinha. E três dominicanas flertavam com dois homens que olhavam para elas. Logo percebi isso porque eram as mulheres que tinham o poder e elas sabiam.

Billie me aguardava em frente ao abrigo de animais. Ela me deu um abraço apertado e me conduziu para dentro por uma entrada lateral. Evitei contato visual com os funcionários e agi como se aquele fosse o meu lugar. Billie me levou à ala trancada, onde meus cachorros eram mantidos. Ela parecia uma anfitriã experiente, mantendo-me animada, coreografando tudo com desembaraço, mostrando-me onde me sentar, sem se entregar aos sentimentos esperados naquele lugar terrível. Eu estava grata por ela lidar com a situação com tamanha desenvoltura e simpatia. Isso exercia um efeito tranquilizador sobre mim, e eu podia imaginar que também irradiava para os cães.

Billie e eu nos sentamos no chão imundo, tão próximas que nossos ombros se tocavam. Nós nos revezamos enrolando pedaços de carne que passávamos por entre as grades para ambos os cachorros. Tentávamos fazê-los saborear a comida segurando uma ponta da carne, obrigando-os a sentir o gosto antes de engolir. Quando o rosbife, o presunto e as batatas acabaram, demos a eles os biscoitos que Billie havia levado.

Apesar do jantar farto, os cachorros pareciam surpresos por não haver mais.

Na manhã seguinte, McKenzie me encontrou em frente à entrada do abrigo.

— Tentei falar com você — disse. — Já levaram o George.

Eu estaria mentindo a mim mesma se dissesse que não fiquei aliviada por minha última lembrança dele ser feliz: George desfrutando o melhor jantar de sua vida. Mas isso não me impediu de ao mesmo tempo sentir minhas pernas fracas. McKenzie me abraçou e ficamos ali parados no frio, sem dizer nada. Ele sabia que não adiantava tentar me consolar.

Eu estava a caminho da casa de Steven para passarmos juntos o Dia de Ação de Graças. Ele havia se oferecido para comprar tudo na Citarella e disse que eu só precisava aparecer com a torta. Estava a um quarteirão do prédio dele quando Billie ligou.

— Eu sei como você está se sentindo e quero que saiba que você não está sozinha nessa — disse.

— Como você vai comemorar o Dia de Ação de Graças? — perguntei, pensando que, se ela não tivesse nada planejado, eu poderia convidá-la a ir à casa de Steven.

— Sou voluntária na distribuição de refeições da Igreja de Santa Cecilia, em Greenpoint.

Eu me senti diminuída, mas tentei afastar esse sentimento. Era bacana o que ela estava fazendo, mas isso não significava que eu era egoísta por comemorar a data com meu irmão.

— Se você terminar até as oito, aparece para comer torta de abóbora na casa do meu irmão — propus.

— Obrigada pelo convite, mas McKenzie me chamou para beber alguma coisa quando eu terminasse — respondeu Billie.

Vi a aura que pessoas com enxaqueca experimentam antes da dor. Agora eu me sentia desamparada, ofuscada pela luz.

— Você está aí? — perguntou Billie.

Percebi que eu não tinha dito nada em resposta àquela informação.

— Sim — respondi.

— Eu te aborreci? — perguntou Billie. — Espera, você não está interessada em McKenzie, está?

— É cedo demais para eu pensar nessas coisas — consegui dizer.

— Claro — assentiu Billie. — Mas você consegue entender por que eu estou, certo? Compassivo *e* bonito.

— Perdão, vou entrar no metrô — menti.

Antes de desligar, Billie mandou um abraço para meu irmão.

Steven havia comprado comida suficiente para uma dezena de convidados.

— Espero que tenha lugar no congelador — comentei.

A televisão estava ligada, um documentário que já tínhamos visto duas vezes sobre Danny Way, o homem que saltou de skate a Muralha da China. *Waiting for Lightning* fazia parte da coleção de DVDs de Steven sobre heróis dos esportes radicais. Sempre víamos juntos: Laird Hamilton, Shaun White, Travis Pastrana. Achávamos inspirador ver pessoas serem as melhores do mundo no que faziam. Pessoas que, mesmo com todas as dificuldades, foram bem-sucedidas.

Steven já havia posto a mesa, até acendera as velas. Tudo estaria perfeito não fosse o fato de ele estar usando calça de pijama de flanela e uma camiseta da THRASHER.

— Eu podia ver o Danny Way todo dia — falei.

— Quer vinho? — ofereceu Steven.

— Eu quero uma bebida *de verdade*. Tem vodca?

Ele pegou no congelador uma Stoli.

— Você merece — disse ele ao me entregar a garrafa.

Servi uma dose generosa para mim. Steven fez o mesmo. Brindamos.

— Ao George — propôs ele.

Nós nos sentamos à mesa, cercados por pratos de comida tão bonitos que mereciam uma foto. Eu me servi um pouco de cada coisa, sabendo que não conseguiria comer tudo.

— Falei com Billie quando estava vindo para cá. Cheguei a convidá-la, mas ela vai se encontrar com McKenzie — comentei, esperando uma reação.

Às vezes queremos justamente aquilo que sabemos que vai nos deixar arrasados.

— Ele saiu com ela de novo? — perguntou Steven, então viu no meu rosto o peso do "de novo". — Escuta, isso vai durar uns três minutos. Na verdade, três minutos é muito.

— O padrão dela é bem alto — comentei.

— Ele disse isso, ou é você quem está dizendo?

— Você viu como ela é.

O que eu tinha visto? Uma mulher linda e decidida, tão segura de si que poderia enfrentar qualquer obstáculo. Que homem iria recusá-la?

— Bem, ainda assim, isso me pegou de surpresa — comentou Steven.

— Por quê?

— Você não chegou a conhecer Louise, a esposa de McKenzie. Duvido que ele tenha superado. Ela estudou direito com a gente. Era o oposto de alguém que quer ser o centro das atenções. Até eu tinha uma queda por ela — acrescentou ele. — Todos os caras da turma tinham.

— Ela era tão bonita assim?

— Não era uma questão de beleza. Louise tinha uma espécie de segurança inabalável. Não tinha nenhuma falsa modéstia. Não sei por que algumas mulheres acham que os homens gostam disso. É bobagem. Claire também tinha essa segurança. Não existe um meio-termo para isso.

— Fiquei sabendo da morte de Louise — admiti.

— Ele contou para você? McKenzie nunca fala sobre esse assunto.

— Descobri na internet.

No prato de Steven já havia espaço para reposições. O meu permanecia intocado.

Havia mais perguntas que eu poderia fazer sobre o ex-colega de turma do meu irmão. Mas o que pretendia descobrir? Por que ele havia convidado Billie, e não a mim? Steven não saberia a resposta a essa pergunta.

Em vez de se levantar para se servir outra vez, ele trocou o prato vazio pelo meu ainda cheio. Era generoso o suficiente para não fazer nenhum comentário sobre minha falta de apetite. Então me servi de outra dose de Stoli para lhe fazer companhia por mais meia hora.

A terceira dose de Stoli me foi servida pelo barman do Isle of Skye. Cogitei ligar para Amabile, que morava perto. Não estava pronta para voltar para casa. Mas sabia que ele estaria com sua família dominicana, e tudo bem; eu não queria um ambiente familiar. Nunca tinha ido àquele bar. Em geral, ia ao Barcade, onde ficava jogando fliperama e tinha a impressão de voltar à infância. O Isle of Skye tinha um clima diferente: escocês, os acabamentos em couro preto, um bar repleto de estrangeiros que não comemoravam o Dia de Ação de Graças. Atrás do balcão, havia uma foto emoldurada da rainha em frente a uma fila de homens de *kilt* sentados. O saiote do homem sentado à direita dela havia subido, mostrando o que não devia.

Corri os olhos pela clientela — mais homens do que mulheres, mais hipsters do que moradores locais — e peguei o celular para conferir o Tinder, que eu havia instalado antes de conhecer Bennett. Surgiu na tela a foto de um homem de bermuda, sem camisa, com o nome de usuário Monstro do Pântano. Então as opções: LIKE ou NOPE. Ele estava a menos de um quilômetro de mim. No instante em que dei LIKE, ele podia ver meu perfil e minha foto. O perfil dele dizia que era ator e ensinava artes marciais. Dizia que gostava dos filmes de Bollywood, vodca russa e mulheres americanas. Digitei: "Já temos duas coisas em comum."

Eu estava quase terminando minha bebida quando recebi uma mensagem de Monstro do Pântano perguntando onde eu estava. Mandei o nome do bar. Alguns minutos depois, um homem atlético surgia, e, mesmo a alguns metros de distância e na luz fraca do bar, vi que tinha olhos azuis. Com o cabelo castanho caindo sobre esses olhos, era um espetáculo.

— Você é diferente da foto — comentou ele, a voz neutra.

Ele queria dizer que a foto não me fazia jus ou que eu o havia enganado?

— Você é exatamente como a sua — respondi, tentando manter o tom ambíguo dele.

— Que bom que você estava usando o aplicativo hoje. Feriados são sempre devagar.

Uma sábia amiga minha já havia me dito que só porque o homem é bonito não quer dizer *necessariamente* que ele seja canalha. Eu me dei conta de que estava tentando me justificar e que ele não tinha feito nada além de ir ao meu encontro.

— Você aceita outra bebida? — perguntou, chamando o barman antes que eu respondesse.

— Claro — respondi mesmo assim.

Então comecei a fazer perguntas sobre ele. Não porque quisesse aquelas informações, mas para ouvir sua voz. Sempre me sentia atraída pela voz dos homens. A dele era grave, e parecia que ele estava se confidenciando comigo. Havia um leve sotaque sulista de vez em quando. Louisiana? Ah, meu Deus, que ele seja de Nova Orleans!

Por pouco: ele disse que era de Lafayette, e a família do pai era francesa. E no que já havia atuado? Era uma pergunta perigosa, potencialmente constrangedora. Ele disse que tivera um pequeno papel com fala num filme do Gus Van Sant e começaria a trabalhar numa série da HBO.

Nunca tive vontade de aparecer numa tela ou subir num palco, mas isso não me impedia de nutrir, como muitos, o interesse por quem tem. Como os atores conseguiam se soltar na frente de desconhecidos, a ponto de se perder? E quem ainda estava tentando se *encontrar*?

— Você quer ficar — então ele fez o sinal de aspas no ar — "me conhecendo" ou prefere se divertir um pouco?

Ele havia conseguido me seduzir. E lançara um desafio. Eu me deixei convencer pela ideia de que nada de mau poderia acontecer no Dia de Ação de Graças.

Fomos para a casa dele, em Dumbo. Era complicado entrar no prédio. Tivemos de entrar pelos fundos, onde ele forçou a fechadura antes de enfiar a chave. Se não fosse a luz de algumas janelas do prédio, eu não teria cogitado entrar.

No apartamento, diante de uma janela com vista para a ponte do Brooklyn, havia um saco de pancada pendurado no teto. Era de couro, cor de conhaque, parecia ter sido um objeto cênico.

— É aqui que você treina? — perguntei.

— Não — respondeu ele, sem dizer mais nada.

Fui até a janela para admirar a vista, mas ele interrompeu minha contemplação. Tirou meu casaco e o jogou numa poltrona. Então puxou meus cabelos e ficou atrás de mim. Segurei seu pulso. Ele soltou primeiro. Quando me virei, ele me pegou no colo como um noivo pega a noiva e me levou para os fundos do apartamento, até a cama.

Depois de alguns minutos, acendeu o abajur da mesa de cabeceira.

— Eu quero te ver — falou.

Notei então que não havia cortinas na janela do quarto e que dava para ver tudo das janelas panorâmicas do prédio vizinho. Ao mesmo tempo que me senti exposta, também me senti segura. Podiam me ver. Terminei de tirar a roupa. Ele disse que estava surpreso por me achar tão bonita, que eu não fazia seu tipo.

Será que McKenzie teria dito algo assim, pensado em algo assim? Respondi à minha própria pergunta: acredite, ele não está pensando em você.

O devaneio passou, e voltei ao presente.

— O seu tipo faz isso? — perguntei, e comecei a me tocar.

Eu não desviava os olhos do rosto dele.

— O seu tipo faz isso? — insisti, e enfiei um dedo em mim.

O que havia me desconcertado pouco antes — o quarto iluminado, exposto aos olhos dos vizinhos — agora me estimulava de maneira inusitada. Eu pensava em Billie, e isso me desconcertava. Diante daquele homem, eu tinha a sensação de estar competindo com ela, e, ao mesmo tempo, eu queria estar em seu lugar.

Eu atuava.

Enquanto me observava, ele começou a se despir.

— Não — interrompi.

Por isso ele continuou vestido e se agachou ao pé da cama, de onde podia ver meu corpo — se eu não estivesse de joelhos dobrados. Eu sentia a aflição que ele experimentava, a aflição de se conter. De esperar. Eu não tinha pressa. Gozei na frente dele, no quarto iluminado.

Ele ficou onde estava, enquanto eu me vestia. Ninguém disse nada. Notei uma luz se acender no prédio vizinho.

Ele não pediu que fosse recíproco. Foi o espanto que fez com que ele me deixasse ir embora?

Faltava uma semana para o fim do semestre, e eu estava na prisão de Rikers Island para a última sessão com uma paciente, uma transexual que eu atendia fazia um ano. Ela seria solta na semana seguinte. Ninguém poderia imaginar que Shalonda era trans. Tinha um rosto delicado, uma voz intensa e agradável e seios para os quais havia economizado desde o ensino médio. Havia levado a culpa no lugar do namorado por um crime de estelionato, mas esperava que eles pudessem retomar a vida a dois em Ozone Park.

— Sei que JJ é um idiota mas também sei que ele me ama — disse Shalonda.

— Como ele demonstra isso? — Eu realmente queria saber.

— Ele diz para os amigos, que me contam — respondeu ela.

— Ele nunca diz diretamente para você?

— Ele comprou um vestido para quando eu sair daqui. JJ quer que eu faça a cirurgia.

— E o que *você* quer? — perguntei.

— Quero fazer JJ feliz. Você não acha que isso seja um bom motivo, não é?

Naquele momento, senti que não havíamos feito progresso nenhum. Ela ainda não conseguia reconhecer seus próprios desejos e necessidades.

— Há muito tempo eu aprendi que a gente tem que escolher entre ser feliz ou ter razão — disse Shalonda. — Eu sou feliz quando JJ acha que tem razão.

Meu caso com Bennett havia sido um segredo tão grande que minha atuação na noite anterior, naquele quarto iluminado, fora uma espécie de antídoto extremo, que me dava a sensação de que era eu quem estipulava as condições.

— Pode repetir? — perguntei a Shalonda.

— Onde você estava? — indagou ela, sorrindo. — Você estava longe.

Enrubesci ante o deslize antiprofissional. Pedi desculpa por uma noite maldormida e voltei minha atenção à paciente.

— Eu disse que sei quem eu sou, independentemente da forma que eu adotar. A cirurgia não tira nada de mim. Quer dizer, nada além do óbvio.

Aquilo parecia injusto: eu estava me beneficiando da sessão tanto quanto Shalonda, senão mais. A segurança dela em quem era, sua sabedoria tranquila... Quanto mais conversávamos, melhor eu me sentia.

Falei para Shalonda que havia sido um privilégio trabalhar com ela e disse que esperava receber notícias dela fora da penitenciária. Peguei um cartão de visita, escrevi a caneta meu telefone de casa e lhe entreguei. Por fim, nos abraçamos.

— Surpreender a si mesma é bom, você vai ver — comentou ela.

Shalonda leu minha mente? Sem dúvida eu havia surpreendido a mim mesma na noite anterior.

Decidi atravessar a ponte até o Queens a pé, embora ela parecesse uma zona militar com seus postos de controle e arame farpado. O vento soprava forte.

Eu já havia me surpreendido o suficiente na vida, graças a Bennett. Ou pelo menos era o que eu achava. Quando passei por uma banca de jornal, me detive ao ler a manchete do *Post*: SEM CORAÇÃO. A matéria de capa se referia a uma mulher de 48 anos encontrada em seu ateliê de pintura, em Sag Harbor, com o coração arrancado e deixado sobre o peito.

Eu me sentei num banco e baixei a cabeça. Quando consegui levantar, comprei o jornal. O jornaleiro me chamou pela rua para me dar o troco que eu havia esquecido.

A matéria dizia que o corpo havia sido largado numa posição que se assemelhava aos retratos que a vítima fizera de si mesma, com o coração de um porco sobre o peito. O médico-legista calculava que a morte ocorrera uma semana antes. Ainda não havia nenhuma pista em relação a quem poderia ter cometido aquele assassinato hediondo.

Eu tinha ido àquele ateliê uma semana antes. A cadela de Pat se jogara repetidamente na janela por causa do barulho que vinha do lado de fora. Se não tivesse saído de lá a tempo, eu também teria sido assassinada? Senti um arrepio. Será que o assassino de Pat me viu pela janela? Será que ele estava me vendo agora? Chamei um táxi e informei ao motorista o endereço de Steven. Eu teria que pedir a meu irmão que pagasse a corrida.

— Você vai dormir aqui hoje — decretou ele, depois que lhe contei o que havia acontecido.

— E Azeitona? — perguntei.

— A gente entra com ela escondida.

Era proibida a entrada de cães no prédio dele.

— Foi Samantha quem me disse onde Pat morava. Ela acha que Bennett ainda está vivo. Disse que ele escreve e manda flores para ela.

Steven me perguntou se eu achava que ela seria capaz de cometer um ato de tamanha crueldade.

— Acho que ela me seguiu até Sag Harbor.

— Você não tinha me contado isso — reclamou Steven. — Você tem que ir à polícia agora mesmo.

— Eles não me levaram a sério quando falei de Susan Rorke.

— Você não estava lá quando ela foi assassinada — argumentou Steven, e me entregou seu celular.

Fiz o que ele queria. Passaram a ligação para um detetive do condado de Suffolk, então contei a ele minhas suspeitas do modo mais calmo possível, sem parecer louca. Falei que achava que aquela mulher tinha matado duas pessoas e lhe contei sobre Susan Rorke. Ele marcou um horário para meu depoimento na manhã seguinte.

Eu me sentia exausta quando desliguei o telefone. Afundei numa poltrona, com a cabeça apoiada nas mãos: a imagem da derrota. Então Steven me perguntou se eu estava pronta para buscar a Azeitona. Vi que, enquanto falava ao telefone, ele tinha esvaziado sua bolsa de ginástica, forrando-a com uma toalha quentinha, recém-saída da secadora.

A cobertura da mídia local sobre a morte de Pat se concentrou no fato de ela ser neta do expressionista Paul Loewi. Loewi, contemporâneo de Pollock e Kooning, era famoso pela série *Matadouro*: enormes telas pretas com silhuetas vermelhas que pareciam carcaças. Celebrado no meio artístico, ele não havia alcançado sucesso internacional como os outros, mas seus quadros eram considerados valiosos por especialistas.

Steven e eu acompanhamos a cobertura de todos os canais de notícias. Eu precisava ouvir tudo o que diziam sobre aquele assassinato hediondo. No entanto, por mais que houvesse muitos jornalistas tratando do assunto, eu simplesmente não conseguia acreditar.

Nancy Grace estava animada: uma teoria sobre o homicídio jogava a culpa numa seita religiosa da região que mataria animais como parte dos rituais. Ela afirmava que, nos últimos seis meses, animais de estimação vinham desaparecendo de East End. A cadela da mulher assassinada ainda estava desaparecida. Outra teoria era um homicídio cometido por um assassino sob o efeito de drogas. Mas não havia nenhum suspeito sob custódia.

— Nancy Grace deveria conhecer Samantha — sugeri.

O convidado dela era um especialista em rituais de sacrifício de várias religiões. Ele dizia que arrancar o coração de um animal não é incomum, que em muitas religiões o coração significa força: comendo-o, a pessoa que o arrancou assumiria a força do animal. Entretanto, arrancar um coração humano e deixá-lo sobre o corpo era uma profanação, algo condenado em qualquer religião. Representava um ato de violência sem nenhuma redenção espiritual, dizia o especialista. Nancy Grace perguntou se ele acreditava que aquele assassinato se assemelhava mais ao ato de algum culto, como os discípulos de Charles Manson.

— A violência, nesse caso, é pessoal — respondeu o especialista.

Pedi a Steven que me passasse meu celular, que estava em cima da mesa, perto dele.

Liguei para Amabile e perguntei se ele poderia me acompanhar à delegacia. Eu precisava de um policial que acreditasse em mim, não que suspeitasse de mim. Sabia que ele tinha um primo detetive na delegacia do condado de Suffolk.

— Ele vai ouvir o que você tem a dizer — prometeu Amabile. — É um cara legal. Se você não se incomodar em ir de moto, posso te levar.

Amabile era um cara legal. E falei isso para ele.

Andar de moto nas ruas escorregadias do fim de novembro me deixou aflita. Eu já havia caído de bicicleta na adolescência e, embora Amabile tivesse me emprestado um capacete, minhas pernas estariam vulneráveis, caso derrapássemos. Por outro lado, ir na garupa abraçada a um homem, os corpos se tocando, é um jeito muito sexy de andar de moto. Temia que Amabile interpretasse mal aquilo — eu tinha certeza de que ele ainda gostaria que as coisas entre nós tivessem dado certo.

Minhas pernas não tinham firmeza quando saltei da moto. Amabile segurou meu braço, de tal modo que precisei me apoiar nele. Então me abraçou, até eu recuperar o equilíbrio. Entramos na delegacia levando os capacetes.

O primo de Amabile, Bienvenido, me conduziu a uma sala de interrogatório vazia e me trouxe uma xícara de café.

— Talvez eu tenha sido a última pessoa que viu Pat Loewi viva — comecei.

Contei a ele por que tinha ido me encontrar com Pat e expliquei que havia sido a única vez em que a vi.

— A que horas a senhora chegou e a que horas foi embora?

Essa foi a primeira pergunta de uma lista interminável para definir se eu era ou não suspeita. Ele entregou suas anotações a outro policial, que conferiria minha versão da história, e me perguntou se eu havia notado alguma coisa estranha no comportamento de Pat naquela tarde. Respondi que seria mais fácil dizer a ele o que *não* era estranho nela. Perguntei a Bienvenido se Amabile já havia lhe contado que Pat tinha morado com meu noivo, recém-falecido.

— Eu sei da história — assentiu ele. — O que mais a senhora pode me dizer?

— Você deveria investigar Samantha Couper — sugeri, e lhe contei por quê.

Depois de explicar tudo, nós agradecemos e fomos embora.

Amabile fez questão de me levar em casa. Na garupa da moto, com o vento frio atravessando a roupa, questionei a validade das minhas suspeitas. O que eu sabia de fato? Talvez não houvesse nenhuma ligação entre os assassinatos das duas mulheres.

Então pensei em outra mulher, a terceira que eu precisava considerar naquela equação.

Steven era contra a viagem. Muito contra.

— Como você sabe que Samantha não está certa e que Bennett não está vivo? A polícia nunca chegou a identificar o corpo.

— Eu sei que era o corpo dele — declarei.

— Você estava em estado de choque — argumentou Steven. — E se esse tal Jimmy Gordon estiver lá com a mãe?

— A polícia de Boston estabeleceu correspondência entre o DNA encontrado em Susan Rorke e o corpo que estava no meu quarto.

— Alguém está mandando flores para Samantha — insistiu Steven.

— Ela é louca. Provavelmente é ela mesma que está mandando.

— Você não pode afirmar isso — retrucou Steven.

— Posso pegar seu carro emprestado? — pedi.

— Você não sabe no que está se metendo. E se alguém estiver de fato mandando flores para Samantha? Não quero que você se machuque se alguém estiver brincando com ela. Talvez seja a mesma pessoa que fez você ir até Boston.

— Eu tenho quase certeza de que foi Samantha.

— Ter *quase* certeza é diferente de ter certeza — protestou Steven. — O que você espera descobrir?

— O que preciso saber é algo que só a mãe dele pode me dizer: como eu consegui amá-lo.

— Por que você acha que ela saberia isso?

— Porque ela também deve tê-lo amado.

As nove horas de viagem até Rangeley, Maine, me deram tempo suficiente para pensar no que me aguardava. Parei perto da margem do rio Androscoggin para caminhar um pouco, mesmo no frio, e tentar sentir compaixão pela mãe de Bennett antes de chegar à Lake House, a pousada da qual ela era dona.

No inverno, Rangeley é uma cidadezinha tranquila e soterrada de neve, totalmente o oposto do verão, com turistas abarrotando os hotéis e enchendo o lago de barcos e caiaques.

Cheguei à Lake House sem nenhuma pressa. A mãe de Bennett me receberia à noite, e me arrependi de ter aceitado ficar hospedada lá. Quando contei a ela, por telefone, que éramos noivos, a mãe — que apenas dez dias antes tinha ficado sabendo da morte do filho — imaginou que eu estava ligando por causa do enterro, que estava marcado para o domingo. Contive minha surpresa. Não lhe contei o verdadeiro motivo para querer encontrá-la. Ela me disse que significaria muito para ela me receber. Bem, eu não podia negar um desejo materno. Usaria a ocasião para descobrir o que pudesse sobre o filho dela quando menino. Seria uma pesquisa.

Estacionei o Saab de Steven a dois quarteirões de distância e passei na frente da Lake House. Queria avaliá-la antes de entrar. Passei por algumas lojas de material esportivo, uma loja de donuts caseiros e um bar com dois senhores ao balcão. Do outro lado da rua, atrás de alguns cafés e um posto de gasolina, ficava o lago Rangeley, congelado em alguns trechos, o ancoradouro fechado. Deduzi que a pousada da mãe de Bennett seria parecida com os hotéis aos quais ele me levava. Mas, em vez de cortinas de renda e lampiões a vela, as janelas da Lake House tinham cortinas escuras. E, embora eu não esperasse flores nas janelas no começo de dezembro, fiquei surpresa ao perceber que o caminho de pedras da entrada não tinha nenhuma iluminação. Como a porta era de vidro, eu conseguia ver a sala antes de tocar a campainha. Nenhuma firula, apenas paredes revestidas de madeira e móveis práticos.

Uma mulher de cabelos brancos abriu a porta.

— Olá — disse ela. — Eu sou a mãe do Jimmy.

A partir desse momento, me forcei a pensar em Bennett como "Jimmy". Renee me abraçou, embora eu tivesse apenas estendido a mão para cumprimentá-la, me arrastando para o calor da sala. Avisou que estava esquentando água para o chá e perguntou se eu já havia comido.

Eu tinha comido?

— Vou esquentar a sopa de frango que alguém trouxe ontem à noite — ofereceu. — As pessoas têm sido muito gentis.

— Obrigada.

E pensei: nada que ela pudesse me contar sobre Jimmy valia aquilo.

— Você vai poder escolher o quarto — comentou ela. — Depois do jantar, eu mostro a pousada. Vamos ser só nós duas. As irmãs do Jimmy não puderam vir.

Merda.

Instintivamente, olhei para a porta, avaliando a saída. Era melhor ter a companhia das irmãs do que jantar com a mãe de luto. Mas ela estava de luto? Renee se deslocava pela cozinha como uma atleta, ágil e eficiente. Não usava maquiagem. Tinha por volta de 65 anos, e mantinha os cabelos brancos presos numa trança. Usava calça jeans e blusa de gola rulê, com um casacão xadrez vermelho. Não devia colocar o aquecedor da pousada numa temperatura muito alta para economizar, pensei. Fazia frio. Seus olhos estavam vermelhos, as pálpebras inchadas, como se andasse chorando — pela morte do filho ou por uma vida de sofrimentos causados por ele?

Andei pela sala e dei uma olhada nos porta-retratos. Havia diversas fotos do que deveriam ser as duas filhas ainda meninas numa praia rochosa. E, com elas, um menino. O irmão, Jimmy. Numa foto, as meninas estão concentradas nos baldinhos de plástico que carregam, mas Jimmy olha para a câmera. Precisei ser cautelosa para não projetar o que sabia de seu comportamento futuro naquela imagem de um menino que não parecia ter mais de 8 anos. Ainda assim, havia uma intensidade em seu olhar que eu não associava a uma criança.

Outro retrato da família mostrava as irmãs brincando com um gatinho. Ao lado dessa foto, havia uma das meninas, agora mais velha, brincando com um cachorro. O que tinha acontecido com o gatinho? Jimmy não aparecia em nenhuma dessas fotos. Tentei conter minha imaginação, mas por que não havia fotos dele com os animais? E onde estava o pai das crianças? Em cima do console da lareira havia uma foto de Jimmy na adolescência, com seus 17 anos. Se eu estivesse no ensino médio, teria me apaixonado por ele. Usava uma jaqueta de couro por cima de uma camiseta branca e calça jeans: a roupa clássica do garoto rebelde que continuaria usando por anos a fio. O cabelo era comprido e ele mostrava atitude. Tinha potencial. Imaginei se a mãe sempre deixava a foto ali, ou se a havia tirado de alguma gaveta quando soube da morte do filho.

Renee me chamou da cozinha e me perguntou se eu me incomodava em comer à mesinha que havia ali. Disse que era mais quente, por causa do fogão. Eu tinha dado uma espiada na sala de jantar, em busca de hóspedes: era escura e nada convidativa.

Sentada a poucos centímetros da mãe de Jimmy, eu me sentia totalmente desconfortável. Foi bom que ela puxasse logo assunto sobre o filho.

— Posso fazer uma pergunta? Como era meu filho?

Eu não sabia por onde começar.

— Eu sei — disse ela. — É uma pergunta abrangente demais. Mas faz vinte anos que não sei dele. E aí você chega aqui...

O fardo era grande. Eu que havia entrado em contato, lembrei a mim mesma. Eu a havia procurado. Devia a ela uma resposta. Mas deveria dizer a verdade?

— Uma pessoa carismática. Aventureira. E adorava o Maine — respondi.

— Ele estava aqui no Maine? — surpreendeu-se a mãe.

Qualquer coisa que eu dissesse a ela podia significar um sofrimento. Inventei uma mentira inofensiva.

— Ele só falava muito daqui.

Parecia uma boa saída.

— Ele falava da família? — perguntou ela.

— Jimmy vivia sempre no presente.

— Não é? — concordou a mãe.

Achei que ela havia concordado comigo muito rápido. Tentei fugir daquele difícil interrogatório.

— Como ele era quando criança? — perguntei.

— Muito sedutor. Conseguia convencer as irmãs mais velhas a fazer qualquer coisa. Uma vez, inventou um paraquedas caseiro e pediu a Vanessa que o testasse do telhado da garagem. Ela teve sorte de não quebrar uma perna, ou coisa pior.

O tom de voz mostrava que ela achava o episódio engraçado, mas só porque a filha não havia se machucado.

— Era meu filho mais inteligente, mas detestava a escola. Não suportava os professores dizendo a ele o que fazer. Cheguei a mandá-lo para uma escola militar, mas ele fugiu. O pai do Jimmy era da Força Aérea. Jimmy não chegou a conhecê-lo.

Eu queria saber se o pai havia morrido ou abandonado a família, mas achei que não me cabia perguntar.

— O que Jimmy queria ser quando crescesse? — perguntei.

— Até onde sei, pintor ou músico. Mas nunca o vi desenhar, e ele não tinha paciência para tocar nenhum instrumento. O que ele estava fazendo quando você o conheceu?

Aquela mulher enterraria o filho no dia seguinte. Respondi que ele havia sido dono de uma galeria de arte e depois passara a ser empresário no ramo da música, a ficção que lhe daria alguma paz. Mas queria que ela me contasse a verdade.

— Ele era um mistério para mim — comentou Renee.

Pronto: eis a verdade.

Terminamos de comer, e devo ter demonstrado algum sinal de cansaço por causa da viagem, pois ela me pediu que a acompanhasse ao andar superior, onde me deu o direito de escolher entre dois quartos com uma decoração parecida.

— Nesse bate a luz da manhã — explicou ela, por isso escolhi o outro, na esperança de dormir bastante.

O enterro era só à uma da tarde. Desejamos boa-noite uma à outra — dessa vez, sem abraço — e, quando fechei a porta do quarto, pendurei o vestido preto que havia levado para a cerimônia. Eu já o havia colocado para ir a uma festa, mas agora o usaria com meia-calça preta tradicional em vez de meias de renda sete oitavos.

Acordei na manhã seguinte ao som de uma discussão no andar de baixo.

— Como você teve coragem de deixar essa mulher ficar aqui?

Ela não fazia nenhum esforço para falar baixo.

— Não é culpa *dela*! — ouvi Renee dizer. — Ela dirigiu nove horas para vir ao enterro. Tem lugar de sobra aqui.

— Então agora a gente precisa conversar o dia inteiro com a namorada dele?

— Ela era noiva dele — corrigiu Renee.

— Azar o dela — retrucou a mulher.

Que irmã era aquela que parecia tão irritada por eu estar ali?

— Ela é muito simpática, você vai ver — garantiu Renee.

Escolhi esse momento para descer. Precisava de café e esperava que Renee tivesse preparado um pouco, mesmo que para uma única hóspede. Eu estava com medo de conhecer a irmã.

— Morgan — apresentou-me Renee —, essa é minha filha Vanessa.

Ela era a versão feminina de Bennett. A versão feminina de Jimmy. Poucos centímetros mais baixa que o irmão, Vanessa tinha o mesmo cabelo castanho e os mesmos olhos azuis, até o mesmo jeito de ficar parada, apoiada numa das pernas. Ainda não estava vestida para o enterro, ou talvez estivesse. Usava uma roupa básica de inverno, provavelmente de alguma promoção da L.L. Bean. Vanessa me avaliou sem disfarçar. Fui eu quem quebrou o gelo, dando-lhe os pêsames pela morte do irmão.

— É a primeira vez que ele volta para casa em vinte anos — respondeu ela. — Bem, suponho que agora ele não possa mais ir embora.

Perguntei a Renee se havia café na cozinha e, quando ela se ofereceu para me trazer uma xícara, disse que eu mesma pegava. Mas Renee insistiu, por isso fiquei sozinha com Vanessa.

— O que ele fez minha mãe passar... — resmungou Vanessa.

Não precisava dizer mais nada. E eu tampouco sabia o que falar. Principalmente sem café. Tentei outra abordagem.

— Quando eu vou conhecer Lisa?

— Ela vem — disse Vanessa, sem dar mais detalhes.

Apesar de se mostrar indelicada, eu estava fascinada por sua semelhança com Jimmy. Queria provocá-la, ver aquela semelhança em sua plenitude.

— Você se parece com ele — comentei, sabendo que ela me contestaria.

— Você quer dizer que ele se parece comigo. Parecia.

— Sua mãe sabe como ele morreu?

— Ouvimos dizer que foram seus cachorros. Foi a culpa que trouxe você aqui?

— Eu queria saber mais sobre o homem com quem eu ia me casar — respondi, sem morder a isca.

— Nós também — disse a irmã. — Mas minha mãe não aguenta mais nenhuma notícia ruim.

Renee trouxe o café e um prato de *cinnamon rolls* comprados num supermercado. Desculpou-se por não preparar um café da manhã melhor, e Vanessa lembrou a ela que aquela era a manhã do enterro de seu filho e que ninguém podia exigir nada dela.

— Por favor, se sentem — pediu Renee.

Sentei-me à mesa da sala de jantar, mas Vanessa continuou de pé.

— Você vai trocar de roupa, querida? — perguntou Renee à filha. — Decidiu ir ao enterro?

Eu não tinha me dado conta de que essa era uma possibilidade, que Vanessa pudesse não comparecer ao funeral do próprio irmão.

— Lisa vai chegar ao meio-dia — avisou Renee. — Ela pode levar todas nós.

— Bem, se eu estou aqui, então estou aqui, certo? — declarou ela, embrulhando um *cinnamon roll* num guardanapo para levar consigo.

Vanessa saiu do cômodo, então Renne comentou:

— Ela é muito protetora. Não posso censurá-la por isso.

— Quero que a senhora saiba que eu sinto muito. Ninguém está preparado para isso.

Achei que a palavra "isso" era suficientemente abrangente para significar tudo o que a mãe dele quisesse ou não considerar. Eu não mencionaria mais como ele havia morrido. Seguiria os passos dela.

— Fico feliz que você tenha vindo de tão longe — comentou Renee. — Mas agora eu gostaria de ficar um pouco sozinha.

Peguei o casaco e as luvas e saí da forma mais elegante que consegui. Andei pelo lago e fui até a loja de donuts que tinha visto ao chegar. Notei que eu atraía a curiosidade das meninas atrás do balcão. Seria tão incomum assim uma desconhecida na cidade fora da alta temporada? Não foi preciso continuar conjecturando, porque logo uma mulher da idade de Jimmy me oferecia o lugar vazio a sua mesa:

— Você veio para o enterro do Jimmy?

— Vocês se conheciam? — perguntei, surpresa.

— Desde o ensino fundamental — respondeu a mulher. — Então foi você que o fisgou.

Eu e algumas outras.

— Eu gostava dele, mas escapei dessa — comentou a mulher.

O que todos sabiam sobre ele que eu não sabia?

— Do que você está falando? — indaguei.

Até agora, à exceção de Renee, todos haviam sido desagradáveis comigo.

— Isso não tem importância agora, certo?

— Para mim, é importante — reforcei.

— Talvez você também tenha escapado — considerou ela. — Ele roubou as economias da própria mãe antes de sair da cidade.

Quando ouvi aquilo, me lembrei de uma sábia amiga que um dia me disse que, se eu quisesse saber como um homem me trataria no futuro, bastava ver como ele tratava a mãe.

— Isso além de pegar todas as meninas da cidade — completou.

Essa nova informação provocou em mim uma mistura de náusea e empolgação. Queria que aquela mulher continuasse falando, e, ao mesmo tempo, não queria ouvir mais nada. Ela tomou a decisão por mim.

— Foi um prazer — disse, levantando-se. — Diz para Renee que eu mandei um abraço.

E me deixou ali com o café intocado e a sensação de que eu havia escolhido a profissão errada. Eu definitivamente não sabia nada sobre o comportamento das pessoas.

Lisa nos buscou num velho Jeep Cherokee preto. Ofereceu um braço a Renee e a conduziu da pousada até o carro. Vanessa saiu do banco do carona para deixar a mãe se sentar na frente, sinal de que dividiríamos o banco traseiro. Não havia trocado de roupa. A mãe usava um cardigã preto por cima de uma blusa de gola rulê estampada, saia, meia-calça e sapato rasteiro pretos. Lisa havia se esforçado: usava um vestido preto justo, casaco de pelo de camelo e botas também pretas na altura do joelho.

— Você pode ligar o rádio? — pediu Vanessa.

Lisa ficou estarrecida.

— Você está brincando!

— Qual é o problema de um pouco de música? — insistiu a irmã.

Renee disse que não se importava, se pusessem numa estação de música clássica.

— Então esquece — resmungou Vanessa.

Meu coração bateu acelerado quando ouvi sua resposta — eu podia ver seu irmão falando aquilo.

Depois disso seguimos em silêncio, exceto quando as irmãs discutiam o melhor trajeto para chegar à igreja. Bennett tinha me dito que sua família era metodista, por isso fiquei surpresa quando Lisa entrou no estacionamento de uma paróquia católica, em Oquossoc, a dez minutos de Rangeley. Era uma construção bonita de tijolos vermelhos, com portas e janelas brancas, e o interior me lembrou uma cervejaria alemã com as vigas cruzando o teto.

Eu não ficaria surpresa de ver todos os bancos abarrotados, assim como não ficaria de vê-los vazios. Tinha a impressão de que, se estivessem cheios, seria por causa de Renee, não por causa de seu filho desordeiro. Eu estava certa: toda a congregação tinha a idade de Renee, e a maioria constituída de mulheres. E estava errada: os bancos pareciam longe de estarem abarrotados. O órgão começou a tocar "Be Not Afraid", um hino católico, eu sabia. Me dê só um motivo para não temer, pensei.

— Quanto você gastou nesse caixão? — perguntou Vanessa a Renee.

Lisa pediu que ela se calasse, e com isso a mãe não precisou se manifestar.

— Sério — reclamou Vanessa. — A senhora está precisando de um forno novo.

— Chega — exigiu Renee.

Então o padre se aproximou. Padre Bernard saudou a família e me cumprimentou com um aceno de cabeça quando Renee me apresentou. Ele segurou as mãos dela e murmurou as palavras de consolo de sempre. Quando se dirigiu ao púlpito, fiquei pensando se eu me ajoelharia com os congregados durante a missa ou se permaneceria sentada. Eu não era católica, mas não queria chamar mais atenção naquela cidadezinha. Ainda que me ajoelhasse, não poderia comungar. Amaldiçoada de qualquer jeito.

A missa foi celebrada em latim — Renee havia me dito que era uma exigência sua —, portanto deixei as palavras se derramarem sobre mim sem nenhum sentido. Achei o ritual tranquilizador, embora não fosse meu ritual.

O último enterro ao qual eu havia comparecido fora o de Kathy. Tinha sido o que chamavam de "enterro ecológico", sem caixão, sem lápide. Levamos o corpo dela envolto num sudário para uma floresta na Virgínia, onde nós, os amigos, cavamos a sepultura. No fim, Kathy já não pesava quase nada. Depois de enchermos a cova, espalhamos folhas sobre a terra e apagamos nossas pegadas com os ramos.

Após a missa de Jimmy, o padre chamou alguns rapazes da con gregação para carregar o caixão. Era costume a família seguir o cortejo à frente dos demais. Mas eu fazia parte da família?

Junto à sepultura, o padre convidou as pessoas a fazerem um "gesto apropriado de despedida". Aos prantos, Renee jogou uma rosa branca sobre o caixão. Lisa jogou um punhado de terra na cova. Vanessa fitou por um tempo o caixão do irmão, e, por um momento, tive a sensação terrível de que cuspiria nele, mas ela apenas deu meia-volta, sem fazer nada. Eu me perguntei se ela impediria minha passagem caso eu me aproximasse da cova para me despedir. De qualquer forma, eu não tinha nada a dizer nem a jogar no caixão.

Vanessa se afastou da sepultura, amparando a mãe. Lisa permaneceu sozinha, aos prantos.

Eu não era uma atriz boa o bastante para convencer Lisa de que sofria tanto quanto ela, mas, ainda assim, tentei expressar algo nesse sentido. Ela me agradeceu e disse que sentiria saudade dele, embora já sentisse saudade durante todos aqueles anos, desde que ele havia abandonado a família. Então disse que a incomodava a morte dele ter sido tão violenta.

— Posso fazer uma pergunta? *Ele* era violento?

— Como assim? — estranhou Lisa. — Ele foi violento com você?

Contei a ela que a polícia de Boston suspeitava que ele havia assassinado uma mulher.

— Ninguém nos disse isso. Quem a polícia acha que ele matou?

— A noiva dele — respondi.

— A noiva dele?! Então quem é você? — surpreendeu-se Lisa.

— Ele tinha mais de uma.

— Eu não estou entendendo. O que você está me dizendo?

Vanessa notou a agitação da irmã e deixou a mãe com as amigas. Aproximou-se para perguntar o que estava acontecendo.

— Ela disse que Jimmy é um assassino — explicou Lisa. — Que ele matou a noiva. A *outra* noiva.

— Não sei quem é você nem o que você quer da gente, mas vai embora agora mesmo — esbravejou Vanessa, me fuzilando com o olhar.

Ela se parecia tanto com Bennett, fisicamente e no jeito de falar, que era como se ele estivesse me expulsando do próprio enterro. E essa seria a última vez que eu lhe obedeceria.

Antes de deixar o Maine, eu havia entrado em contato com alguns abrigos de animais que talvez pudessem aceitar a Nuvem, começando pelo incrível Best Friends, em Kanab, Utah. Queria que Nuvem ficasse o mais perto possível de mim e achei que talvez eles pudessem me indicar um lugar adequado. Mas todo abrigo que tentei tinha uma fila de espera de até um ano. E, como um "cão perigoso" era mantido sozinho e não podia brincar com outros cachorros nem socializar com ninguém além do profissional que o levava para fazer as necessidades, seria uma vida de confinamento solitário. Eu conhecia pessoas que trabalhavam com resgate de animais que diziam que, se existia algo pior que eutanásia, era esse confinamento. Os cães enlouqueciam e manifestavam o sofrimento de várias formas. Eu seria capaz de sujeitar Nuvem àquilo? Escolher o mal menor era o melhor que eu podia fazer por ela? *Qual* era o mal menor? Eu queria a opinião de McKenzie.

Eu ainda estava dormindo no sofá-cama de Steven. Preparei café e liguei para o escritório dele. Uma voz familiar atendeu.

— Escritório de Laurence McKenzie.

— Billie?

— Sim, quem está falando?

— Sou eu, Morgan.

— Morgan! A gente estava pensando em você — disse ela.

— O que você está fazendo aí?

— Ajudando. A secretária dele pediu demissão — explicou. Billie estava se esforçando para ser indispensável para McKenzie.

— Quando ele volta? — perguntei.

— Faye, para de bater os dentes! — pediu Billie à cachorra de McKenzie. — Me desculpa, o que você perguntou?

— Eu queria falar com McKenzie sobre Nuvem — respondi. — Todo abrigo que procurei tem uma lista de espera.

— E o que você vai fazer?

— Fico me perguntando se o George não teve mais sorte — admiti.

— Duas semanas atrás, você não perguntaria isso — argumentou Billie.

— Eu preciso falar com McKenzie — repeti. — Você pede para ele me ligar?

— Ele está aqui. Estou na sala de espera. Vou chamá-lo para você.

Antes que eu pudesse assimilar aquilo, McKenzie me dizia que era bom ouvir minha voz.

Expliquei a ele o motivo da minha ligação e perguntei se poderia me encontrar no Crown Victoria depois do trabalho. Onde antes havia uma antiga oficina mecânica na rua 2, sul, agora funcionava um bar. Território novo, e, portanto, neutro. Esperava que McKenzie não levasse Billie, pois eu realmente precisava de um tempo com ele sozinho. Dadas as circunstâncias, era um pensamento obsceno. Conversaríamos sobre o que faz a vida de um cachorro valer a pena, e ciúme não cabia ali. Mas, mesmo com a vida da minha cadela em jogo, me entreguei a pensamentos mesquinhos e fiquei magoada por ele preferir Billie a mim.

McKenzie estava sentado ao balcão quando cheguei. Gostei de ele ter escolhido um lugar perto da lareira: eu estava congelando. Ele saltou do banco e me cumprimentou com um aperto de mão. Uma bela mudança desde o abraço da última vez que tínhamos nos visto. McKenzie passou seu copo para mim.

— Experimenta isso — disse, um gesto surpreendentemente íntimo depois do aperto de mão. — Se chama Angry Orchard Keeper. Uísque com sidra.

Obediente, tomei um gole. Aprovei, e ele pediu um para mim também.

Ainda faltava um tempo para a hora do jantar, quando o bar encheria. Era bom ficar sentada ao lado dele, aquecida pela lareira. Eu me permiti relaxar um pouco, antes de desabafar sobre meu dilema.

— Você conhece sua cadela melhor que ninguém — disse ele. — Não existe uma decisão certa ou errada nesse caso.

— Talvez George tenha tido mais sorte — arrisquei.

— Acho que devemos ao nosso cachorro a melhor vida que podemos oferecer a ele e, quando essa vida não é boa o bastante, temos que nos despedir dele com amor. Mas não é fácil identificar o momento em que a vida deixa de ser boa.

Percebi que McKenzie se recusava a ser taxativo e me senti grata por isso. Ele era vago o suficiente para que a decisão fosse minha, caso eu precisasse tomá-la. Também vi que ele não me julgaria por nenhuma escolha que eu fizesse. E me senti grata por isso também.

— Você já precisou tomar uma decisão dessas? — perguntei.

— Já precisei decidir se *eu* deveria viver — respondeu ele. — Depois que minha esposa morreu.

— Steven me falou do acidente.

— Fui eu que a convenci a começar a mergulhar — confidenciou ele. — Ela se dispôs a vencer o medo que sentia do mar por minha causa.

Eu queria ser o tipo de ouvinte que McKenzie era para mim. Sem julgar. Sem nenhum consolo fácil. Deixei-o falar.

— Procurei motivos até na literatura. *A anatomia de uma dor*, que C. S. Lewis escreveu depois da morte da esposa, mas era tanto sobre o sofrimento de perder a mulher quanto sobre a perda da fé em Deus.

Falei que eu sabia que, quando C. S. Lewis era menino, o cachorro de quatro anos dele, Jack, tinha morrido atropelado por um carro. Depois disso, o futuro escritor só respondia pelo nome Jack e, mesmo quando adulto, os parentes e os amigos mais próximos só o chamavam de Jack. Eu esperava que McKenzie não achasse que eu estava comparando o sentimento de perda de um menino em relação a seu animal de estimação ao de um homem que perdia a esposa. Mas logo me dei conta de que não precisava ter me preocupado.

McKenzie riu.

— Finalmente um motivo para gostar de C. S. Lewis — brincou.

— Você quer comer alguma coisa? Está com tempo? — perguntei.
— Se eu pedisse um mac'n'cheese, você dividiria comigo?

— Eu adoraria, mas tenho um compromisso às sete.

Consultei seu relógio e vi que só dispúnhamos de mais quinze minutos. Imaginei que ele se encontraria com Billie, mas não perguntei, é claro.

— Então C. S. Lewis não ajudou — recomecei a conversa. — Mas você encontrou alguém que ajudasse, mesmo fora da literatura?

— Não sei se ajudou, mas, pouco tempo depois, trabalhei num caso em que uma escola de Connecticut queria proibir que uma menina de 10 anos com paralisia cerebral levasse para a sala de aula o pequeno macaco-prego que a ajudava. O animal era comportado e usava fralda para não sujar nada. Era um cidadão exemplar. A menina precisava da ajuda dele, mas os pais dos outros alunos e o conselho escolar tinham medo das doenças que o macaco podia carregar, embora não houvesse nenhuma prova disso e o animal estivesse com as vacinas em dia.

"Acabou que a menininha me poupou de um bocado de trabalho na sala de audiência. Ela deu um depoimento emocionado da sua vida antes do macaquinho e explicou o que ela agora conseguia fazer com a ajuda dele. Um dos exemplos mais comoventes era também o mais simples. Ela contou que, antes dele, ninguém falava com ela na escola. Mas, desde que tinha começado a levá-lo para a sala de aula, ela se tornou uma aluna popular. Todas as crianças queriam conhecer o macaquinho que a ajudava. Ela disse: 'Depois disso, eu nunca mais senti pena de mim mesma.' Nem eu."

— Você não sentiu mais pena da menina ou de si mesmo? — perguntei.

— As duas coisas.

Era uma grande ironia que McKenzie estivesse se abrindo mais comigo agora do que quando eu achava que ele poderia estar interessado em mim. Talvez ele se sentisse à vontade para se confidenciar comigo agora que estava com outra pessoa. Mas por que tinha que ser Billie? E, ao mesmo tempo, por que não poderia ser ela?

McKenzie vestiu o casaco e me pediu que ligasse para ele quando tomasse minha decisão sobre Nuvem. Ao se despedir, não estendeu a mão como antes — me deu um abraço, e ficamos assim por algum tempo.

Fiquei mais um tempo no Crown Victoria, embora não estivesse interessada em encontrar um homem com quem desperdiçar a noite. Terminei o drinque e olhei para a televisão acima do balcão. Estava passando o jornal, e eu mal conseguia ouvir o repórter por causa da música. Mas reconheci a mulher da foto que surgiu na tela: Pat. A foto seguinte era de um homem latino, identificado como um imigrante que morava em Long Island. De acordo com a polícia, ele tinha acabado de ser detido como principal suspeito do assassinato de Pat Loewi. As informações na tela se referiam ao assassinato como ele vinha sendo chamado pela imprensa: o caso "Sem coração".

Era bom estar num lugar onde ninguém me conhecia nem sabia o que eu estava pensando. O anonimato me livrava da necessidade de me sentir constrangida. Durante todo aquele tempo, eu tinha certeza de que Samantha era responsável pelo assassinato de Pat... Agora podia dar crédito à polícia, que, afinal, sabia fazer seu trabalho. A notícia parecia um convite a abrir mão do que havia se tornado, eu sabia muito bem, uma obsessão: a certeza da culpa de Samantha. Mas por que um imigrante não poderia ser o responsável? Pensei no assassinato de Christa Worthington, em Cape Cod, alguns anos antes. A cidade inteira achava que sabia quem era o assassino, e também havia um segundo suspeito, mas todos estavam errados. Três anos depois, um lixeiro chamado Christopher McCowen foi preso e, no ano seguinte, condenado pelo crime.

Havia sido tolice minha pressionar os detetives para investigarem uma possível ligação entre os assassinatos de Pat Loewi e Susan Rorke. E também havia sido tolice suspeitar de Samantha.

A breve sensação de alívio foi substituída por um fato sombrio e terrível que eu não queria encarar. Eu havia me apaixonado por

Jimmy Gordon, um delinquente insignificante de uma cidadezinha minúscula que se tornou o tipo de predador que eu estudava. Meu conhecimento prévio não apenas não havia me protegido como me levara direto ao predador. E eu tinha me apaixonado por ele!

Etta James cantava "At Last". Eu me sentei num lugar mais perto da lareira e pedi um mac'n'cheese.

Eu estava três meses atrasada na minha dissertação e esperava que Leland, meu orientador na John Jay, me desse uma folga, considerando os motivos do atraso. Eu o havia escolhido como orientador por causa de seus livros, que eram não só fascinantes como também muito bem escritos. Eram o tipo de livro que eu gostaria de escrever — se não conseguia fazer poesia, ainda assim queria escrever bem.

Havia uma tirinha de Gary Larson afixada em sua porta. Nela, um psiquiatra escreve no caderninho apenas uma observação sobre o paciente deitado no divã — "Completamente pirado!" — sublinhada três vezes.

A sala de Leland era um retorno aos anos sessenta: havia uma lâmpada de lava e apanhadores de sonhos pelas paredes. Ele havia me contado que, antes de serem professores, seus pais eram hippies. Ele tinha se afastado das inclinações deles e adotara uma vida acadêmica regrada, mas dizia que adorava o artesanato da mãe nas paredes da sala. Em vez de usar uma cadeira de escritório, Leland tentava se equilibrar em cima de uma bola de pilates, presente de um colega a quem chamava pelo sobrenome, Emory. Era engraçado, e seu esforço para manter o equilíbrio me fez rir.

— Espero que essa moda passe logo — comentou ele, retornando à cadeira.

Sentei do outro lado da mesa e comecei pedindo desculpa.

Leland me interrompeu dizendo que estava feliz de me ver e que sentia muito pelo que eu havia passado. Também tinha dito isso numa carta, pouco depois da morte de Bennett, mas não respondi a nenhuma correspondência de solidariedade que as pessoas mandaram, nem mesmo à dele.

Sua bondade desencadeou o que eu esperava esconder dele: lágrimas. Não havia sentido em tentar fingir que estava tudo bem. Todo mundo via que eu estava em frangalhos. Leland disse que eu precisava primeiro cuidar de mim mesma. Quando lhe perguntei o que sabia sobre Bennett, respondeu que sabia que ele era um impostor suspeito de ter cometido um homicídio. Disse que me ajudaria a conseguir uma licença, se fosse necessário. Mas sugeriu que uma rotina de trabalho me ajudaria a superar aquilo, mesmo que eu só trabalhasse uma hora por dia.

Eu seria capaz de voltar à carga de uma hora por dia, considerando como estavam meus dias? E eu ainda acreditava na minha dissertação?

— Não é só uma crise de alguém que está terminando a pesquisa — expliquei. — Eu me vi obrigada a reavaliar profundamente o que achava que sabia. Quando comecei, estava convencida de que conseguiria identificar uma nova tipologia de vítimas. Eu acreditava que uma mulher compassiva atrairia certo tipo de predador. Pensava que tinha todos os dados. Mas, agora que me envolvi com um, onde fica minha credibilidade?

— Quem melhor que você para analisar esse fenômeno? — argumentou Leland.

— A questão é a seguinte: o perfil na internet que atraiu "Bennett" foi o perfil que eu criei para atrair o grupo de controle, não o predador.

— O que você diria de um policial que é roubado? Eu diria que talvez ele se torne um policial ainda melhor — ilustrou Leland. — Considere todas as cartas que você tem na mão, não só o que você imaginava que fosse seu trunfo. Você vai encontrar uma nova maneira de interpretar o material.

Agradeci a Leland a compreensão e os conselhos. Quando fechei a porta ao sair, torci para ele não escrever no caderno: "Completamente pirada!"

Eu havia marcado compromissos naquele dia como se estivesse participando de uma corrida de revezamento. Depois de ver meu orientador, fui direto para o consultório de Cilla e passei o bastão para ela, por assim dizer. Não falava com Cilla desde que tinha voltado do enterro no Maine, na semana anterior. Achei que conversaríamos sobre isso, mas, desde meu encontro com Leland, o Maine já não era uma prioridade.

Cilla me ofereceu chá, algo que costumava fazer quando eu chegava agitada, ou seja, toda semana.

— Meu orientador foi muito compreensivo, mas ainda acho que o perfil que criei passou uma imagem muito diferente da que eu pretendia. No perfil, todos os meus romances preferidos eram variações sobre um mesmo tema: as coisas não são o que parecem. Minha música preferida era "Love Interruption", de Jack White.

— Não conheço essa música — disse Cilla.

Cantei os primeiros versos: "I want love / to roll me over slowly / stick a knife inside me / and twist it all around..."

— Minha nossa! — exclamou Cilla, o riso se transformando em tosse. — Foi por isso que você foi para a casa do rapaz do Tinder?

— Monstro do Pântano. Mas ele não estava no comando — objetei.

— A situação poderia se inverter num piscar de olhos — argumentou Cilla.

— Havia a plateia do prédio vizinho — lembrei a ela. — Bem *Janela indiscreta.*

— Mas, depois de se expor a vizinhos desconhecidos, você voltou para casa tarde da noite, sozinha, caminhando por um bairro industrial — observou Cilla.

— Foi.

— Querida, preciso dizer que esse é o comportamento de uma vítima potencial — considerou Cilla.

— É assim que você me vê?

— Você foi para a casa de uma mulher que tinha acabado de conhecer num ônibus e foi estuprada pelo namorado dela. Há muito tempo, você se coloca em situações de risco. Não vejo você como uma vítima, de jeito nenhum, mas vejo um padrão de comportamento autodestrutivo. Ou você aprendeu esse padrão no convívio com sua mãe atormentada ou tem uma predisposição neurológica a ele. O segundo caso exige algum tipo de gatilho externo, como o estupro que você sofreu.

— Você está dizendo que de certo modo eu "pedi por isso"?

— Ninguém pede pelo que aconteceu com você — respondeu Cilla.

— Então sou o tipo de mulher que eu mesma estudo? — questionei.

— Correndo o risco de parecer freudiana, *você* acha que é? — indagou Cilla.

Eu estava irritada, mas fiquei em silêncio por um tempo. Então me ocorreu um pensamento. A questão não era "ou"; era "e". Eu era desse jeito *e* daquele jeito. Era uma mulher que estudava vitimologia *e* era uma mulher cujas ações haviam contribuído para se tornar uma vítima. Não era essa dualidade que nos tornava humanos? E não era menos terrível pensar em mim mesma como as duas coisas, em vez de apenas uma?

Quando saí do consultório de Cilla, passei pelo Delacorte Theater. A última vez em que estivera ali tinha sido para ver Meryl Streep em *Mãe coragem e seus filhos*, numa atuação deslumbrante, no que seria o primeiro e último encontro com um sujeito. É de se imaginar que ninguém sentiria vontade de fazer sexo depois de ver *Mãe coragem e seus filhos*, mas já estávamos nos agarrando quando passamos pelo castelo Belvedere depois da peça. Entramos no labirinto que é o Ramble, e minha lógica distorcida me fez acompanhá-lo numa trilha mal iluminada, cheia de pedras. Eu acreditava que estava em segurança, já que supostamente haveria alguns casais homossexuais na área. Afinal, o Ramble era famoso por isso. Se eu me metesse numa furada, os homossexuais que estivessem transando ali parariam para me salvar? Os heterossexuais, com certeza não.

McKenzie não me levaria ao Ramble. Ah, pronto! Lá estava McKenzie nos meus pensamentos outra vez. Cilla e eu havíamos terminado a sessão discutindo por que eu tinha tantos Monstros do Pântano e nenhum McKenzie na minha vida. Se eu conseguia o que queria — os cafajestes —, como desejar algo diferente? Entretanto, eu desejava McKenzie, mas ele escolheu Billie. Ela se ofereceu para ajudá-lo, enquanto eu queria que ele me ajudasse.

Continuei andando na direção da pista de patinação no gelo. Eu não queria patinar, mas lá perto vendiam o melhor chocolate quente da cidade. Houve um inverno em que eu patinava duas, três vezes por semana, e me sentia uma criança, adorava deslizar no gelo, embora a pista estivesse sempre lotada. Acabei parando de ir por causa da trilha sonora — parecia que toda vez que eu patinava estava tocando um *pot-pourri* de Lionel Richie.

Vi um sem-teto encolhido num banco, lendo *Guerra e paz*. Um vendedor de amendoim torrado aquecia as mãos sob a lâmpada que mantinha seu produto quente. Cachorros usando casaquinhos passeavam em guias de couro trançado. Um homem bem-vestido, usando uma luva de cada cor, me cumprimentou ao passar. Simpático ou maluco? Eu não saberia dizer.

O sal que colocavam nas trilhas deixou um aro branco nas minhas botas pretas. Eu teria que encerá-las em casa. Quando cheguei perto do prédio, pensei na pesquisa que fizeram sobre o momento em que o cachorro sabe que o dono está chegando: vídeos mostravam que os cães se sentavam junto à porta quando os donos saíam do trabalho, mesmo quando o horário variava. Eu não tinha nem aberto a porta do térreo quando ouvi Azeitona começar a latir. Histericamente. Subi correndo a escada para acalmá-la antes que os vizinhos reclamassem.

Depois do meu longo passeio sozinha, levei Azeitona para dar uma volta rápida no quarteirão. Ela não pareceu se importar. Na verdade, parecia bem feliz. Depois, se enroscou nos meus pés enquanto eu esperava a água do chá ferver. Ouvi pessoas conversando no apartamento ao lado e gostei daquele murmúrio distante — era como estar acompanhada sem precisar de companhia. Era aquela hora em que a luz interna transforma as janelas num espelho, hora em que já não se discerne a cor do céu. Apaguei a lâmpada da cozinha para não ver meu reflexo. Era o contrário da minha atuação no apartamento do rapaz do Tinder. Ficar na escuridão me permitia ver o interior da casa das outras pessoas, embora não houvesse nada como o que eu tinha feito, apenas desconhecidos preparando o jantar.

No meu pacote incompreensível que juntava internet, telefone e TV a cabo que o funcionário da empresa havia me convencido a contratar — os dois primeiros meses eram gratuitos —, todos os aparelhos estavam sincronizados, quisesse eu ou não. Isso significava que, enquanto eu estivesse assistindo a algo na televisão, o número do telefone de alguém que me ligasse apareceria no canto da tela, interrompendo minhas séries baseadas em crimes reais, que eram tudo o que eu queria ver. Eu gostava delas porque não conseguia acreditar em como as pessoas se deixavam enganar com tanta facilidade e quão banal era o gatilho que levava ao crime. Agora eu assistia a isso como uma das pessoas enganadas. A série que mais me interessava era aquela das mulheres que descobriam com quem realmente moravam depois de terem se casado: bígamos, assassinos e estupradores.

Um número de telefone surgiu no canto da tela.

— Você tem alguma notícia do homem que chama de Bennett? — perguntou Samantha. — Faz dez dias que não sei dele — acrescentou, a voz urgente, temerosa.

— Como eu acabei de chegar do enterro dele, não.

— Do que você está falando?

— A mãe dele me convidou — expliquei a ela. — O enterro foi no Maine.

— O que aconteceu com ele? — perguntou Samantha, agitada.

Eu poderia ter enrolado, transmitido as informações em doses homeopáticas. Poderia ter sido sarcástica quanto a sua recusa em aceitar o que eu sabia ser verdade. Mas também sabia que aquela mulher era desequilibrada, a menos que alguém estivesse se passando por Bennett para atormentá-la. Meu lado de psicóloga experiente assumiu o comando da situação. Falei para Samantha que, quando localizei a mãe de Bennett, ela já havia providenciado que os restos mortais do filho fossem levados para Rangeley, no Maine, para o enterro. Disse a Samantha que o nome verdadeiro dele era Jimmy Gordon, que ele havia morrido cinco meses atrás e que eu sentia muito por ter que lhe dar a notícia duas vezes.

— Eu nunca ouvi falar de ninguém chamado Jimmy Gordon, mas meu noivo está no Canadá e vinha se correspondendo comigo por e-mail até dez dias atrás — afirmou Samantha.

— *Alguém* estava se correspondendo com você, mas não era ele — garanti.

— Eu quero o telefone dessa mulher — exigiu ela.

— Você não deveria incomodar a mãe dele agora — adverti.

Eu tentava manter a voz equilibrada. Seria muito fácil dar um passo em falso, eu sabia. O que seria necessário para convencê-la de que ele estava morto? E, se eu a convencesse, quem Samantha acharia que estava se passando por ele? Isso não a tornaria uma vítima pela segunda vez?

— Você está sendo cruel desse jeito porque ele te deixou para ficar comigo? — perguntou ela, tentando assimilar o que tinha ouvido.

— Só estou dizendo o que sei. Não sei o que mais posso fazer.

— Pode me ligar se tiver alguma notícia dele.

Havia um exercício que fazíamos no curso de psicologia da John Jay. Nós nos separávamos em dupla e uma pessoa tinha que dizer à outra "Não pode, não". A outra, por sua vez, dizia "Eu posso, sim". Isso deveria seguir indefinidamente. Lembro-me de todo mundo se preparando. Meu par era Amabile.

— Comecem... *agora* — mandou o professor.

Amabile se virou para mim e disse:

— Não pode, não.

— Eu posso, sim — respondi, de pronto.

Ele sorriu e disse:

— Não pode, não. — O tom ligeiramente mais ríspido.

— Eu posso, sim — afirmei.

Repetimos aquilo várias vezes, até o sorriso desaparecer dos nossos rostos. Ficamos assustados com a rapidez com que aquelas frases simples nos enfureceram. Eu sentia meu rosto esquentar. Ele não me ouvia. Amabile aumentou o tom de voz. Notei que o mesmo acontecia em toda a sala de aula.

Era assim que eu me sentia com Samantha. Ela não me ouvia. E eu não conseguia fazer com que ela me ouvisse.

Segui o conselho de Leland e passei o dia seguinte na biblioteca da John Jay, consultando o banco de dados da MEDLINE. Li artigos do dr. Laurence Tancredi sobre como hormônios, drogas, anormalidades genéticas, danos físicos e experiências traumáticas influenciam profundamente a estrutura e o funcionamento cerebral. Segundo o autor, as más decisões podiam ser resultado de anormalidades físicas. Era uma teoria que eu queria incluir na dissertação, a ideia de que somos "programados" para agir como agimos.

O que mais me interessava era um fenômeno chamado "neurônios-espelho". O neurocientista V. S. Ramachandran diz que "os neurônios-espelho farão pela psicologia o que o DNA fez pela biologia". O fenômeno foi descoberto nos macacos, em 1992. Uma equipe de cientistas italianos observou que um mesmo grupo de neurônios era ativado quando um macaco pegava um objeto ou quando via outro macaco pegando-o. Ramachandran, entre outros cientistas, acredita que os neurônios-espelho são a base para diversas habilidades essenciais do homem: a imitação, a capacidade de intuir o que outra pessoa está pensando e, mais importante, a empatia. De acordo com sua teoria, o autismo seria resultado de uma falha no sistema de neurônios-espelho. Eu estava tentando encontrar informações suficientes para confirmar minha própria teoria: de que os sociopatas sofreriam da mesma condição.

Quando entrei em casa, o único recado na secretária eletrônica era de Billie, que havia ligado para dizer que encontrara um abrigo para animais com uma lista de espera pequena perto de New Milford, Connecticut. Perguntava se eu gostaria de acompanhá-la para dar uma olhada no lugar.

Ela me buscou em seu velho Volvo, o interior do carro tão imaculado quanto no dia em que tinha ido a Staten Island para o teste de temperamento. Cheguei a me oferecer para pagar a gasolina, mas ela disse que já havia enchido o tanque e não era preciso. Fazia um dia bonito para a viagem de uma hora e meia até Connecticut.

Billie disse que tinha encontrado o lugar por intermédio de uma amiga que trabalhava com a Bad Rap, uma organização de defesa dos direitos dos pit-bulls situada em Oakland, Califórnia. A amiga se mudara para o oeste depois de muitos anos na rede de resgate do nordeste dos Estados Unidos. Tinha sido ela quem começara o For Pittie's Sake, abrigo para onde agora nos dirigíamos, que, além dos pit-bulls implícitos no nome, também aceitava cães de outras raças que precisassem de ajuda.

— Eles nunca tiveram um cão-da-montanha-dos-pirineus — comentou Billie.

E essa foi toda a conversa que travamos por um tempo. Como se tivéssemos combinado, permanecemos em silêncio até a saída para Rye, sem trânsito nenhum a enfrentar.

— Minha mãe costumava levar a gente à Playland — comentou Billie. — Fica a poucos minutos daqui. Tinha um brinquedo chamado Corrida de Obstáculos, um carrossel com cavalos que pareciam estar correndo desesperados. Eram quatro por fileira, um ao lado do outro, talvez uns cinquenta ao todo. E o brinquedo era rapidíssimo: devia fazer, sei lá, uns cem quilômetros por hora. Surpreendentemente, ninguém nunca morreu nele, mas um menino de 7 anos morreu de traumatismo craniano num outro carrossel, o Velho Moinho, que era lento e tranquilo.

A certa altura, Billie sintonizou o rádio do carro na Coffee House. Música ambiente com uma pegada *indie*.

— Minha avó tem casa aqui — comentou ela, quando passamos por Greenwich. — Era onde eu cavalgava de verdade.

— Legal — consegui dizer.

Quando pegamos a saída que dava para New Milford, durante alguns quilômetros a paisagem ficou mais bonita, com árvores bem suntuosas. Onde eu imaginava que haveria vacas pastando, encontramos lojinhas e shoppings. Billie perguntou se eu queria parar para tomar café ou seguir viagem. Foi bom ela perguntar: paramos numa lanchonete e pedimos para viagem.

De volta ao carro, tínhamos agora dois copos de café fervendo, mas havia apenas um porta-copo. Eu me diverti imaginando uma briga para ver quem usaria o único porta-copo, embora o motorista geralmente tivesse prioridade. Como se lesse minha mente, Billie o puxou um pouco, e vi que na verdade havia dois.

Saímos da estrada principal e pegamos uma rua de terra mal sinalizada, que percorremos por cerca de meio quilômetro, até Billie parar o carro em frente a um rancho de dois andares, todo pintado de vermelho. Não havia nenhuma placa anunciando o lugar, mas notei que o terreno se estendia a perder de vista, com uma pista de obstáculos para cães num lado da casa e um rio congelado no outro. Antes que tocássemos a campainha, a porta foi aberta e um jovem de cabelo castanho e bigode nos recebeu.

— A diretora saiu para comprar ração, mas posso mostrar o abrigo para vocês.

Ele nos conduziu primeiro ao sótão, onde cada cômodo tinha duas ou três jaulas do tamanho de uma quitinete. Havia um cachorro em cada uma, deitado sobre mantas, com uma vasilha de água, ossos mastigáveis e brinquedos.

— Os cachorros ficam dentro de casa? — perguntei, acostumada às terríveis condições do abrigo de animais de East Harlem.

— Cada um tem sua jaula na casa, e existem grandes áreas de socialização, onde eles podem correr e brincar juntos, no andar superior. Lá fora, temos a pista de obstáculos, para quando o tempo está melhor. A ideia aqui é desestressar o cachorro, passar exercícios, oferecer cuidados veterinários quando necessário e adestrar, se for preciso. Qualquer coisa que o ajude a conseguir um "lar definitivo" — explicou Alfredo. — No andar superior é igual. Temos sempre trinta cães aqui.

— Como vocês conseguem manter tudo isso? — perguntei.

— A gente recebe doações. A mulher que começou o projeto sabe arrecadar fundos. Existem anjos — afirmou ele. — Pessoas que não querem reconhecimento pelo dinheiro que nos doam. *Muito* dinheiro. Eu vim da Guatemala para trabalhar como jardineiro. Fui contratado para cuidar do jardim, e um dia a diretora me pediu ajuda para passear com seis cachorros indisciplinados. Quando segurei todas as guias, eles pararam de brigar imediatamente e se comportaram, todos juntos. Não latiram. Não tentaram seguir outros cachorros no parque. Nem precisei levantar a voz com eles.

— Mas e um cachorro que não tenha a possibilidade de encontrar um lar definitivo? Minha cadela ficaria aqui para sempre — expliquei.

— A cachorra dela foi classificada como "cão perigoso" — lembrou Billie.

Alfredo nos conduziu ao que outrora havia sido a garagem. Mas ali não havia nenhum carro, e o local era aquecido como o restante da casa. Havia uma lavadora industrial e uma secadora num canto, uma estante cheia de artigos sobre higiene para cães e ganchos para dezenas de guias. Havia uma jaula ainda maior que as demais sobre uma plataforma, cerca de trinta centímetros acima do chão. Estava disposta de modo que o cachorro pudesse olhar para fora da janela. Dentro da jaula enorme — que dispunha, assim como as outras, de mantas e brinquedos — havia um pastor-alemão, confortavelmente deitado.

Era ali que Nuvem ficaria? Numa garagem?

— A gente entra e sai o dia todo — disse Alfredo. — Os cachorros que ficam aqui recebem estímulos. Eles também são levados para brincar lá fora, mas não com os outros cães.

Havia outra jaula na parede oposta. A princípio não vi a cadela que estava ali deitada debaixo da manta. Mas, quando Alfredo se aproximou, eu a vi levantar a cabeça e lamber a grade. Era velha, e tinha os olhos anuviados. Seria a morte dela que abriria lugar para Nuvem? Odiei a mim mesma pelo pensamento oportunista.

— Como está a cadela que eu trouxe? — perguntou Billie.

— Está passeando agora — respondeu Alfredo. — Com Bridget.

Ele nos disse que Bridget era uma nova voluntária que trabalhava como enfermeira em um hospital próximo. Contou que a rottweiler havia se acalmado bastante desde que tinha chegado ao abrigo.

— Que ótimo! — exclamou Billie. — Fiquei preocupada com ela.

— Quando vocês poderiam receber a Nuvem? — perguntei a Alfredo.

— O veterinário disse que a Chefinha, a cachorra velhinha que você viu, vai ter, na melhor das hipóteses, mais algumas semanas.

Eu queria ficar para conhecer a diretora, mas Billie disse que precisava voltar: tinha ingressos para assistir a uma peça no St. Ann's Warehouse. Disse "ingressos", no plural, por isso evidentemente imaginei que sabia com quem ela iria.

Quando entramos em Greenwich, Billie perguntou se eu me incomodaria de passarmos na casa de sua avó para ela pegar o equipamento de mergulho.

— Claro, estou com tempo — respondi.

Billie deixou a estrada principal e, em poucos minutos, pegava a Round Hill Ridge Road, depois a Clapboard Ridge Road. O caminho até a casa tinha tantos quebra-molas que Billie precisou diminuir a velocidade algumas vezes.

— Quebra-molas é símbolo de status aqui — disse, secamente.

Era uma casa de fazenda grandiosa. Fizemos uma longa curva, passamos pelo pórtico e estacionamos nos fundos.

— Parece que já tem visita — comentei.

— São só os carros da casa — explicou Billie. — Para convidados — acrescentou, ao se dar conta de que eu não tinha entendido.

Os "carros da casa" eram mais novos que o que Billie dirigia.

— Vamos entrar pelos fundos — avisou ela. — Quero falar primeiro com a cozinheira.

A cozinha era ampla, espetacular, mas também aconchegante. Não parecia um lugar onde empregados trabalhavam. Havia panelas de cobre — dezenas delas — penduradas acima do fogão de dez bocas. A cozinheira, que se chamava Jennifer, era uma mulher de meia-idade com sotaque irlandês que cumprimentou Billie com um beijo e um abraço. Não usava uniforme, apenas avental sobre um vestido simples.

— Sua avó está de mau humor — confidenciou. — Ontem à noite foi o evento do Hospital Infantil, e ela esperava arrecadar mais dinheiro.

— Ela nunca fica satisfeita com a arrecadação — resmungou Billie. — Uma única festa dessas daria para bancar uma organização de resgate de animais por um ano inteiro. Não que ela fosse oferecer o dinheiro para isso, é claro...

— Vocês vão ficar para o jantar? — perguntou a cozinheira.

— Não, tenho ingressos para o teatro — respondeu Billie.

Jennifer me perguntou o que iríamos ver. Olhei para Billie.

— Eu vou com um rapaz — disse ela.

— Bem, você vai levar para casa um pedaço de torta de pêssego — decidiu a cozinheira. — Sua avó está na biblioteca.

Eu tinha toneladas de livros, mas a maior parte permanecia encaixotada.

Billie me conduziu por diversos corredores, depois escada acima. A porta da biblioteca estava aberta. Vi as paredes vermelhas e as estantes com portas de vidro. Os sofás pareciam camas de um conto de fadas.

A avó de Billie estava sentada à mesa, de costas para nós. Os cabelos brancos chegavam até os ombros. Um ato de rebeldia, pensei, não pintar nem cortar curto. Ela terminou de assinar um cheque antes de se virar.

— Você está com cheiro de canil, querida — comentou.

— Jennifer disse que a senhora está chateada por causa da noite de ontem.

— Quem é sua amiga? — perguntou a avó, sem olhar para mim.

— Ela é cliente do advogado para quem estou trabalhando — respondeu Billie. — Morgan Prager.

Eu disse que era um prazer conhecê-la. Estendi a mão, mas a recolhi antes que ela pudesse me cumprimentar, desculpando-me por não ter tido tempo de me limpar depois da visita ao abrigo de cães. A avó de Billie parecia aliviada por não ter que fazer contato físico.

— A senhora lembra onde eu deixei meu equipamento de mergulho? — perguntou Billie.

— Aonde você vai agora? — perguntou ela.

— Vou buscar uns cachorros de rua em St. Thomas — respondeu Billie.

Ela não disse que aquela era a *minha* viagem anual para resgatar os cães. Billie só tinha ficado sabendo deles quando lhe contei. Por outro lado, como eu poderia invejá-la por fazer uma coisa boa? Só podia invejá-la porque temia que a viagem fosse com McKenzie.

— Não tem cachorros de rua suficientes para você aqui? — perguntou a avó.

Aquela era uma briga antiga, dava para perceber.

— Pensei em mergulhar também — acrescentou Billie. — Relaxar um pouco.

Eu esperava que a avó perguntasse se iria sozinha. Mas a única coisa que fez foi pedir a Billie que procurasse uma velha amiga sua na ilha.

— Ela tem um barco lá.

— Eu não vou ter tempo — disse Billie.

— Não custa nada você ser um pouco gentil — rebateu a avó, então se virou para mim: — Aposto que *você* encontraria tempo.

— Eu não vou — falei.

— Você deve estar achando que minha avó não gosta de cachorros — disse Billie para mim.

— Winston não era um cachorro — retrucou a avó.

— Winston era um buldogue-inglês — explicou Billie. — Ele vivia com gases e, nas festas, minha avó, mesmo que estivesse usando um vestido enorme, ficava atrás dele, acendendo fósforos.

— Querida, *filantropia* significa amor à humanidade — lembrou-nos a avó. — Não aos cachorros.

Billie pareceu ficar ressentida e se forçou a dar um beijo na avó antes de sairmos à procura de seu equipamento de mergulho.

— Deve estar no meu antigo armário — comentou.

Então Billie me conduziu não a um quarto, mas a uma suíte. Não a uma suíte, mas a uma ala da casa! Mas onde estavam as medalhas e os troféus de hipismo? Onde havia qualquer rastro de sua infância como uma menininha obstinada? Nada naqueles cômodos sugeria que alguém havia crescido ali. O que faltava, além das lembranças de infância, eram móveis. O chão era acarpetado com a mais branca das lãs. As paredes eram pintadas no mesmo tom de branco — seu brilho remetia a pinturas italianas caríssimas. Havia quadros que até *eu* reconheci: Franz Kline, Ellsworth Kelly, de Kooning, Motherwell... Parecia uma galeria.

— O Kline foi a primeira aquisição do meu avô — explicou Billie. — Você vai gostar disso: quando Kline levou a mãe para sua primeira exposição com formas abstratas, traços pretos sobre a tela branca, a mãe disse: "Eu sempre soube que você escolheria o caminho mais fácil."

— Como eram esses cômodos quando você era pequena?

— Minha avó pediu ao decorador que fizesse um "quarto de menina". A cama com baldaquino forrada com lençóis da Frette e os quadros de cavalos nas paredes lembravam uma casa de bonecas vitoriana. No banheiro, copos de cristal Baccarat. Até o antisséptico bucal era depositado em uma garrafa de vidro chique. Como Rebekah Harkness disse sobre a mansão de sua família em Manhattan: "Não é um lar, mas é coisa à beça."

Billie abriu um dos armários enormes, que, ao contrário das salas, vazias, encontrava-se abarrotado. Ali estavam as caixas com cavalinhos de plástico, de Scrabble e de Parcheesi, vários bichos de pelúcia, jogos de computador, uma caixa grande cheia de soldadinhos, uma fileira de molas de brinquedo, patins e raquetes de *badminton*, um pula-pula, esquis, mas nenhum equipamento de mergulho.

Havia alguma coisa que Billie não tivesse ganhado quando criança?

— Merda! — exclamou ela, batendo a porta do armário.

Billie não encontrou o equipamento de mergulho e sequer passou na cozinha para pegar a torta de pêssego.

Quando eu tinha 16 anos, passei o verão trabalhando numa loja de shopping enquanto minha melhor amiga viajava pela Europa. Enquanto eu vendia brincos baratos para meninas que tinham acabado de furar as orelhas, Julia me mandava chocolates de cada país que visitava. Eu devia ter ficado feliz, mas comia os chocolates com raiva, com inveja por estar presa num shopping enquanto Julia tinha tudo. Fazia anos que eu não pensava nela, até ver Billie na casa da avó. Imaginei o que ela me mandaria de St. Thomas e me senti uma idiota por pensar isso.

— Liga a televisão, rápido — pediu Steven, quando atendi ao telefone, aquela noite.

Eu tinha acabado de comer quatro barras de chocolate de cem calorias cada.

— Em que canal? — perguntei.

— CNN.

O suspeito do assassinato de Pat, o imigrante, havia sido indiciado. A família de Pat oferecia uma recompensa por informações, o que eu sabia só retardar qualquer investigação, pois isso atraía malucos e oportunistas ávidos por dinheiro. O jornal mostrava um homem baixinho sendo conduzido de uma viatura para o fórum de Suffolk.

— Acabou — declarou Steven. — Você já pode ter sua vida de volta.

Ele achava que podiam devolver minha vida, como se eu simplesmente a tivesse esquecido em algum lugar.

— Encontraram os cartões de crédito de Pat com ele — continuou Steven. — Ele disse que achou no meio do mato.

— Billie e eu fomos visitar um abrigo de cachorros para Nuvem.

— E aí?

— Eu consigo imaginar a Nuvem levando a vida lá.

Afinal, esse era o objetivo, lembrei a mim mesma.

— Eu gostaria de ver *você* levando a vida *aqui* — disse Steven.

— Quem consegue se recuperar rápido assim?

— Você se surpreenderia.

Apareceu outro jornalista cobrindo uma matéria diferente, por isso coloquei a televisão no mudo.

— Chega de surpresas — afirmei.

Tirei da mesa os restos de *pad thai* que eu havia jantado e lembrei que uma amiga minha, Patty, dizia que, em Nova York, "comida caseira" é qualquer coisa comprada a até seis quarteirões de casa. Levei Azeitona para dar um último passeio rápido. De volta ao apartamento, peguei o gel de banho caro que havia comprado algum tempo atrás e enchi a banheira de água quente. Logo, o banheiro estava tomado pelo cheiro inebriante de dama-da-noite. Desacelerei os movimentos, em contraste com os pensamentos, que se atropelavam. Me servi de uma taça de prosecco e entrei na banheira, a mesma na qual havia me escondido aquele dia.

Embora estivéssemos apenas a Azeitona e eu no apartamento, fechei a porta do banheiro. A janela dava para um poço de ventilação, mas, na posição certa, dava para ver a lua em determinada hora da noite. Fiquei observando meus pés na extremidade da banheira, erguendo-se acima das bolhas: Frida Kahlo no autorretrato *O que a água me deu*, embora na pintura houvesse imagens surrealistas — um prédio surgindo de um vulcão, duas mulheres pequeninas deitadas numa esponja, uma equilibrista dividindo a corda com uma cobra — boiando na banheira.

Eu me recostei, acomodando o pescoço na almofadinha à prova d'água. Fiz aquele exercício em que conscientemente se relaxa cada parte do corpo. De olhos fechados, estava com água na altura dos ombros quando ouvi Azeitona arranhando a porta para sair. Maldita cachorrinha.

Era a porta nova, que Steven havia mandado colocar por causa dos estragos que os cachorros causaram na antiga, no dia da morte de Bennett. As marcas na parte interna chegavam à altura da maçaneta. Isso me lembrou daquelas histórias terríveis de pessoas enterradas na era vitoriana, que depois saíam do transe dentro do caixão. Por que meus cachorros estavam tão desesperados para sair? Quem os havia prendido no banheiro?

Espera aí! Quem os havia prendido no banheiro? Eles estavam soltos quando entrei no apartamento e deparei com o corpo de Bennett. Não estavam no banheiro. Quando eles foram deixados ali? A parte interna da porta estava intacta quando saí aquela manhã. Eu só tinha ficado duas horas fora. Bennett dormia quando saí.

Senti um arrepio, embora a água da banheira estivesse soltando fumaça.

A polícia questionou as marcas na porta? Os cachorros tinham arranhado o armário onde eu guardava ração, tinham arranhado a porta do apartamento para sair. A porta arranhada do banheiro não chamaria atenção. Mas aqueles arranhões eram recentes — e bem profundos. Eu os notei quando me tranquei ali e me escondi na banheira. Os cachorros ficaram ganindo para entrar. Por que não questionei antes como eles podiam ter ficado trancados no banheiro e ao mesmo tempo serem os assassinos? Por que a polícia não questionou isso?

Será que Bennett trancou os cachorros no banheiro? Talvez, se tivesse recebido alguém em casa. Os cachorros não se comportavam bem quando recebiam alguém. Mas ele não conhecia ninguém na cidade, ou dizia não conhecer. E, de qualquer maneira, ele teria que conhecer a visita para abrir a porta do prédio. Enquanto a pessoa subia a escada, ele teria tido tempo de trancar os cachorros no banheiro. Mas e depois?

Deixei um pouco de água escoar pelo ralo da banheira e abri a torneira quente para substituí-la.

Nenhum ser humano poderia ter feito o que fizeram com Bennett.

Desejei ter levado a garrafa de prosecco para a banheira. Não estava disposta a sair da água quente para pegá-la. Não conseguia controlar os pensamentos, mas queria diminuir a velocidade deles. Lógica, use lógica! Mas não consegui: pensei no horror do coração de Pat arrancado do peito. Evidentemente, aquilo não foi feito por um animal, e a cachorra dela havia desaparecido. Mas, no meu apartamento, eu tinha visto meus cães cobertos de sangue e o corpo destroçado de Bennett. O que eu *não* estava vendo?

E se Bennett tivesse sido assassinado por alguém que ele deixou entrar no apartamento, e a pessoa soltou os cachorros do banheiro antes de sair? E se os cachorros tivessem atacado um cadáver? Sem dúvida o médico-legista que examinou o corpo dele sabia distinguir ferimentos causados por um ser humano e estragos feitos por cães. Mas talvez algo também tivesse escapado a ele, uma vez que todos supunham que os cachorros fossem os responsáveis.

Vamos voltar um pouco: quem poderia querer matar Bennett? Susan Rorke havia sido assassinada antes dele. Pat tinha um motivo, mas quem a teria matado? Samantha recebia e-mails de um homem morto havia meses — seria aquilo uma encenação para se proteger? Eu havia sido gentil com ela na nossa última conversa, mas me recusara a fazer parte de seu delírio. Nunca é bom incentivar o delírio de alguém. Não falei que achava que Bennett estava vivo, mas tentei ser educada com Samantha. Será que eram delírios mesmo? Talvez ela própria estivesse mandando os e-mails. Ou talvez estivesse mentindo ao dizer que se correspondia com ele. Isso era algo que a polícia saberia rastrear, se eu conseguisse convencer algum policial a pedir um mandado de busca.

Saí da banheira e puxei a tampa do ralo. Me enrolei na toalha e fiquei observando a água escoar. Steven tinha dito que eu poderia ter minha vida de volta. Ele estava errado.

— Tem uma coisa que está me incomodando e não consta no relatório policial.

A voz de Steven parecia cansada quando ele me perguntou do que eu estava falando. Contei dos arranhões na porta do banheiro, e ele disse que não se lembrava de nenhum arranhão, pelo menos não na parte interna.

— Você acabou de voltar do enterro do cara — disse ele. — Esquece isso.

— Acho que estou certa em relação a isso — insisti.

— Acho que eu me lembraria — contestou Steven. — E, mesmo que você esteja certa, que diferença isso faz? O que isso prova?

— Prova que tinha alguém no apartamento com Bennett.

— Eu realmente gostaria que você conversasse com Cilla — disse Steven.

— Não se trata de um problema psicológico — objetei. — Trata-se de uma prova que passou despercebida.

— E quem você acha que estava no apartamento com ele? — perguntou Steven.

Se eu respondesse que suspeitava de Samantha, ele me internaria.

— Samantha — respondi mesmo assim. — Eu preciso entrar no e-mail dela.

— Você quer mesmo provocar uma pessoa com transtornos mentais?

— Não é provocação, se ela não interpretar assim — argumentei. — Você conhece alguém que eu poderia contratar para fazer isso?

— Eu poderia ser expulso da Ordem, mas não é por isso que não vou te ajudar. Promete que vai ligar para Cilla?

Liguei para McKenzie, em vez disso. Ele mesmo atendeu — porque telefonei direto para o celular. A julgar pela impressão que ele me passou, McKenzie parecia feliz em falar comigo. Mas eu não podia confiar cegamente na minha intuição, por isso deixei para lá. Estava tão preocupada que fui direto ao assunto. Falei que precisava conferir uma coisa no relatório policial da morte de Bennett.

— Você tem uma cópia?

Contei para ele o que queria conferir. McKenzie se ofereceu para passar no meu apartamento, para me entregar o relatório, depois do trabalho. Fiz um rápido inventário mental de tudo o que precisava ser limpo para sua visita. "Tudo!", pensei, agradecendo-lhe em seguida.

Uma hora depois, estava varrendo a casa com uma velha vassoura de palha. Abri uma caixa de lenços umedecidos antibacterianos e me ajoelhei para esfregar o chão do banheiro. Desejei que Steven não tivesse trocado a porta tão rápido. Mas, se McKenzie trouxesse uma foto que não mostrasse nenhum arranhão na parte interna da porta, eu esqueceria o assunto. Até lá, estava disposta a adotar uma postura zen na faxina. Desacelerei os movimentos, limpei tudo com esmero. Era impossível não ser meticulosa naquele estado de espírito. Eu deveria fazer isso mais vezes, pensei. Mas logo desisti da ideia.

Nos fones de ouvido tocava "You Go Down Smooth", do Lake Street Dive, o iPhone guardado no bolso, quando a música foi interrompida pelo toque de uma ligação. Era um número com prefixo do Maine. Renee estava furiosa. Disse que não tinha gostado nem um pouco de eu ter dado o número dela para uma maluca, que a acusou de mentir sobre a morte do próprio filho. A tal mulher, segundo Renee, dizia ser noiva dele: mais um problema — ela foi enfática quanto a isso — de que não precisava. Por fim, pediu que dali em diante eu respeitasse sua privacidade.

— Eu não dei seu número para essa mulher — assegurei-lhe. — Renee, eu sinto muito.

Mas quem falava comigo agora já não era Renee, e sim Vanessa, que parecia tão irritada quanto no dia do enterro.

— Isso pode ser uma grande piada para vocês, todas alegando serem noivas do meu irmão, mas a gente não acha nada engraçado, e vocês estão acabando com a vida da minha mãe.

— Isso não é piada nenhuma — garanti. — Nada disso é engraçado.

— Então manda aquela maluca deixar minha mãe em paz — exigiu ela.

— Eu não posso fazer nada. Ela é realmente louca.

— Vocês *todas* são! — exclamou Vanessa.

E desligou.

Eu precisava caminhar para me desintoxicar da conversa e das questões que ela suscitava, por isso botei um cartão de crédito no bolso do casaco e fui para a delicatéssen. Também precisaria de vinho. Ou não? O que servir a uma visita que está trazendo fotos tiradas pela polícia do seu ex-noivo desfigurado? Comprei azeitonas kalamata, os palitos de queijo mais caros do mundo e várias garrafas de uma cerveja artesanal chamada Evil Twin.

Eu tinha acabado de virar na Grand Street quando avistei McKenzie. Ele não me viu. Dessa vez, não estava de bicicleta. Era a primeira vez que eu o espionava. Ele sempre estava ao meu lado quando caminhávamos, mas, àquela distância, podia vê-lo objetivamente. McKenzie não era um daqueles caras que andam tomando impulso com o calcanhar, como os atletas adolescentes que desde o ensino médio não despertavam nenhum interesse em mim. Não andava com arrogância nem com pressa, como se seu tempo fosse mais valioso que o das outras pessoas. Caminhava com segurança, como se seguisse o ritmo musical da própria cabeça, que eu também teria gostado de ouvir.

Embora me sentisse mal por isso, continuei observando-o sem me fazer notar. Segui-o mantendo certa distância, até ele chegar ao meu prédio. Então me escondi atrás de um furgão da FedEx, contei até dez, voltei à calçada e chamei seu nome, correndo como se estivesse atrasada.

Notei que seu sorriso dissimulava o conteúdo sinistro da pasta. Se fôssemos nos encontrar num bar, com certeza teríamos nos abraçado, mas ali estava eu com uma bolsa numa das mãos, uma chave na outra e havia uma escada, uma longa escada, pela frente. Hesitei no primeiro degrau, sem querer que ele me visse subindo aqueles cinco lances, mas me dei conta de que McKenzie insistiria para que eu fosse na frente. Não era tão terrível quanto na época em que as camas altas estavam na moda, quando os casais se despiam antes de subir a escada, uma pessoa oferecendo à outra uma visão infeliz.

Steven era a única pessoa que tinha ido ao meu apartamento desde a morte de Bennett. De repente, me perguntei se McKenzie se sentiria estranho por estar ali. Mas agora era tarde demais. Azeitona surgiu e ficou latindo até reconhecer o homem que lhe dera um sanduíche de provolone. Sentou-se aos pés dele, abanando o rabinho alucinadamente. Ele se agachou para cumprimentá-la, mas Azeitona estava tão agitada que era impossível pegá-la no colo.

— Não acredito que nunca ligaram procurando por você — disse ele para Azeitona.

Eu me ofereci para pendurar seu casaco. Ao tirá-lo, ele precisou deixar a pasta em cima da mesa, que ali parecia um objeto de decoração.

— Admiro sua coragem de continuar morando aqui — comentou McKenzie.

— Achei que, se não fizesse isso, eu nunca mais ficaria num mesmo lugar por muito tempo.

— Ainda assim, é um ato de coragem.

Ele não me deixaria escapar do elogio.

Pensei que talvez não tivesse sido uma boa ideia comprar os aperitivos — eu não o estava recebendo para uma visita. Mas, ainda assim, lhe ofereci uma cerveja.

Quando voltei à sala, vi que McKenzie tinha uma pasta de papelão no colo.

— É confortável, não é? — perguntei. — Foi meu irmão que me deu esse sofá.

Queria que Steven estivesse ali conosco de algum modo.

McKenzie e eu tínhamos visto as fotos da cena do crime de Susan Rorke juntos, mas não protestei quando ele sugeriu levar apenas algumas do incidente com Bennett, somente as que eu precisava ver. Ele próprio as selecionou. Observei-o olhar para o que eu me recusava a ver de novo, mas vi refletido em sua fisionomia.

Por fim, McKenzie estendeu uma foto. As pegadas de sangue no piso de azulejos do banheiro eram minhas. Devo ter arrancado a cortina quando me escondi na banheira, porque ela estava embolada no chão. Havia um sutiã secando no porta-toalhas, e fiquei constrangida por McKenzie vê-lo na imagem.

Por toda a extensão da porta, havia uma listra de cerca de meio metro de altura. Os arranhões tinham quase um centímetro de profundidade e se sobrepunham, mais claros que a madeira envernizada.

Não precisei nem indicar o que estava vendo. McKenzie, eu tinha certeza, via a mesma coisa.

— Acho que ele não estava sozinho — murmurei. — Alguém deve ter vindo aqui, e os cachorros eram um incômodo. O que eu preciso saber é quem os soltou. Você conhece alguém que eu possa contratar para hackear uma conta de e-mail?

Contei a ele minhas suspeitas. Depois disso, McKenzie escreveu um endereço de e-mail num papel — hackvc@gogo.jp.com — e o entregou a mim.

— Você não recebeu isso de mim — advertiu.

— Quanto ele cobra?

— É uma mulher. Menos de três meses de internet.

— Isso quer dizer que todo mundo pode contratar um hacker.

— Todo mundo contrata.

Azeitona havia se sentado no colo de McKenzie. Eu me lembrei das azeitonas e dos palitos de queijo na geladeira. Perguntei se ele dispunha tempo para mais uma cerveja. Sem consultar o relógio, ele respondeu que seria ótimo.

Arrumei um pratinho com os petiscos da delicatéssen e o levei para a sala com mais uma garrafa de cerveja. Lembrei de já ter feito exatamente o mesmo para Bennett. Isso me deixou tão desconcertada que não cheguei a pegar uma segunda cerveja para mim.

McKenzie tinha ido até a estante. Quando se virou, estava segurando um coral-cérebro que eu havia encontrado numa praia de St. Croix e usava como suporte para livros.

— Você já fez mergulho noturno? — perguntou.

— Quando fiz, a visibilidade estava tão ruim que só conseguia ver minha lanterna.

— É incrível. Os corais duros brilham, e o recife fica fosforescente. Tem uma gama totalmente diferente de peixes, ainda mais bonitos que os diurnos. À noite — continuou ele, erguendo o coral — isso fica da cor de uma safira.

Eu não podia perguntar se ele estava planejando uma viagem com Billie para mergulhar, pelo menos não com essas palavras.

— Você está planejando alguma viagem para mergulho?

Eu odiava minha hesitação e desconfiança.

— Isso que descrevi foi em St. John. Eu gostaria de voltar lá.

Todo mundo que vai a St. Thomas pega a barca para St. John, e Billie dissera que ia a St. Thomas. Para resgatar cachorros de rua.

— Esse queijo está uma delícia — comentou McKenzie, e pegou mais um pedaço.

Ele estava mudando de assunto, mas eu não desistiria.

— Deve ser difícil para você voltar a mergulhar.

— Eu ainda não consegui — admitiu. — Mas acho que me sinto preparado.

Agora quem queria mudar de assunto era eu. Temia descobrir que eles viajariam juntos. Fiquei arrependida por ter iniciado aquela conversa, e por isso forcei McKenzie a voltar ao papel de meu advogado.

— Se Nuvem estava presa no banheiro, existe alguma chance de ela voltar para casa?

— Podemos recorrer.

Ele consultou o relógio.

Tentando me antecipar a sua desculpa para ter que ir embora, agradeci-lhe por ter trazido as fotos. Não falei nada sobre o contato da hacker, uma vez que ele não queria ter participação naquilo. Quando nos despedimos, McKenzie disse para eu me cuidar.

Segui pela Grand Street na direção da via expressa que liga o Brooklyn ao Queens. Notei, como sempre, o grande número de pit-bulls que passeava com os moradores mais jovens do bairro. Em nenhum outro lugar eu via as pessoas cuidarem tão bem deles. Eu tinha minhas teorias a respeito disso: que aquela era a raça mais incompreendida e condenada; que era, em certo sentido, como ter uma tatuagem, como se isso inspirasse respeito, embora grande parte dos pit-bulls fossem dóceis; que os jovens queriam adotar um cachorro e os abrigos estavam entupidos justamente de pit-bulls. Era frequente ver um cartaz na vitrine das lojas que dizia: "Nascido para amar, treinado para odiar." Esse e outro: "Para cada pit-bull que morde, existem mais de 10,5 milhões que não mordem. Parem de atormentar minha raça."

Perto de uma obra, encontrei o endereço que "hackvc" tinha me passado. Era uma loja de estátuas religiosas baratas como as que são vistas em janelas de casas ou em igrejas com poucos recursos. Considerando o que estava exposto na vitrine, conferi o endereço mais uma vez e percebi que era esse o lugar. Entrei e fui recebida pelo som de um sino. Uma mulher cheinha com uns 30 anos, usando um vestido preto que parecia o hábito de uma freira, surgiu dos fundos e perguntou se podia me ajudar.

— Bem, me deram esse endereço, mas acho que talvez eu tenha anotado errado... Vocês consertam computadores aqui?

— Você é a amiga de McKenzie?

— Então estou no lugar certo. Mas e as estátuas religiosas?

— Você já ouviu aquela piada do *mohel* na relojoaria? *Mohel* é o judeu responsável pela circuncisão dos meninos. O sujeito está procurando um *mohel*. Ele encontra o local indicado, uma loja cheia de relógios. Então diz para o balconista: "Estou procurando um *mohel*." E o balconista diz: "Sou eu." "Mas o que esses relógios todos estão fazendo na vitrine?" E o balconista responde: "O que você quer que eu bote lá?"

Acompanhei-a até os fundos da loja, que era tão surpreendente quanto a fachada. Havia um único laptop, não aquela porção de equipamentos que sempre aparecem nos filmes. Admiti que estava surpresa que ela pudesse hackear algo com um computador comum.

— Entrar num e-mail não é hackear. É crackear. Hackear é uma arte. É descobrir e explorar as fragilidades da tecnologia. Sem os hackers não teríamos esperança de que houvesse privacidade na internet.

— Isso me parece o contrário de privacidade — objetei.

— Hackear não é pessoal — explicou ela. — É a descentralização da informação e sua distribuição gratuita. Estou falando de informações governamentais e empresariais, não de pegar um deputado vendo pornografia em casa. Mas me diga o que posso fazer por você.

A mulher não me falou o nome dela.

— Preciso descobrir se uma pessoa mandou e-mails para si mesma, utilizando uma conta de outra pessoa, ou se de fato esses e-mails foram enviados por outra pessoa.

— Posso dizer se foram enviados do mesmo endereço IP — explicou ela. — É possível redirecionar uma mensagem de modo que ela pareça vir de um IP diferente, mas a pessoa teria que ser profissional. Posso ver se fizeram isso.

Ela me pediu o servidor e o nome de usuário, e logo começou a digitar. Disse que a senha mais comum era "senha". A segunda era "123456". A terceira, "12345678". E uma em cada seis pessoas usa o nome de um animal de estimação.

— Samantha tem algum bichinho de estimação? — perguntou ela.

Falei que não sabia.

— Vamos ver se encontro algum plano de saúde animal — disse ela, digitando o nome de Samantha numa espécie de banco de dados.

Como o computador estava de frente para a mulher, não consegui ver exatamente o que ela estava fazendo. Olhei para as estátuas religiosas: uma Virgem Maria lascada, um apóstolo desgastado, um são Cristóvão sem braço. Alguém fazia o reparo delas?

— Samantha Couper tem um plano de saúde da ASPCA — disse ela — para um pastor misturado de 6 anos chamado Paul, que sofre de síndrome de Cushing.

Então todas nós tínhamos cães doentes, machucados ou resgatados. Se isso foi uma coincidência, seria curioso para um homem que não suportava pelos de cachorro na roupa. Se não foi, Bennett era o tipo de predador que se sentia atraído pela bondade que lhe faltava. E, nesse caso, era o homem sobre quem eu poderia basear minha dissertação. Meu coração bateu mais forte e, dessa vez, não era de medo.

A mulher digitou alguma coisa. Digitou outra. Mais uma vez. Apenas na sexta tentativa, abriu um sorriso.

— MeuPaul — disse. — Qual é o e-mail que você acha que ela estava usando para escrever para si mesma?

Informei o e-mail de Bennett — oeventoprincipal@gmail.com —, o único que ele usava para falar comigo. A mulher digitou o nome e virou o computador para que eu pudesse ver a tela. Surgiram centenas de mensagens. Cerca de um quarto delas posteriores a sua morte. Mais uma vez, quase desfaleci — essa palavra antiquada — com o choque de ver aquela conta de e-mail que até um tempo atrás eu ansiava encontrar na minha caixa de entrada.

Pedi a ela que abrisse a primeira mensagem com data posterior à morte. Comecei a ler: "Sam, você foi ao banco? Encontrou o passaporte? Eu confio em você. Não esqueça que eu te amo. Estamos quase lá."

— Você consegue ver se foi ela que mandou isso para si mesma? — perguntei.

— Se foi, não usou o mesmo computador — respondeu a mulher. Ela clicou num ícone que eu nunca tinha visto. — Com esse comando, o endereço envia um ping para uma URL, como um sonar — explicou ela —, e, quando o sinal volta, pode-se determinar quanto tempo a viagem de ida e volta levou. Ao teclar Enter, o endereço IP aparece, seguido de quantos segundos, ou, nesse caso, milissegundos, o processo demorou para acontecer. Sei, portanto, que foi enviado daqui — disse ela.

Ou Samantha estava mandando as mensagens para si mesma do meu bairro, ou havia alguém que eu não conhecia fazendo isso. As duas hipóteses me deixaram apavorada. Eu não conseguia pensar em nenhuma forma razoável de me proteger.

— Você pode fazer mais uma coisa para mim? — pedi. — Pode descobrir a senha do outro e-mail, "oeventoprincipal"?

A mulher eliminou rapidamente as senhas mais comuns.

— Tem um cara chamado Jeremy Gofney que criou um conjunto de vinte e cinco computadores que faz trezentos e cinquenta bi lhões de tentativas por segundo. Mas vou levar de meia hora a seis horas. Por que você não vai para casa e eu mando uma mensagem quando descobrir a senha? — propôs.

Pedi um café para viagem no Gimme! Coffee e fui buscar Azeitona para passear. Dessa vez, decidi levá-la à Cooper Square. Não era tão grande quanto o McCarren Park, mas havia mais chances de encontrarmos cachorros pequenos para brincar com ela. Só que, naquela tarde de inverno, nem o suéter de tricô de Azeitona conseguia mantê-la aquecida, por isso eu a coloquei dentro do meu casaco e nos sentamos num banco.

Para onde Samantha pretendia ir que precisava de um passaporte? Ou para onde estava sendo instigada a ir? Seria algo que ela enviasse para si mesma? Só se esperasse que outra pessoa lesse... E por que ela pararia de mandar mensagens depois daquilo? Ou por que a pessoa que teria mandado aquela mensagem pararia?

Azeitona se mexeu dentro do casaco e me trouxe de volta ao presente, às simples necessidades de uma criaturinha viva. Coloquei-a no chão, deduzindo que gostaria de urinar, mas ela não quis. Por isso, a acomodei de novo dentro do casaco e voltei às pressas para casa. Eu parecia alguém que estava sendo seguido, olhando de um lado para o outro. Eu não conseguia transparecer a segurança que supostamente afastaria um agressor.

A hacker invadiria o e-mail de Bennett. Talvez fosse melhor não saber tudo de que ele havia sido capaz. Minha escolha traria consequências: informação em troca de mais humilhação. Quanta humilhação eu seria capaz de aguentar? Mas a informação — se eu conseguisse filtrar minha reação pessoal a ela — seria valiosa para a pesquisa. Eu veria em primeira mão a mente que leva a esse comportamento. Veria o predador avançando contra a presa. O sociopata e sua vítima: eu.

Provavelmente ainda faltavam algumas horas para a hacker entrar em contato comigo. Eu precisava me preparar para o que estava por vir. Só dispunha de quatro ansiolíticos de 0,25 miligrama, mas tinha direito a mais uma reposição, que Cilla havia me receitado. Fui à Napolitano, na esquina da Graham Avenue com a Metropolitan, uma antiga farmácia italiana cujos funcionários conhecem a clientela pelo nome. A proprietária, de cabelos ruivos e raízes eternamente brancas, me saudou com simpatia. Todo o bairro sabia o que eu havia passado. Quando lhe entreguei o frasco com os comprimidos remanescentes, ela conferiu o rótulo.

— Você só tem direito a mais uma reposição.

Pelo visto, eu passava a impressão de que precisava de mais.

Consultei o telefone, embora não houvesse nenhum sinal do recebimento de mensagens. Avisei que esperaria ali mesmo eles prepararem a reposição. Imaginei que houvesse alguém com um pilão nos fundos. Dei uma olhada nos sabonetes italianos que não se encontrava em nenhuma outra farmácia. Eu sentia uma relativa paz por saber que pegaria os ansiolíticos. E se descobrisse que Bennett nunca havia me amado? Isso evidentemente sugeria que eu ainda acreditava que um dia ele poderia tê-lo feito. Mas eu era uma dessas pessoas que não conseguem passar por um acidente na estrada sem olhar os feridos.

Paguei pelo remédio. Quando estava perto de em casa, hackvc me mandou uma mensagem: "Consegui."

Eu poderia ter tomado um comprimido, mas decidi que sentiria a empolgação da descoberta, independentemente do que ela me revelasse. Quando cheguei à loja, a hacker estava atendendo outra cliente. Dessa vez, uma freira. Quem uma freira estaria hackeando?

— Já vou te atender — disse a hacker para mim.

A freira segurava uma pequena estátua da Virgem Maria. A hacker pediu a ela que voltasse dentro de uma semana, e o conserto estaria pronto. Então a loja não era só de fachada...

— Dá a volta no balcão. A gente pode conversar nos fundos.

Acompanhei-a e me sentei na cadeira dobrável que ela indicou.

— A menos que Samantha seja uma profissional, ela não enviou as mensagens para si mesma — afirmou.

Então me entregou uma folha e uma caneta. Pediu que eu escrevesse a senha que ela ditaria. Imaginei que não quisesse deixar provas de sua letra.

— Quanto estou te devendo? — perguntei.

Eu havia levado dinheiro, como fora instruída. McKenzie estava certo: três meses de internet era mais caro que isso.

A senha era "mesmoquandovocedorme".

Pensei na parede, em Bennett me obrigando a dormir junto a ela.

Eu me sentia como se estivesse prestes a comer algo envenenado. Estava morrendo de fome e seria obrigada a me envenenar. Talvez, se eu comesse alguma coisa antes — uma torrada pura, por exemplo —, isso forraria meu estômago de modo que o veneno não me matasse.

Não havia nada de extraordinário naqueles e-mails além do fato de terem sido enviados por um homem morto. Ou talvez houvesse: a tentativa de assegurar Samantha de que ele pensava nela e mal podia esperar para encontrá-la (embora fosse deixá-la esperando). Eu havia me imaginado pronunciando cada palavra, tentando deduzir não apenas o significado mas também as nuances. Entretanto, as mensagens eram tão banais que fiquei cada vez mais impaciente. O mesmo papo furado, sete vezes. Mas, no e-mail seguinte, ele dizia a Samantha que uma ex-namorada maluca havia se matado e, por algum motivo, a polícia suspeitava *dele*. Se precisasse de um álibi, poderia contar com ela?

Samantha não escreveria a si mesma pedindo para ser seu próprio álibi.

Tirei o suéter. O apartamento não estava quente, mas eu suava.

A mensagem seguinte de Bennett respondia a uma pergunta desesperada que Samantha havia feito: "Eu passei o dia inteiro em casa, sozinho, mas isso não se sustenta como álibi."

No dia em que alegava estar sozinho, ele ia me encontrar no Maine.

Li mais uma dezena de e-mails. Quem quer que os estivesse enviando para Samantha dizia que estava se escondendo no Canadá, mas eu já sabia disso: a própria Samantha havia me contado. Continuei lendo, procurando algo que já não soubesse. E encontrei.

Bennett convidava Samantha para se encontrar com ele em Toronto, de onde os dois partiriam. Assim como eu havia acabado de descobrir, ela pagaria para ter esse prazer ("Você foi ao banco?"). A primeira mensagem que mencionava a viagem — ou lua de mel? — tinha sido enviada um dia depois do assassinato de Pat. Senti um aperto no peito. Seria melhor notificar a polícia? E dizer o quê? Eu havia entrado ilegalmente no e-mail que continha aquelas informações. Diria que um homem morto pretendia se encontrar com a noiva em Toronto depois de ele — sim, o homem morto — ter matado a ex-namorada?

Meu estômago roncou, mas eu não conseguia comer nada. Servi-me de uma dose generosa de Stoli.

Digitei "Susan Rorke" na barra de buscas do e-mail, procurando a última mensagem que Bennett havia lhe mandado, no dia anterior à morte dela. Agora eu estava lendo algo que de fato *ele* enviara. Tomei o restante da dose de vodca.

"Não vou poder, amor. Tenho reuniões o fim de semana inteiro. Depois eu compenso."

Desci a tela para ver a que ele estava respondendo. Susan Rorke o havia convidado para passar o fim de semana em Boston.

Só porque ele dizia que não podia estar lá não significava que não estivesse, ponderei, o álcool estranhamente revelando meu lado racional. Em vez de me deixar sonolenta, a vodca agia como estimulante.

Desci a página mais um pouco. Comecei a ler as respostas de Bennett atenta às mensagens dele. Tenho a tendência a ficar fria e analítica quando me sinto mais vulnerável. Duas marcas textuais típicas de um sociopata chamaram minha atenção. Ele usava repetidamente "para que" e "porque", o que indica sua visão de causa e efeito em suas ações. Também mencionava questões relativas a dinheiro, a preocupações financeiras. Por outro lado, não estamos todos preocupados com dinheiro? Portanto, talvez eu devesse riscar essa última. Ainda assim, era difícil ignorar um trecho como: "Preciso que você deposite o dinheiro do bufê do casamento para que eu possa comprar o smoking que você gostou." Ou este: "Perdemos a suíte nupcial porque você deu o número do cartão de crédito errado para o hotel." Vi que ele dava a ela a chance de consertar o ocorrido fornecendo o número certo para um hotel mais caro.

A oportunidade que ele havia me oferecido era me deixar pagar pelo bolo de casamento enquanto ele comprava o smoking.

Depois da morte de Susan Rorke, ele continuou enviando mensagens por dois dias. Sem obter resposta, mudava de tom, era solícito, perguntava como ela estava, pedia a ela que respondesse. Então o tom mudava novamente. Sua última mensagem para Susan Rorke era curta e objetiva, mas nada original. Bennett recorria às palavras furiosas de diversos amantes rejeitados: "Satisfeita agora?"

Por mais que tudo aquilo me deixasse enojada, eu também me sentia aliviada de saber que não tinha quase me casado com um assassino. Servi-me de mais uma porção do prato envenenado. Procurei conjuntos de e-mails enviados para endereços que eu não conhecia em busca de outras mulheres, de outros encontros.

Considerava uma vantagem descobrir que eu não tinha me apaixonado por um assassino, mas havia sido fisgada por um sociopata mulherengo que tinha me jogado em seu harém.

O nome "Libertina635" era recorrente na caixa de entrada. A palavra não teria tido o efeito que teve sobre mim se eu não houvesse lido sobre dois libertinos há pouco tempo: o visconde de Valmont e a marquesa de Merteuil. Imaginei que agora veria a palavra por toda parte. O número 635 poderia sugerir quantos outros libertinos havia na internet.

Conferi a data da última mensagem de Libertina para Bennett: o dia da morte dele. Voltei ao início da mensagem. Datava de alguns anos antes, noite em que eles se conheceram, num cassino.

Libertina sempre enviava as mensagens primeiro, estabelecendo um padrão de domínio. Ela desafiava Bennett a contar seus segredos. Não se interessava nem um pouco em galanteios convencionais, frustrando as primeiras tentativas dele nesse sentido. Ela fugia do cotidiano: não haveria encontros para almoçar, jantar ou ir ao cinema. Não queria saber do dia dele. Queria a intensidade, o mistério, o transcendental. Queria ser entretida. Bennett, por sua vez, recebia um tipo de atenção que nunca experimentara, de uma mulher bonita que não parava de surpreendê-lo. Tinha uma parceira sexual disposta e habilidosa que também o surpreendia na cama.

Ela fazia questão de que ele se mantivesse fiel, mas era um tipo de fidelidade que Bennett não conhecia na época. Sem rodeios, convenceu-o de que seu primeiro compromisso seria *ela*. Isso se tornou relevante quando, aos seis meses de relacionamento, ela o incentivou a dormir com outras mulheres para mostrar a ele que, longe de sentir ciúmes, podia usar essas ocasiões para aumentar a intimidade entre os dois. Bennett interpretou esse encorajamento como confiança, o que possibilitou que ela o manipulasse ainda mais. Aplaudia-o quando ele seduzia mulheres honestas, altruístas, virtuosas. Ria das hesitantes declarações de amor das outras mulheres. Estimulava-o a não se conter. E ele não se continha.

Com um ano de relacionamento, os dois tiveram a primeira briga. Libertina queria que ele largasse Samantha Couper; achava que a companhia dela fazia com que Bennett se tornasse uma pessoa entediante. Quando ele deixou escapar que admirava o trabalho de Samantha no serviço de emergência para suicidas, Libertina mandou a seguinte mensagem: "Ela devia mandar esses idiotas se virarem." Depois de quatro semanas de silêncio, Bennett convidou Libertina para ver um filme com ele — e Samantha. Propôs que Libertina se sentasse atrás dos dois. Quando o filme terminou e ele perguntou a Samantha o que havia achado, a resposta insípida dela foi o presente dele para Libertina.

Com dois anos de relacionamento, Bennett apareceu com Susan Rorke. Foi a segunda briga. Ele também considerava o trabalho dela louvável — não apenas na delegacia mas no abrigo para pessoas em situação de rua. A proposta dele para fazer as pazes encantou Libertina. Ele combinou de os três se encontrarem num campo de tiro onde Susan ensinaria Libertina — apresentada por Bennett como uma amiga da família — a se proteger com uma arma. Li os elogios de Libertina a Bennett depois da aula. A sensação das mãos de Susan Rorke conduzindo as mãos dela sobre a arma havia sido um bônus.

Quanto mais eu me aproximava da época em que o conheci, mais apreensiva ficava.

"Nova e interessante, ou só nova?", perguntou Libertina. E algumas horas depois: "Hein?"

Bennett respondeu a essa segunda mensagem: "Você está mais animada do que eu em relação a ela."

Estavam falando de mim. Era inacreditável quanta dor um homem morto podia causar.

Ele ria da minha pesquisa.

"Qual música faz você chorar, mas você tem vergonha de admitir? Rá!", enviou Libertina.

Eu estava pronta para fazer uma ligação de emergência para Cilla.

Libertina: "Você pegou alguma coisa dela?"

Bennett: "Você está achando que sou um menino de 10 anos?"

Eu me afastei do computador e olhei pela janela da sala. Caía uma neve fininha, que ainda não se acumulava na calçada. Eu não me sentia transtornada nem com vontade de vomitar. Tampouco estava enfurecida, ou queria quebrar um copo na parede. O que sentia era mais calmo, mas nem por isso menos desgastante. Vergonha. Humilhação é o que sentimos diante dos outros. Vergonha é o que sentimos sozinhos. É mais difícil nos livrarmos da vergonha.

Um floco de neve pousou na janela em sua geometria perfeita, e, como o calor da sala aquecia o vidro, observei a geometria se dissolver. Durou menos de um segundo. O que podia acontecer em um segundo?

Ainda bem que comprei o remédio. Tomei um comprimido inteiro. Sabia que não esperaria o medicamento fazer efeito antes de tomar outro. Vesti uma calça de moletom mais larga e continuei a leitura.

Estava procurando pistas de quem era Libertina. Ela nunca mandava nenhuma foto sua para Bennett, mas encontrei algumas minhas que Bennett havia lhe mandado. Nada comprometedor, apenas invasivo: eu fazendo uma omelete para ele, eu com a toalha enrolada na cabeça, até mesmo alimentando Nuvem, George e Chester. Ela sabia onde me encontrar. A recíproca, porém, não era verdadeira. Fui para o quarto e tranquei o portão da escada de incêndio, um gesto inócuo diante de tamanha violação. Não suportava mais ser enganada.

Eu já havia sentido aquela impotência uma vez, quando um casal me destruiu com sua tortura despropositada: ela me enganando, pegando meus 300 dólares para comprar cerveja e não me desamarrando quando teve a oportunidade. Candice. Doug. Li aqueles e-mails como duas mulheres — eu agora e eu naquela época. Era como assistir a um filme de terror com som *e* legenda: o terror me açoitando duas vezes. Nada que ele pudesse dizer teria me machucado mais.

Libertina: "Ela ainda está se dedicando à pesquisa? A vítima estudando vitimologia?"

Bennett: "Uma qualidade ela tem: é interessada. Estudiosa."

Libertina: "Deixa de ser pretensioso! Ela também banca a vítima na cama?"

Bennett: "Um cavalheiro não fala sobre isso."

Até parece. Tentei respirar fundo, mas estava ofegante. Baixei a cabeça entre os joelhos, fechei os olhos e tentei me concentrar na respiração. Tomei um susto quando senti o focinho gelado de Azeitona na minha testa. Ela havia se aproximado para me consolar. Soltou um ganido, e a botei no colo. Acariciá-la me acalmou, e consegui respirar novamente.

— Chamando a dra. Azeitona — murmurei para a cadelinha branca.

Ela não parava de lamber minhas mãos, a ponto de o drama das minhas emoções se transformar num melodrama, ante suas tentativas insistentes de me tranquilizar, de me trazer de volta.

Fui para a cama exaurida demais para ler ou ver televisão. Tentei fazer mais uma vez o exercício de meditação que tinha feito na banheira havia pouco tempo, relaxando uma parte do corpo de cada vez. Meus joelhos estavam travados. Tentei relaxar primeiro um, depois o outro. Voltaria a eles depois. Braços: sem problema. Ombros e trapézio: tudo bem. Voltei aos joelhos para uma segunda tentativa. Eles não cediam. Então me lembrei dos gregos, que acreditavam que a vida está nos joelhos, por isso nos ajoelhamos ao pedir clemência. Será que eu deveria estar ajoelhada suplicando pela minha vida?

Pensei em todas as pessoas que precisavam lidar com desgraças piores. As pessoas sofriam crueldades indescritíveis, e, ainda assim, conseguiam suportar. Algumas ainda encontravam certa redenção em si mesmas. Eu acreditava que também suportaria aquilo. Mas isso não diminuía em nada o sofrimento que eu sentia naquele momento.

Eu me virei de lado e fiquei surpresa comigo mesma. Onde estava o rancor? Eu tinha todo o direito do mundo de estar xingando os homens, o amor, os relacionamentos. Mas queria tudo isso de novo, e rápido, antes que o que havia lido naquela noite frustrasse essa possibilidade.

Por um instante, confundi a lâmpada de um poste com a lua.

Pela manhã, eu me sentia consumida pela possibilidade de Bennett ter convidado Libertina para me observar, como havia feito com Susan e Samantha. Será que ela estava sentada atrás de nós quando assistimos a *O homem-urso*? Seria uma hóspede de um dos hotéis no Maine? Teria pedido meu caderno emprestado em alguma aula da faculdade? Será que a conheci? Tentei não cruzar a linha entre o questionamento racional e a paranoia, mas a leitura dos e-mails na noite anterior me fazia pensar nas pessoas como aquela bactéria que devora carne humana. Eu ainda tinha braços? Ainda tinha pernas? Como podia estar perto do fogão, esperando a chaleira assobiar?

Quando o telefone tocou, tomei um susto.

— Tenho uma boa notícia — avisou Billie. — Mas me sinto péssima por dizer isso. Acabei de saber que a cadela doente do For Pittie's Sake tem no máximo um dia de vida.

— Por que ligaram para *você*? — questionei.

— Estou aqui com Alfredo, vim deixar os cachorros de rua que resgatei na ilha. A gente conseguiu trazer quatro. Alfredo acabou de deixar todos eles no conforto dos seus novos alojamentos. Já temos um lar definitivo para três.

Minha admiração por Billie naquele momento era sincera. Mas eu ainda precisava recobrar o ânimo para reconhecer o bom trabalho que ela havia realizado.

Se não posso proteger a mim mesma, pensei, pelo menos posso proteger minha cadela.

Botei a coleira em Azeitona e a levei para dar uma volta. Em breve, Nuvem também poderia passear. Fomos à Petopia. Azeitona ficou me puxando para ir mais rápido quando reconheceu o caminho de sua loja de brinquedos. Quando dobramos a última esquina, ela já estava tentando correr. Dentro da loja, vi um beagle de porte médio, desacompanhado, entrar num cesto cheio de ossos mastigáveis, escolher o seu e sair. Sorri e perguntei ao atendente se ele tinha visto aquilo.

— Rudy tem conta na casa.

Rudy, explicou o atendente, trabalhava na agência de viagens que ficava ao lado. Saímos da loja com uma caixa de bifes de fígado secos para Nuvem.

O simples prazer de satisfazer um cachorro me deu forças para voltar ao computador. Havia algo obsceno em ler os comentários sarcásticos de Bennett e Libertina para tentar descobrir quem ela era.

Libertina: "Você está no testamento dela?"

Testamento de quem?

Bennett: "O apartamento é alugado e ela não tem carro. Não é de família rica e doa quase tudo que ganha."

Minhas doações a organizações de proteção aos animais?

Libertina: "Nada como se manter ocupada sem ganhar dinheiro."

Bennett: "Não é o que você faz?"

Libertina: "Eu posso, como você sabe muito bem."

Bennett: "Eu fico pensando naquele documentário que a gente gostou, *O homem-urso*, o fato de a paixão de Timothy Treadwell pelos ursos acabar levando-o à morte. O que eu quero dizer é: logo um morador de rua? No abrigo onde ela trabalhava para ajudá-los?"

Senti um alívio em dobro: por não ser de mim que estavam falando e, sobretudo, por ele estar morto. Eu achava que sabia o que era um sociopata, que podia traçar o perfil de um. Mas, até aquele momento, não entendia de verdade do que eram capazes.

Bennett falava daquele jeito de uma mulher com quem tinha pretendido se casar e que havia sido assassinada enquanto ajudava outras pessoas. Cheguei ao clichê de questionar se nada era sagrado. E quanto a *O homem-urso*? De acordo com a troca de e-mails, os dois gostaram do documentário, mas eu também o tinha visto e lembrei que a namorada de Treadwell o acompanhava e ela também foi morta pelo mesmo urso que o havia estraçalhado.

Li até o ponto em que o sem-teto suspeito do assassinato de Susan Rorke era inocentado. Depois disso, o tom das mensagens de Bennett mudava. Ele parecia preocupado com a possibilidade de a polícia tratá-lo como suspeito. Em vez de tranquilizá-lo, Libertina desconsiderava sua preocupação. Ela até mudou de assunto, perguntando para onde eles iriam nas férias seguintes. Mas então Bennett voltou ao tema. Continuei lendo, atenta ao efeito que as manifestações de medo de Bennett causavam nela. "Quem é *você*?!", ela escreveu a certa altura. Imediatamente me deparei com uma frase que reli repetidas vezes, em busca de algum sinal de sarcasmo, sem encontrá-lo. Era Bennett quem havia enviado a mensagem, me defendendo. "Morgan é muito generosa. Ela jamais me trataria como você me trata."

Fiquei decepcionada comigo mesma por me sentir lisonjeada.

Libertina não mordeu a isca. Ou talvez tivesse mordido. Lançou um desafio a Bennett. "Quero que você me coma na cama dela", pediu. "Ela sai às nove", respondeu ele.

Não havia mais mensagens de Libertina. Esse último e-mail havia sido enviado na noite anterior à morte de Bennett.

Eu precisava caminhar. Não conseguia ficar nem mais um minuto no apartamento. Peguei casaco, cachecol, gorro e luvas e saí para espairecer. Precisava passar por pessoas cujos erros eu não conhecia. Sentia-me mais segura na companhia dos outros. Passei pela piscina pública do Centro de Recreação Metropolitano, por uma estação de bicicletas da Citi Bike, pelo food truck de comida colombiana e por uma casa de sucos. Quem não precisa de um bom suco? Entrei e pedi um pequeno, de cenoura, uma pausa no meu jejum.

Quanto mais me aproximava do rio, mais forte o vento ficava. Subi o píer, onde as pessoas pescavam, mas não havia sinal de nenhum pescador. Meus olhos se encheram de lágrimas e meu rosto doía. Nesse instante me rendi ao torpor. Esse ato de entrega fez com que eu me rendesse também ao que havia acabado de descobrir: Libertina estivera no meu apartamento na manhã em que Bennett havia sido morto.

Será que foi isso que deixou os cachorros enfurecidos? Ficar trancados no banheiro, ouvindo Bennett e aquela mulher na minha cama? Com certeza, eu ficaria furiosa. Senti meu corpo quente. Já não sentia frio — o sangue corria para todas as minhas extremidades. A confusão se foi, e senti uma compreensão clara e incisiva tomar conta de mim. Só havia uma palavra para descrever esse sentimento: raiva. Em geral, a raiva me cegava, mas dessa vez ela me permitiu enxergar. Ela me encorajava, era bem-vinda, mais forte que o medo. Eu apreciava aquela clareza. Não queria embaçá-la. Libertina estivera no meu quarto com Bennett.

Chefinha morreu durante a noite. Alfredo me ligou do For Pittie's Sake pela manhã. Agora sim haveria uma vaga para Nuvem no abrigo de Connecticut. Alfredo me disse que poderia recebê-la na mesma tarde.

Finalmente uma coisa boa. Eu tinha conseguido proteger uma criatura que amava até poder deixá-la em segurança. Fiquei feliz por minha cachorra ir para um lugar onde seria tratada com amor.

Antes de alugar um carro, liguei para Billie. Tínhamos lutado quase seis meses por aquele momento. Perguntei se gostaria de me acompanhar, e ela disse que me buscaria. Chegou com café e biscoitos para a viagem, além de um osso mastigável para Nuvem. Enquanto isso, eu levava presunto fatiado na bolsa.

— Nós conseguimos! — exclamou Billie.

Ela estava certa em usar o plural. Eu não teria chegado tão longe sem sua ajuda e fiz questão de reconhecê-lo. Billie ergueu a mão e dei um *high-five*. Foi quando notei que seu braço — assim como seu rosto — parecia tão branco quanto o meu. Billie não estava nem um pouco bronzeada, embora tivesse acabado de voltar do Caribe. Ela não me parecia ser uma daquelas mulheres que usam chapéu e luvas debaixo do sol, mas vai saber... Entretanto, no Caribe, mesmo as pessoas que evitam contato direto com os raios de sol ficam bronzeadas.

— Achei que você voltaria com uma corzinha — comentei.

— Só passei dois dias lá — explicou Billie. — E não fui para pegar sol na praia.

— Eles terminaram o novo abrigo? Você encontrou Lesley?

— Lesley não estava na ilha. Eu peguei os cachorros no abrigo antigo.

Entretanto, sempre que eu ia buscar os cachorros resgatados, Lesley, o diretor da Humane Society, os levava ao aeroporto junto com a documentação.

Percebi que estava testando Billie e desconfiei que ela havia notado. Ainda assim, eu queria saber se ela viajara mesmo com McKenzie.

Perguntei se no carro havia sachês de açúcar para o café.

— Procura no porta-luvas — sugeriu ela.

Encontrei vários batons — embora eu nunca a tivesse visto usando maquiagem —, mas nada de açúcar. Peguei um batom de uma cor chamada Tiramisu.

— Por que eu não como isso? — brinquei, numa tentativa fracassada de aliviar a tensão que sentia entre nós.

— Está difícil encontrar esse — observou ela. — Saiu de linha.

Já havíamos percorrido num bom ritmo o sentido norte da Franklin D. Roosevelt Drive. As pessoas corriam à margem do rio, usando roupas pesadas para se proteger do frio. Havia poucos barcos naquela tarde, um único rebocador puxando uma barcaça. Os passeios de barco regados a bebida eram um fenômeno da primavera e do verão. Aqueles eram barcos de pesca, fazendo o melhor que podiam na água gelada, enfrentando as correntezas notoriamente difíceis daquele trecho do East River.

Pegamos a saída da rua 96 e passamos por muitos *outlets* — que, apesar do frio, expunham as mercadorias na calçada —, um supermercado popular, o restaurante White Castle, conjuntos habitacionais e postos de gasolina cheios de táxis. Uma horta comunitária interrompia uma série de cortiços pouco antes de entrarmos na 119.

— Você trouxe a guia? — perguntou Billie.

Tínhamos acabado de estacionar junto à grade de ferro do abrigo, um prédio de concreto quase sem janelas. Minha cachorra estava encarcerada ali desde setembro, e estávamos prestes a libertá-la.

— Guia e coleira — respondi.

Era uma coleira de nylon com o símbolo da paz em diversas cores. Uma plaquinha com o nome dela e o certificado de vacinação antirrábica. Billie deve ter sentido que eu estava ficando mole, porque disse:

— Aja como se você viesse aqui o tempo todo.

Ela me conduziu até o balcão de admissão de animais depois de acenar para um funcionário que conhecia. A mulher do balcão também reconheceu Billie e nos deixou entrar. O barulho nos tomou de assalto, misturado ao cheiro horrível de urina e fezes. Segui Billie pelo escorregadio chão de linóleo. Ela caminhava com a determinação de um soldado. Isso devia ter me dado forças, mas eu me sentia cada vez mais vulnerável.

Havia frascos de gel antibacteriano nas paredes, todos vazios. Passamos por várias portas, que conduziam às diferentes alas. Cada uma tinha cerca de duzentos cães, os de grande porte abrigados numa fileira de jaulas, os de pequeno porte em gaiolas minúsculas empilhadas. Na verdade, por causa da falta de espaço, algumas gaiolas menores eram empilhadas ao longo do corredor principal. Vi que alguns gatos assustados, em caixas de transporte, estavam misturados aos cachorros. A lâmpada fluorescente do corredor estalava e piscava, ou seja, uma dor de cabeça imediata. As portas das alas se concentravam em um dos lados do corredor. Do outro, havia uma porta com os dizeres: SERVIÇO VETERINÁRIO.

— Não entra aí — advertiu Billie.

Dei uma espiada na porta entreaberta quando um veterinário a abriu, e vi sangue no chão de linóleo.

— Eu avisei — murmurou Billie.

A despensa ficava no mesmo lado do corredor, pouco depois do serviço veterinário. Nela, havia uma pia grande repleta de vasilhas de água e latas abertas de comida para cachorro, debaixo de uma torneira pingando.

— Só olhe para a frente — pediu Billie, percebendo que eu espiava.

Mas não consegui evitar. As portas das alas tinham um painel de vidro mais ou menos na altura dos olhos, por isso consegui espiar os cães. Alguns estavam claramente deprimidos: ficavam sentados no fundo da jaula, virados para a parede. Outros, assim que viam um potencial adotante, começavam a fazer truques que alguém algum dia lhes ensinara: uma pata levantada como um cumprimento, embora não houvesse ninguém para cumprimentá-los. Parecia que eu estava a um passo de desintegrar. Devo ter suspirado, porque Billie se virou para mim e disse:

— É por isso que venho aqui.

Ainda estava no horário de adoção, e tínhamos passado por alguns grupos de pessoas olhando os animais atrás das grades. Os cães destinados à adoção ficavam nas duas primeiras alas, os de pequeno porte numa sala separada. Os cachorros pequenos sempre recebiam mais visitantes. Vi crianças segurando chihuahuas trêmulos e poodles toy, assim como vira-latas de orelhas enormes. Vi famílias andando de jaula em jaula nas alas de adoção dos cachorros de grande porte, discutindo os méritos de um sobre o outro: qual era mais bonito, qual exigiria mais exercícios... Por um segundo, me detive, enquanto Billie seguia em frente. Eu tinha escutado um rapaz maltrapilho com uns 20 anos calculando as chances de um pit-bull jovem no ringue. Fui contar a Billie o que tinha ouvido.

— A gente já conhece esse cara. O pessoal da admissão sabe que não deve liberar nenhum cachorro para ele — declarou ela.

A ala à qual nos dirigíamos, no entanto, não era acessível ao público.

Eu não duraria uma hora naquele lugar. Sempre soube disso, mas só agora podia admiti-lo, uma vez que estava prestes a libertar minha cachorra. A única coisa que fazia frente a todo aquele horror era a dedicação dos funcionários e voluntários, que, como Billie me dissera, eram em sua maioria mulheres. Ela também havia me dito que grande parte dos funcionários, que encarava um trabalho difícil e angustiante, era gentil com os cachorros, chamando-os pelo nome, embora esse nome geralmente lhes fosse dado no balcão de admissão.

— A porta que fica no fim do corredor dá para um jardim — disse Billie. — É o único lugar onde os cães podem ficar sem a guia. Talvez a palavra "jardim" não seja a mais adequada. Não é como se tivesse muitas plantas.

Estávamos perto da ala onde Nuvem era mantida enjaulada.

— Se o elevador estivesse funcionando — continuou ela —, você veria tudo isso replicado no segundo andar.

Quando fui atingida por esse fato, me senti muito culpada por não poder libertar nenhum outro cachorro além de Nuvem. Mas aonde isso iria me levar? Onde isso acabaria?

— Eu sei o que você está pensando — disse Billie. — Nós não podemos salvar todos. Para mim, é uma questão de equivalências. Sempre tento comparar o dinheiro que gasto com o que esse dinheiro pagaria aqui. Esse par de sapatos vacinaria vinte e cinco cachorros contra *Bordetella*. Esse par de óculos castraria dez cachorros.

Billie pegou um chaveiro e abriu a porta da Ala 4A, onde os cães perigosos eram mantidos. Nela, havia cartões afixados no alto das jaulas, nos quais se lia, em vermelho: CUIDADO: ALTAMENTE PERIGOSO. Na parede de concreto que ficava de frente para a fileira de jaulas havia aros grossos de aço pendurados em parafusos à mostra, que aqueles cachorros fortes haviam arrancado. Encostado na parede havia um instrumento para captura e manejo de cães, ao lado de uma mangueira preta enrolada.

Nuvem não estava onde eu a vira na última vez, na primeira jaula, perto da porta. Na verdade, quem a ocupava agora era um cachorro branco grande com orelhas cortadas e olhos cor-de-rosa, sentado tranquilamente em frente à grade.

— Onde ela está? — perguntei.

— Foi transferida para o fim da ala — respondeu Billie.

Eu me senti um pouco culpada por não dispensar nenhuma atenção aos cachorros pelos quais passava às pressas até encontrar minha própria cadela. Quando a vi, o pelo branco sujo, chamei seu nome e comecei a chorar. Nuvem se aproximou da grade, e Billie entreabriu a porta para botar a coleira e a guia. Em seguida, pediu que a deixasse conduzi-la, colocando-se entre Nuvem e os cães enjaulados. Quando chegamos à entrada da ala, vi o cachorro branco de orelhas cortadas, mas ele não estava na primeira jaula junto à porta. E sim na segunda, que já havia sido ocupada por George, perto de Nuvem, mas sem conseguir vê-la. Então notei que havia dois cachorros brancos de orelhas cortadas e olhos cor-de-rosa, cujos movimentos pareciam se refletir, como um espelho. Eles tinham pelo curto e o peito largo, musculoso. Não eram pit-bulls, mas pareciam ser molossos, os antepassados das chamadas *bully breeds*. Os cães pareciam pesar uns sessenta quilos, mais até que Nuvem.

— São dogos-canários? — perguntei a Billie.

Alguns anos antes, quando Steven morava em São Francisco, dois dogos-canários haviam fugido do apartamento de seus donos, entrado no corredor de um prédio em Pacific Heights e destroçado uma jovem que não conseguiu pegar a chave de casa rápido o suficiente. A mulher sofreu cerca de oitenta ferimentos, ficando com apenas o escalpo e os pés ilesos. O julgamento que se seguiu botou os donos irresponsáveis dos animais — um deles, advogado — na cadeia por quinze anos, por homicídio em segundo grau.

— São dogos-argentinos — disse Billie. — Bem, na verdade, são bodes expiatórios. Foram trazidos ontem à noite.

— O que houve com eles?

— O de sempre — respondeu ela.

Ou ela pensava que eu sabia do que se tratava, ou não queria me dar mais detalhes.

Ao passarmos pelas jaulas, os dogos se levantaram e começaram a andar em círculos, os movimentos idênticos, como nadadores sincronizados. No entanto, não podiam se ver para saber o que o outro estava fazendo. Ambos os cães me olharam, rosnando e mostrando os dentes.

Quando saímos da ala, caí de joelhos e abracei minha cachorra. Suas orelhas ainda estavam baixas de medo, mas ela começou a abanar o rabo e esfregar a cabeça enorme no meu peito.

— Você está em segurança agora — falei.

Por mais feliz que estivesse por me ver, ela sentiu o cheiro do presunto que a aguardava e enfiou o focinho na minha bolsa.

Billie esperou Nuvem pegar um pedaço e botou a focinheira nela.

— Vamos assinar a papelada para a liberação — disse.

Na sala de espera abarrotada, um menino latino se aproximou de mim e me perguntou por que minha cachorra estava usando uma jaula no focinho e como eu a chamaria.

— O nome dela é Nuvem — respondi.

— Que legal! — exclamou ele. — Posso fazer carinho nela?

Fui até o balcão, enquanto Billie tomava meu lugar, então a ouvi dizer ao menino que não passasse a mão em Nuvem, porque era perigosa. Vindo de Billie, esse comentário me fez virar a cabeça. Ela realmente acreditava nisso? Ou só estava seguindo as regras?

Ao meu lado, havia um rapaz com um chow-chow que parecia apavorado. O rapaz estava furioso com a atendente, que lhe disse que havia uma taxa de 35 dólares para deixar o cachorro.

— Taxa é o caralho! — reclamou ele. — Vou deixar ele amarrado ali fora.

Billie disse ao sujeito que deixasse o cachorro, que ela própria pagaria a taxa.

— De novo, não — interveio a atendente.

Como Billie a conhecia, ela acelerou o processo de liberação, e em poucos minutos saíamos do abrigo com Nuvem. Depois de todo aquele tumulto, o barulhento East Harlem parecia nos acolher. Esperei Nuvem urinar no meio-fio. Distraída com o mundo dos cheiros normais, ela parecia dominada pelos estímulos que vinham da calçada, do hidrante, das poucas árvores da cidade.

Quando uma pessoa inconsciente acorda, dizemos que ela "recobrou os sentidos"; era mais ou menos isso que Nuvem parecia vivenciar naquele momento. Era emocionante! Eu não estava com nenhuma pressa de levá-la, por isso a deixava conduzir a caminhada. Dava para perceber que ela estava dividida entre seu interesse pelo que a cercava e a vontade de ficar nos meus braços. Eu me agachei, e ela se recostou em mim. Billie coçou as orelhas de Nuvem e tirou a focinheira, o que lhe rendeu uma lambida e um suave esbarrão.

Então me dei conta de que estava rindo. Billie também ria, tentando não cair enquanto a cachorra enorme se jogava em cima de nós.

Billie fez menção de ir para o carro, mas sugeri que antes déssemos uma volta com Nuvem. Viramos na direção do rio. Senti o vento mais suave, e parecia que a primavera estava chegando, ou pelo menos foi o que deduzi em meio a minha felicidade. As plantas ainda não tinham florescido, mas o ar carregava uma leveza diferente. Uma leve brisa soprou do rio, e a Nuvem levantou o focinho. Então me dei conta de que minha cachorra não pisava num gramado desde o teste de temperamento, cinco meses atrás. Havia um parque xexelento na esquina, mas por ora ele bastaria. Tinha um longo trecho de areia para saltos a distância. Billie encontrou um pedaço de madeira e o jogou longe, mas Nuvem não ligava para brincadeiras. Ela continuou na areia, e se deitou de barriga para cima.

Abri a bolsa e tirei dela o jantar comemorativo, meio quilo de presunto fatiado que Nuvem devorou em duas dentadas. Billie também lhe ofereceu nossos biscoitos. Peguei uma garrafinha de água, e Nuvem bebeu do jato que espirrei para ela.

Uma lancha da polícia patrulhava o rio. Do outro lado, ficava a Wards Island, que abrigava o Centro Psiquiátrico de Manhattan e o Centro Kirby de Psiquiatria Forense. Os prédios eram intimidadores, com suas longas fileiras de janelas protegidas por grades e o aspecto intrínseco de desolação. Pareciam um monumento ao sofrimento e ao desespero, mas nem eles conseguiram tirar o brilho daquele dia.

Voltamos ao carro e pusemos Nuvem no banco de trás, que Billie havia forrado com uma colcha. Mas Nuvem se intrometeu entre os bancos da frente, até eu não conseguir enxergar Billie ao volante. Antes de dar partida, ela pegou o telefone.

— Sei de outra pessoa que gostaria de estar aqui — disse, apontando o celular para Nuvem e tirando algumas fotos. — McKenzie vai gostar disso.

Ela devia ter dito aquilo com conhecimento de causa.

Colocamos o cinto de segurança e pegamos a Franklin D. Roosevelt Drive, em direção à ponte da Willis Avenue, para deixar a cidade sem precisar pagar pedágio.

Billie ligou o rádio: Lolawolf.

— Sabe — disse ela —, é preciso se perguntar o que realmente se quer na vida. E começar pela primeira escolha. E, se não der certo, partir para a segunda. Mas é preciso tentar a primeira antes.

— Eu já me arrisquei. Só que era um tipo diferente de risco. Eu escrevia poesia.

Billie deu uma gargalhada.

— Você me fez lembrar o que aquele cara disse: que, se não fosse pela poesia, as adolescentes de macacão de veludo e meia-calça preta teriam que fazer amizades.

— Não fui tão terrível assim — eu me defendi. — Eu só gostava de ler e, de vez em quando, tentava escrever. O que quero dizer é que tentei, mas, quando vi que não daria em nada, comecei a me dedicar ao que faço agora.

— Você nunca me disse sobre o que é sua pesquisa — observou Billie.

— Altruísmo patológico.

O simples fato de dizer em voz alta já me dava certa tranquilidade. Aquilo me fazia lembrar que eu estava trabalhando em algo digno de atenção, que minha vida incluía um trabalho gratificante.

— Parece um paradoxo — considerou Billie. — Como o altruísmo pode ser patológico?

— Ele não prejudica apenas os outros, mas a própria pessoa. Basta pensar no empregado incansável que, de tanto se dedicar ao próximo, não cuida de si mesmo e adoece. Acho que encontrei um vínculo estatístico entre a doação excessiva e a vitimologia, a relação de mulheres realizadas, inteligentes e motivadas que se tornam alvo por causa da intensidade de sua compaixão. Esse excesso de compaixão deixa essas mulheres cegas diante de um tipo de predador que está atento a essa característica. Assim, elas ficam inclinadas a sempre dar a ele o benefício da dúvida. Acho que os predadores perseguem mulheres que têm um excesso daquilo que falta a eles. Eles se alimentariam da compaixão.

Eu me virei para ver se Billie havia assimilado tudo o que eu tinha dito. Ela não fez nenhuma graça, parecia estar refletindo sobre o assunto. Então me perguntou se eu achava que *ela* era uma altruísta patológica. Se eu achava que ela se colocava na posição de ser uma vítima com isso.

— Não consigo imaginar você sendo vítima de ninguém — respondi.

— Foi isso que Bennett viu em você? — perguntou ela.

Eu seria capaz de dar uma resposta sincera a ela? Qual? Era uma pergunta que me assombrava desde a morte dele.

— Talvez eu não seja a melhor pessoa para avaliar isso — respondi.

Ela pegou a saída para Cross River e Katonah.

— Aonde estamos indo? — perguntei.

— A gente está com tempo. Tem um lugar lindo a cinco quilômetros daqui, onde a gente pode passear mais com Nuvem. Sem a guia.

A reserva de Ward Pound Ridge. Passamos pela represa logo depois de deixarmos a rodovia e, quando fizemos a curva, não havia nenhum carro estacionado na entrada. Nuvem ficou radiante com as descobertas dos cheiros da mata. Deixamos que ela bebesse água do rio. Agradeci a Billie por proporcionar Nuvem aquele intervalo entre os abrigos.

— Uma parte de mim quer pegá-la e seguir viagem — admiti. — Levá-la para outro estado e recomeçar a vida, longe de tudo o que aconteceu em Nova York.

Baixei a guarda a esse ponto.

— Mas você jamais faria isso — comentou Billie.

— Como você pode ter tanta certeza?

— Porque *eu* faria.

Voltei minha atenção à cadela, que aproveitava a liberdade.

Surgiu um cervo na trilha, a alguns metros de nós. Ele não fugiu. Nuvem ficou imóvel, não avançou.

— Muito bem — murmurei.

Permanecemos em silêncio, sem nos mexer, até algumas pessoas surgirem por trás de nós, e suas vozes assustarem o cervo.

— É melhor a gente ir — sugeriu Billie. — Chegar lá enquanto ainda está claro.

Passamos o restante da viagem até New Milford sem música nem conversa. Estacionamos ao lado de outros carros, na frente da garagem do For Pittie's Sake. Alfredo ouviu nossa chegada e veio nos receber. Ofereceu a Nuvem um biscoito, então outro.

Alfredo perguntou se podíamos esperá-lo dar um banho na Nuvem. Explicou que assim poderia secá-la com a cabeça da cachorra entre minhas pernas, enquanto eu segurava uma toalha em torno de suas orelhas, para protegê-la do barulho do secador. Falei que ficaríamos, é claro.

Ele nos conduziu a um banheiro convertido numa espécie de spa para cães. Levei Nuvem para a banheira e me afastei enquanto Alfredo a ensaboava. Quando o pelo dela estava molhado, escorrido junto ao corpo, vi quanto peso Nuvem havia perdido. Esfreguei suas orelhas com a toalha e pensei mais uma vez nas palavras de Billie sobre minha incapacidade de fugir com minha cachorra para recomeçar a vida. Que ela fugiria, mas eu não. Só que eu já não acreditava que uma pessoa pudesse recomeçar do zero. Pode-se continuar e crescer, mas não se pode começar de novo. Quem pensa o contrário não entende o *continuum* da vida.

Eu não queria ver Nuvem ser levada para a jaula, por mais espaçosa e limpa que fosse, por isso partimos enquanto Alfredo a escovava. Fiquei feliz de ver minha garota daquele jeito: limpa, sendo cuidada por alguém que gostava do que fazia. Billie andava à minha frente, pelo jardim molhado. O pântano que ficava próximo à propriedade era o motivo de ela ter sido comprada a um preço tão baixo. Alfredo havia nos dito. Os cães não se importavam que uma parte da propriedade de trinta mil metros quadrados fosse pantanosa. Era bom que estivéssemos saindo enquanto ainda estava claro. A vista da janela da garagem, a nova vista de Nuvem, era o pântano, e ela adorava água.

— Recebi uma mensagem de McKenzie — avisou Billie enquanto estávamos entrando no carro.

— Agora?

— Quando ele recebeu a foto de Nuvem — respondeu Billie.

— E o que dizia?

— Que ele finalmente pode encerrar seu caso.

Finalmente? Procurei um lenço na bolsa, só para ter o que fazer a fim de interromper o pensamento.

— É melhor eu avisar que não vou conseguir me encontrar com ele essa noite — disse Billie. — Você pode pegar meu celular na bolsa?

Assim que peguei o telefone, ela perguntou se eu poderia enviar uma mensagem para McKenzie, já que estava dirigindo.

Agora eu era a mensageira.

Billie ditou:

— "Vou ter que adiar. A não ser que você vá dormir tarde." — Então me perguntou: — Você está com fome?

— Eu beberia alguma coisa — respondi.

— Tem um bar em Danbury, a alguns quilômetros daqui. A gente pode jogar sinuca e beber.

Billie me levou a um pub irlandês, o Molly Darcy's. Havia no palco uma bateria e amplificadores do tamanho de um caixão, mas ainda não eram nem sete horas, cedo demais para ter música ao vivo. Havia até uma pista de dança, no momento vazia, mas as marcas no chão prometiam que ela não se manteria assim por muito tempo. Uns dez clientes, sentados em bancos vermelhos, assistiam a uma partida de futebol na televisão pendurada na parede. A sinuca estava livre. Pedi duas cervejas, enquanto Billie preparava a mesa.

Ela passou giz na ponta de um taco e dispôs as bolas, organizando-as dentro do triângulo de madeira. Em seguida, dirigiu-se ao outro lado.

Estranhei o fato de Billie jogar sinuca comigo quando poderia estar com McKenzie. Uma escolha que eu não teria feito.

Observei-a encaçapar duas bolas.

— Você não me disse que era profissional! — protestei.

Mais que um jogo, aquilo parecia uma exibição. Billie se debruçava na mesa para mirar nas bolas, revelando parte do sutiã de renda preto.

Ela errou a tacada seguinte e me entregou o taco.

— Eu nunca joguei nada além de bola oito — avisei, preparando o caminho para meu desempenho sofrível.

No meu caso, não haveria muita coisa para mostrar. Eu estava mais do que recatada com uma camiseta vintage e calça skinny. Havia prendido o cabelo num rabo de cavalo para que ele não interferisse tanto no jogo, mas, com o movimento, a franja recém-cortada caía sobre meus olhos de qualquer jeito.

— Sem desculpas — disse Billie.

Encaçapei duas bolas no canto e errei uma tacada.

Billie encaçapou as quatro seguintes e se preparou para uma jogada realmente difícil: a bola teria que bater três vezes na lateral para cair no buraco. Ela calculava friamente cada um dos seus movimentos.

Terminei a cerveja e fiquei observando enquanto ela limpava a mesa.

— A próxima rodada é por minha conta — falei, admitindo a derrota. — A menos que você queira ir embora...

— Eu mereço outra cerveja — disse Billie. — Vou arrumar a mesa de novo.

Ela começou a ajeitar as bolas na mesa. Dois caras que estavam bebendo junto ao balcão se aproximaram. Eu não sabia há quanto tempo estavam nos observando.

Eles pareciam ter acabado de sair de alguma obra. Usavam camisa de flanela enfiada por dentro da calça jeans larga, botas surradas e pareciam de fato homens, nada daquele aspecto andrógino que se encontra em Williamsburg. Quando viram Billie olhando para eles, ergueram a cerveja e sugeriram uma aposta. Ela, por sua vez, aceitou o desafio, quando poderia estar com McKenzie.

— Vem conhecer nossos novos namorados — disse Billie, acenando para mim.

Não gostei de ser envolvida naquilo, mas cumprimentei os homens com um "Oi" evasivo. Falei para Billie que estava cansada.

— Por que você está sendo uma desmancha-prazeres? — perguntou ela, lembrando-me de que podíamos nos permitir comemorar a transferência de Nuvem para sua nova casa.

Eu não engolia essa história. Isso não tinha nada a ver com a Nuvem.

O sujeito mais alto perguntou onde ela havia aprendido a jogar sinuca daquele jeito.

— Foi a minha avó — respondeu Billie. — Ela conheceu meu avô assim. Fingiu que não sabia jogar para ganhar dele.

O homem ergueu a garrafa num brinde.

— Quer começar? — ofereceu Billie.

— Você acha que eu preciso de vantagem? — perguntou ele, e se virou para o colega. Imediatamente entendi o olhar que os dois trocaram: se o mais alto havia escolhido Billie, tudo bem se o baixinho ficasse comigo?

— Posso? — perguntou Billie para mim.

Eu não sabia se ela se referia à partida ou a ficar com o cara. Billie deve ter percebido que eu não havia entendido a pergunta, porque logo se virou para ajeitar as bolas na mesa.

Ela começou o jogo, encaçapou uma bola e não perdeu uma única tacada depois disso.

O jogo, se é que poderia ser chamado assim, transcorreu tão rápido que me poupou o trabalho de conversar com o baixinho. O alto levou a derrota numa boa.

A banda havia começado a tocar pouco antes da vitória de Billie. O mais alto deixou a bebida numa mesa e segurou a mão dela. A banda tocava "How Do You Like Me Now?", de Toby Keith. Não era a música mais dançante, mas era animada. Pedi desculpa ao baixinho, inventando um músculo distendido, e ele pareceu aliviado. Nós nos sentamos num banco e ficamos assistindo à dança de seu amigo com Billie.

Dois casais arriscavam uma espécie de dança em linha, um imitando timidamente os passos do outro. Na pista, só Billie e o cara alto se destacavam, por isso não tínhamos dificuldade de acompanhá-los. Percebe-se logo quando um homem sabe dançar; ele entra na pista de dança de um jeito diferente de um que não sabe. Havia propriedade em como o sujeito conduzia Billie. Era notável vê-la se permitir ser conduzida por um homem. Billie tinha segurança para ser submissa. Não lhe custava nada.

Para minha surpresa, ela não conseguiu acompanhar o cara alto. Ele a conduziu pela pista num *two-step*, mas ela pisou errado e deu uma risada. Puxando-o para si, estabeleceu o ritmo para a parte seguinte da dança. Lenta e sugestiva, mesmo quando a banda terminou, então recomeçou com "White Liar", de Miranda Lambert. Muito oportuno. Cantei junto, na minha cabeça: *The truth comes out a little at a time.*

Deixei o sujeito baixinho me pagar outra cerveja.

Quando a música terminou, Billie e seu par vieram se sentar conosco. O homem alto mantinha o braço em torno dela, que prontamente o afastou. Ele tentou mais uma vez.

— O que você pensa que está fazendo? — perguntou Billie.

Podia-se ver que ele achava que Billie estava brincando. Os dois tinham acabado de ficar se esfregando na pista de dança.

— Está na minha hora — avisou o baixinho.

Ele se despediu de mim com um aceno e olhou para o amigo. Parecia que até ele sentia que alguma coisa estava errada. Mas o sujeito alto era outra história. Ele tinha ficado enfeitiçado por Billie.

— Quero dançar mais com você.

— A gente precisa ir embora — respondeu ela. — Morgan?

Peguei a bolsa e me levantei. Billie já caminhava para a porta. Pediu que eu dirigisse e jogou a chave para mim.

Quando eu estava ligando o carro, o cara alto bateu na janela.

— Volta aqui — disse para Billie.

— Meu namorado está me esperando — falou ela, em voz alta.

— Ah, seu namorado está esperando — reclamou o rapaz, o rosto repentinamente vermelho. — Então você só vem aqui trepar com os caras da cidade? É essa sua ideia de diversão?

— Você se lembra daquela menina sentada perto do bar? — perguntou Billie. — A loira bebendo sozinha. Pergunta a ela que música faz ela chorar, mas que ela tem vergonha de admitir.

Billie disse isso olhando para mim também. Achei que se tratava de um olhar de escárnio, mas então tive certeza de que era impaciência — ela devia me agradecer a conversa sobre minha dissertação. Billie se dirigiu ao rapaz alto.

— Depois vem me dizer a resposta dela, e eu volto para o bar com você. — Ele se afastou. — Pelo amor de Deus... — murmurou ela. — Os homens são tão previsíveis!

Ela havia premeditado aquilo. Escolhera aquele momento. Havia se livrado dos homens e me conduzido ao carro, num estacionamento vazio.

Tentei abrir a porta, mas Billie me deteve. Estava com uma arma.

— Dirija — ordenou.

— Para onde?

— Sentido sul, por enquanto — respondeu Billie.

Cogitei provocar um acidente, mas temi que a arma disparasse, por isso fiz o que ela mandava. A sensação de estupidez era quase maior que a de medo. Minhas mãos se mantinham firmes no volante. Por fora, eu estava surpreendentemente calma.

— Hoje é o quê? Sexta? — perguntou Billie. — Amanhã à noite, os hóspedes do Omni King Edward, em Toronto, vão começar a reclamar na recepção do gosto da água.

Eu não fazia ideia do que ela estava falando. Olhei para a arma, com a trava de segurança destravada.

— Um cadáver se decompõe duas vezes mais rápido na água do que fora dela — continuou. — Numa torre de água, demoraria cerca de quarenta e oito horas para o corpo soltar gases suficientes para ser detectado.

— Quem está na torre de água? — perguntei.

Eu sabia a resposta. Sabia que Samantha havia reservado um quarto no Omni. Mudei para a faixa da direita, pois assim poderia jogar o carro na barreira de proteção no lado do carona. Mas eu conseguiria controlar o carro no momento do impacto, com a velocidade em que estávamos?

— Você me diz — respondeu ela.

Eu tentava pensar desesperadamente numa estratégia. O que era melhor: me fazer de boba ou revelar o que eu sabia?

— Como eu poderia saber? — perguntei.

— Por eliminação.

— Posso imaginar quem, mas não imagino por quê — arrisquei.

— Isso *poderia* ser do seu interesse — disse Billie. — O que *me* interessa é saber por que acha que não é você quem deveria estar na torre de água.

Eu mantinha o carro a constantes cem quilômetros por hora. A pergunta de Billie não era retórica.

— É o que estou me perguntando — respondi.

— As pessoas superestimam a causalidade — comentou ela, aparentemente mudando de postura. — Quero dizer, imprevistos acontecem.

Nós nos aproximávamos de uma bifurcação: sul, para Nova York, oeste, para Nova Jersey.

— Qual delas? — perguntei.

— Vamos para Nova York.

Obedeci, mas também fiz outra coisa: tentei me apoiar na buzina. Ela não atiraria em mim àquela velocidade. Mas atirou. Não em mim. Apontou para o teto do carro e disparou.

Dei um grito.

— Se isso não trouxer socorro, buzinar com certeza não vai trazer — disse ela. — Ah, qual é, vamos conversar! Eu não tenho com quem conversar desde que Bennett morreu.

— Era para ele ser a vítima naquela manhã?

— Não existe resposta certa ou errada para essa pergunta.

Mas eu sabia que existia. Sabia que eles tinham um encontro marcado na minha cama naquela manhã.

Billie abriu o porta-luvas e pegou um chiclete.

— Quer? — ofereceu. — É sem açúcar.

Tirei uma das mãos do volante e a estendi. Billie usou a mão livre para tirar o papel antes de me passar o chiclete.

— Samantha não foi um desafio. Você mesma avisou a ela que ele estava morto. Aí eu disse: "Eu estou vivo." E a gente sabe em quem ela acreditou. Só precisei levá-la para Toronto.

— Samantha se matou? — perguntei.

Então Billie tinha ido para Toronto, não para o Caribe.

— Samantha não sabia nadar — explicou ela. — Agora me pergunte sobre Susan.

— Bennett sabia o que você estava planejando?

— Ela começou a me cansar. Tão séria: os sem-teto isso, os sem-teto aquilo... Eu pedi a Bennett que parasse de se encontrar com ela. Como ele me ignorou, tive que entrar em ação. Então, na verdade, foi culpa dele. Mas encontrar um culpado é bobagem, não é? Vai mudar alguma coisa?

O tanque do carro estava quase vazio. Mostrei isso para Billie, e ela disse que estávamos quase chegando.

— Algum interesse em Pat? — perguntou.

— Então era você na floresta.

— Quem não tem banheiro em casa? Eu não gostava nem dela nem da arte dela. Você gostava? — Billie não esperou minha resposta. — Bennett gostava. Ele achava que os autorretratos nus com coração de porco mostravam uma coragem que ele não tinha visto antes de deixá-la. Queria que eu comprasse um quadro, disse que seria um bom investimento. Mas, quando vi o trabalho no ateliê aquela noite, só confirmei minha opinião. Não havia coragem nenhuma. Quer dizer, não era um coração *humano*. Considero o que fiz uma colaboração.

Eu não ousava despregar os olhos da estrada.

— Ah, não fica assim — disse Billie.

Ela pediu que eu tomasse a saída da rua 116, e logo estacionávamos em frente ao abrigo de animais de onde havíamos tirado Nuvem apenas algumas horas antes. Billie saltou primeiro, contornou o carro e segurou meu braço. Eu sentia a arma na minha costela.

Ainda não eram onze da noite, e Billie sabia que a entrada da garagem continuaria destrancada por mais uns quinze minutos, até o último funcionário ir embora. De fato, José ainda estava esvaziando uma secadora industrial na garagem.

— *Buenas noches* — disse, sem nos perguntar por que estávamos ali tão tarde.

Aquela sem dúvida era minha última chance de conseguir ajuda, mas José já estava de costas para nós, retomando o trabalho. Eu não conseguiria sequer lançar para ele um olhar de súplica. Por outro lado, não havia colocado em risco um homem inocente.

Passamos pela ala onde ficavam apinhadas as gaiolas dos cães de pequeno porte. Não havia nenhuma fonte de luz, à exceção dos poucos resquícios luminosos que indicavam a saída. Também não havia nenhum funcionário lá dentro. Billie tinha cronometrado nossa chegada com precisão. Atravessamos o corredor, passando de ala em ala.

— Eu nunca fiz nada contra você — murmurei.

Quando nos aproximávamos do serviço veterinário, comecei a tremer. Tinha certeza de que ela faria uma eutanásia em mim ali mesmo. Havia forma melhor de desdenhar daquilo com que eu tanto me importava? Mas continuamos em frente.

Eu sabia que, assim que abríssemos a porta de uma das alas, aquele silêncio sobrenatural se converteria em latidos e ganidos. Billie agora estava atrás de mim. Ela não andava exatamente na ponta dos pés, mas não fazia nenhum ruído, sempre atenta. Em relação ao que houvera de encenação à mesa de sinuca, agora seus movimentos eram autênticos. Ela conhecia o terreno e falhar não era uma opção. Cheguei a pensar que era por essa adrenalina que Billie vivia. O instante em que abrisse a porta de uma ala seria como o instante em que um paraquedista salta da porta aberta de um avião.

Podia-se estender o momento que antecedia o salto — ou o empurrão —, mas, uma vez que se estivesse no ar, já não havia mais controle.

Billie abriu a porta da ala que antes havia abrigado Nuvem e George, e acenou com o cano da arma para que eu entrasse.

Vivenciei aquele instante como se fosse um quadro em movimento. A única lâmpada da sala piscava, o que fazia com que Billie estivesse numa posição diferente cada vez que era iluminada. Os cachorros pareciam criaturas selvagens numa tempestade de raios. Consegui observar isso antes que o som me atingisse. Como se esperava, o barulho era uma sensação visceral. Meu corpo vibrava com ele. Ouvia os latidos e os ganidos distintos. Alguns, assustados; outros, assustadores.

Quando vi Billie novamente, ela segurava um chaveiro.

— Abre essas duas — ordenou, e ficou esperando que eu destrancasse as jaulas.

Quando a luz piscou outra vez, tentei enxergar os cachorros que estava soltando. De relance, vi dois cães brancos enormes, fantasmas na escuridão que se seguiu. Por mais estranho que fosse, eles não emitiam nenhum som. Eram os dogos-argentinos que haviam ocupado as jaulas de Nuvem e George. As orelhas cortadas me eram familiares, assim como a postura, que me intimidara desde a primeira vez em que os vira. Não me sentia nem um pouco mais à vontade com eles agora que os estava soltando.

Billie se ajoelhou diante dos cães e começou a cantar uma espécie de canção de ninar. Mas a música era em alemão. Os cães se mantinham sentados, olhando para Billie. Ainda cantando para os animais, ela pegou duas guias com enforcador e pediu a mim que as botasse no pescoço deles.

— Heidi e Gunther não fazem nada sem minha autorização — garantiu Billie.

— Então esses cachorros são seus.

— Eu sou deles tanto quanto eles são meus. *Sitz* — ordenou.

Os cães se sentaram.

— *Pass auf* — ordenou.

Os cães começaram a rosnar baixinho, um som gutural. Em seguida, Billie guardou a arma na bolsa.

Aqueles cães eram treinados para atacar. Eu conhecia o suficiente de alemão para saber que o segundo comando queria dizer "atenção". Torcia para que eles não estivessem esperando o comando *Reeh veer*, "atacar". Se o corpo de Bennett fosse exumado, eu tinha certeza de que as mordidas corresponderiam aos dentes dos cachorros de Billie.

Repassei os métodos que havia aprendido para desarmar um agressor. Eu estava em desvantagem, por isso tinha apenas duas opções: tentar me humanizar aos olhos de Billie ou fugir, caso houvesse um lugar mais seguro que pudesse alcançar em cinco segundos. Já não havia conseguido a primeira opção. Antes que pudesse tentar a segunda, Billie pediu que eu abrisse outra jaula. Olhei o cartão que havia nela e li sob a luz intermitente que estava escrito CUIDADO: ALTAMENTE PERIGOSO em tinta vermelha.

— Morgan, esse é o Gotti — disse Billie, me apresentando ao cão. — Ele tem 3 anos e está sob custódia por ter mordido algumas pessoas. Gotti, essa é a Morgan. Ela tem 30 anos e está aqui por não ter conseguido ver o que estava diante dos seus olhos.

Gotti rosnou. Eu estava prestes a lhe dar crédito por se mostrar tão em sintonia com Billie, mas então vi os dois dogos se aproximando. Ela não dera nenhum comando para que fizessem isso. Ordenou que eles se sentassem, em alemão. Um dogo obedeceu de imediato, o outro contornou Billie para assumir a mesma posição do outro lado dela. Gotti latiu para os três.

Billie mandou que eu entrasse na jaula. Com uma última descarga de adrenalina, e tudo a perder, fui até a porta da jaula e, pouco antes de fechá-la, arranquei a bolsa do ombro de Billie, arrebentando a alça de couro.

Agora eu estava com a arma. E também com o chaveiro. Então, me tranquei ali dentro.

Houve uma estranha calmaria: os outros cachorros da ala pararam de latir como se sentissem que outra pessoa assumira o comando agora.

Gotti estava de pé, mais alto que eu de joelhos. Havia espaço suficiente para eu me levantar e recuar da porta alguns metros. Fiquei repetindo "Bom garoto", como um mantra. Gotti era um pit-bull malhado, grande. As orelhas cortadas rentes demais exalavam um cheiro ruim, sinal de infecção.

Enfiei a mão na bolsa de Billie e peguei a arma. O cachorro, no entanto, permaneceu parado. Peguei o celular e liguei para a emergência.

— Qual é a sua emergência? — perguntou a atendente.

— Eu preciso de ajuda. Estou em um abrigo de animais que fica na rua 119, em East Harlem — respondi.

De repente, a ligação caiu. Não tinha certeza se a mulher chegara a ouvir minha localização. Só que Billie não sabia disso.

— Estou na ala quatro — falei para o telefone mudo. — Uma mulher com cães agressivos me prendeu aqui.

Eu mantinha os olhos em Billie enquanto falava. Ao dizer essa última frase, ela revirou os olhos e disse:

— Foi você que se trancou.

— Por favor, venham rápido — pedi.

— Estou decepcionada com você, Gotti. Você não fez sua parte do acordo — disse ela.

Billie agia como se eu não estivesse com a arma apontada para ela.

— A polícia vai chegar a qualquer momento — blefei.

— Não tem sinal aqui. Nenhuma operadora funciona aqui dentro.

Ela se sentou de pernas cruzadas diante da jaula, exatamente como quando visitara meus cachorros.

— A gente nunca teve a chance de trocar figurinhas sobre Bennett — observou, animada. — Você estava estudando homens que manipulam mulheres, mas a verdadeira diversão começa quando uma mulher manipula um homem para manipular outras mulheres.

— O que você ganhava com isso? — perguntei, de fato interessada.

— O que eu *não* ganhava com isso? — retrucou Billie. — Ele me divertia. Com todas vocês. Você não imagina o quanto esse tipo de intimidade é emocionante. É uma fidelidade indescritível, uma troca única. Nós nos permitíamos tudo. Não julgávamos um ao outro. Quer dizer, até ele amolecer.

Os dogos assustavam o pit-bull. Gotti ficou com o pelo eriçado e, embora ninguém tivesse se mexido, ele começou a rosnar.

— Aposto que dormir perto da parede já não é tão assustador agora — comentou Billie. — Não culpe Bennett por obrigar você a fazer isso. Foi ideia minha. Esse era o problema dele: falta de ideias. Bennett estava desperdiçando energia com você. Quando ele parou de te ridicularizar e passou a te defender, acabou a graça. Claro, você oferece um lar temporário para os cães. Mas eles acabam morrendo de qualquer maneira.

Ela havia matado meus cachorros. Mas não era hora de discutir isso.

— Ainda assim — continuou —, ele se sentia atraído pela virtude. Podia não sentir compaixão, mas começou a buscá-la. E exagerou na dose: Bennett chamou isso de "amor" e pediu todas vocês em casamento.

Eu continuava apontando a arma para Billie, mas a mão começava a ficar cansada. Ela percebeu isso. Então me encostei na lateral da jaula, com Gotti de pé a alguns centímetros de mim.

— Você quer saber o que aconteceu naquela manhã. É justo. Ele não estava tão enfeitiçado por você a ponto de não querer me receber na sua própria cama. Só não gostou tanto da ideia de receber Heidi e Gunther. Mas eu falei que eles tinham consulta no veterinário naquela manhã. Pedi a ele que deixasse seus cachorros presos no banheiro e prometi que não haveria problema. Mas houve um: Bennett não conseguiu ter uma ereção. Era a primeira vez que isso acontecia. E ele colocou a culpa em mim. Dizia que eu tinha feito isso, que eu tinha feito aquilo, que eu tinha levado os malditos cachorros. Os malditos cachorros! Eu tinha deixado os cães no corredor. Desci da cama, vesti a roupa, e Bennett sequer pediu desculpa.

Gotti cheirou a arma e perdeu interesse nela.

Billie havia respondido a todas as minhas perguntas, menos uma: eu teria que matá-la?

— Você vai me incluir na sua dissertação? — perguntou Billie. — Eu sou mais interessante do que Bennett.

Ela foi interrompida pelos cães da ala, todos latindo. Então ouvi o motivo do alvoroço. Ou pelo menos achei ter ouvido: um homem gritava dentro do abrigo. Prestei atenção para ouvir melhor. Billie também. Uma voz masculina, dessa vez um pouco mais próxima:

— Polícia! Tem alguém aí?

Billie pôs o dedo sobre os lábios e espiou pela janelinha da porta. Seus cachorros viraram a cabeça em uníssono, mantendo-a à vista.

Billie se agachou quando o facho de uma lanterna iluminou a janelinha.

— Estou aqui! — gritei.

— Essa é culpa sua — murmurou Billie. Então abriu a porta e disse para os cães: — *Reeh veer!*

Os dois saíram para o corredor, espectros sincronizados, a atenção totalmente voltada para a presa.

Billie foi atrás dos cães.

A essa altura, parecia que todos os cachorros do abrigo latiam. O barulho era tão desnorteante que eu não conseguia distinguir os cães de Billie dos outros, nem saber se os cães dela faziam qualquer ruído durante o ataque. Mas ouvi um policial gritando. Então ouvi um berro. Por que ele não havia usado a arma? Mas eu também não a havia usado.

— Bom garoto — falei para Gotti ao destrancar a porta da jaula.

Vi o policial estava caído no chão, e já não gritava. Eu não sabia se continuava vivo, mas os cães brancos, que se postavam sobre ele — eu os via na penumbra do corredor —, estavam cobertos de sangue.

Eu me aproximei furtivamente de Billie, com a intenção de lhe dar uma coronhada, já que não tinha coragem de disparar. Eu teria que bater com força suficiente para derrubá-la. Mas, se eu a golpeasse, o que os cachorros fariam? Eu nunca havia machucado ninguém, nem tinha talento para acertar um alvo em movimento. A ideia me causava náuseas. Então vi, à esquerda, a porta do pátio de recreação. Quando consegui sair sem ser notada, tive uma esperança — talvez lá eu conseguisse sinal no celular.

No pátio escuro, cheio de bolas, com uma mangueira enrolada que me fez tropeçar, estendi o telefone, agitando-o para tentar captar algum sinal. Mas o que ouvi foi um tiro dentro do abrigo. Um único tiro. Em quem o segundo policial teria atirado? Num cachorro? Isso não deteria o outro. Esperei um segundo tiro.

O celular captou sinal.

— Qual é sua emergência? — perguntou a atendente.

— Estão matando um policial! — exclamei, desesperada. — A gente está no abrigo de animais em East Harlem, na rua 119. Por favor, venham rápido!

A porta do pátio foi aberta. Billie. E um dos dogos, ao seu lado. Billie olhou ao redor.

— Você acredita que esse é o único lugar onde eles podem fazer exercício?

— Seus cachorros mataram aquele policial.

— Aquele policial matou um dos meus cachorros — respondeu ela.

Percebi uma movimentação atrás de Billie. O cachorro também viu. A porta se abriu, e o segundo policial apareceu com a arma em punho. Antes que ele chegasse ao pátio, o cachorro o atacou. O policial estava se preparando para puxar o gatilho, mas a investida do cachorro no seu braço fez com que o disparo atingisse Billie. Ela caiu, mas continuava consciente. Gemia, segurando a perna. O dogo havia derrubado a arma com tanta força que ela deslizou pelo chão, parando mais perto de Billie do que de mim.

Chutei a arma para longe e voltei minha atenção para o dogo e o policial. O homem estava caído, lutando contra o cachorro. Apontei a arma, mas temia acertar o policial.

— Faça ele parar! — gritei para Billie.

— É ela — corrigiu. — Heidi.

Apontei a arma para Billie.

— Faça ela parar — ordenei, a voz controlada.

— Até parece que você atiraria — desafiou Billie.

Por mais que eu quisesse, Billie tinha razão.

Atirei na cachorra, derrubando-a.

O fato de ouvir sirenes acima da confusão de latidos sugeria a presença de reforço maciço — um policial estava morto. Apontei a arma para Billie e esperei que a polícia nos encontrasse.

— Você não pode dizer que não aprendeu nada — observou Billie.

— Aqui! — gritei, sem saber se os policiais podiam me ouvir.

— Sempre esperando ser salva por um homem — provocou.

Abriram a porta do pátio. Vários policiais, com armas em punho, entraram.

— Abaixa a arma! — gritou um deles. Por um instante, não entendi que se referia a mim. — Abaixa a arma! — repetiu.

Obedeci. Um policial a chutou para longe.

— No chão! — ordenou.

Ele abriu minhas pernas com outro chute e me revistou, então puxou meus braços para trás e me algemou.

— Ela atirou em mim! — gritou Billie. — Minha perna. Não consigo andar.

— Chama a equipe médica — pediu um policial para outro.

— O outro policial está bem? — perguntou Billie.

— Não é comigo que você deveria se preocupar — falei para o rapaz que me prendia.

Ele não falou nada, só me fez ficar de pé.

— A senhora está ferida em mais algum lugar? — perguntou outro policial a Billie.

— Essa mulher apareceu do nada. Eu sou só uma voluntária aqui.

A equipe médica surgiu no pátio e foi cuidar do policial caído. Pouco depois, outro grupo entrou às pressas e se ajoelhou ao lado de Billie.

— A senhora levou outro tiro além desse na perna? — perguntou o paramédico.

— Eu não estou sentindo a perna — resmungou Billie.

Finalmente encontrei minha voz.

— Aqueles cachorros brancos são dela. Foram os cachorros que atacaram. Ela ordenou o ataque.

— Acho que não levei mais nenhum tiro — disse Billie.

Um policial entrou no pátio e disse para o colega, que me segurava:

— A gente perdeu o Scott. Os desgraçados dos cachorros rasgaram a garganta dele. — Ele me pegou pelo pescoço e disse: — Eu devia fazer a mesma coisa com você.

— Aqui, não — advertiu o policial que me segurava.

Depois que a equipe médica colocou Billie no soro, ela foi deitada numa maca, mas esperaram que o policial inconsciente fosse levado primeiro.

Apesar de toda aquela atividade a minha volta, eu tinha a sensação de que as coisas aconteciam em câmera lenta. Olhei para os prédios em ruína que davam para o pátio. A essa altura, havia luzes acesas, janelas abertas e pessoas em todos os andares observando, tirando fotos com o celular.

Então uma dezena de policiais me cercou e me levou para dentro. Quando passei ao lado do cadáver do policial, eles me detiveram e me obrigaram a olhar. Vomitei. Billie tinha razão: aquele tinha sido culpa minha.

Na frente do abrigo de animais, a cena parecia a de um filme policial. Helicópteros lançavam fachos de luz sobre o local. Enquanto eu era conduzida a uma viatura, um policial lia meus direitos.

Um comboio de viaturas me levou à delegacia do 25º distrito. Fui imediatamente conduzida a uma sala de interrogatório e algemada à mesa.

Como boa cidadã, tinha certeza de que seria inocentada. E, ao mesmo tempo, sentia um medo desesperador de que estivesse errada.

Se o segundo policial morresse, não haveria nenhuma testemunha. E, caso se sobrevivesse, ele não tinha como identificar a responsável. Seria minha palavra contra a de Billie, e era ela quem havia levado um tiro.

Eles achavam que eu tinha matado um policial. Talvez, por omissão, tivesse. Eu havia tido a chance de matar Billie e seus cães e não a aproveitara. Comecei a sentir uma coceira no corpo inteiro. Sentia pruridos me subindo pelas costas, pelo peito. Isso me deixou ofegante. A ansiedade podia produzir vários sintomas somáticos, eu sabia muito bem. Queria, ao mesmo tempo que também temia, que alguém entrasse na sala. Ficava me revirando na cadeira, tentando coçar as costas. E precisava muito fazer xixi.

Depois da primeira hora, desisti de consultar o relógio. Sem me importar se me observavam do outro lado do espelho falso, com a mão livre tentei abaixar a calça para urinar ali mesmo, no chão da sala de interrogatório Se queriam um espetáculo, então eu lhes daria um.

Afastei o corpo o máximo que podia do espelho e me agachei. Mas, depois de esperar tanto tempo, não consegui esvaziar a bexiga de imediato. Rezei para que ninguém entrasse na sala naquele momento. Mas talvez os policiais estivessem se acabando de rir lá fora.

A poça cobriu um espaço grande sob a mesa à qual haviam me algemado, estendendo-se para além da cadeira. Nesse instante, descobri que era mais fácil abaixar a calça com uma só mão do que levantá-la. Não havia como subir o zíper. Não me passou despercebido o fato de que sujar seu próprio espaço era o que restava aos cães enjaulados.

Dois policiais entraram na sala, um segurando uma pasta, o outro tapando o nariz.

— O que você fez aqui? — perguntou ele, irritado.

— Quando eu posso fazer minha ligação? — perguntei.

O policial enojado bateu à porta.

— Traga papel-toalha para a gente — pediu.

E, quando entregaram o rolo de papel-toalha, ele o jogou para mim e me mandou limpar o chão.

— Eu estou algemada — objetei.

— Isso não impediu que você abaixasse a calça — retrucou ele.

Não fiz menção de obedecer.

— Quero fazer minha ligação — exigi.

— Você conhece um homem chamado Jimmy Gordon? — perguntou o policial que segurava a pasta.

Repeti minha exigência.

Ele tentou novamente, dessa vez me mostrando uma foto da cena do crime: meu quarto.

— Ligação — insisti.

— Você acabou de matar um policial. Se eu estivesse no seu lugar, começaria a cooperar — sugeriu o policial que havia pedido o papel-toalha.

— Eu quero meu advogado — falei.

Senti que os detetives estavam tentando usar a ultrapassada técnica de interrogatório de Reid, que eu havia aprendido no primeiro ano de psicologia. O policial procura sinais de ansiedade durante o interrogatório: braços cruzados, olhar hesitante, perna trêmula, mão no cabelo. Tenta diminuir a importância das consequências morais: "Ah, todo mundo briga com o namorado!" A ironia é que o caso com o qual John Reid fez seu nome acabou sendo resultado de uma falsa confissão.

Um dos detetives pediu um telefone pelo vidro e, pouco depois, abria a porta e trazia um aparelho fixo. Ligou-o na tomada e o deixou a minha frente.

— Só ligação local — avisou.

Liguei para Steven.

— Morgan! Eu estava esperando você me ligar — disse ele.

Seu alívio era palpável.

— Podem estar ouvindo — adverti.

— Billie está com você? — perguntou Steven.

— Eu estou na delegacia de East Harlem. Billie está no hospital.

— Por favor, me diga que você está bem — pediu Steven.

— Estou algemada a uma mesa numa sala de interrogatório — falei.

— O quê?

— Agora eu entendo, mais do que nos últimos seis meses. Ainda não fui acusada de nada, mas acho que estão me mantendo sob custódia pelo assassinato de um policial.

— Não diga nada até eu chegar aí — preveniu Steven.

Antes de desligar, pedi a ele que avisasse a McKenzie também.

Os detetives levaram o telefone quando se retiraram da sala. Deixaram o rolo de papel-toalha. E, sabendo que meu irmão viria me ver, cortei um pedaço grande e limpei o chão, para o caso de ele ser levado a minha presença.

Quando já havia um lençol de papéis úmidos debaixo da mesa, os detetives voltaram, anunciando que me conduziriam à Central de Registro.

— Mas meu irmão está vindo para cá — objetei.

— Peça a ele que chame um advogado — disse o policial.

— Ele *é* o advogado — afirmei.

— Então ele vai ter que ir à Central de Registro para te encontrar.

Fui numa viatura com os dois homens que me interrogaram. Eu me lembrei do dia em que um professor da John Jay levou uma avaliação do Yelp sobre a Central de Registro. A empresa tinha dado apenas uma estrela para o ambiente da instituição. Eu adorava que existisse aquilo, e, quando o professor leu o texto em voz alta, a turma ficou alucinada: "Vou começar dizendo: *E aí, mermão, beleza?* Eu saí daquele lugar falando outra língua. Eu tenho formação acadêmica, mas isso não quer dizer porra nenhuma, mermão! Gerencio uma empresa farmacêutica. Lido com centenas de profissionais da saúde que têm mestrado, doutorado e o cacete. E só ouvia 'mermão isso', 'mermão aquilo', 'mermão aquilo outro'."

Sim, era um texto tão extraordinário que eu o havia decorado. Talvez eu escrevesse minha própria avaliação.

Cruzamos Chinatown e chegamos aos dois prédios cinzentos da White Street: o fórum e a cadeia, ligados por uma passarela. O mural de Richard Hass, *Immigration on the Lower East Side*, ocupava a fachada da penitenciária. A ironia era que, posicionado ali, ele parecia mandar os imigrantes direto para a prisão.

Fui registrada do mesmo jeito que se vê nas séries policiais que passam na televisão. Mas uma coisa era ver aquilo do conforto do sofá de casa, comendo chocolate; outra era passar pela revista íntima no local. Fui levada a uma cela onde, para meu alívio, eu era a única ocupante. Por enquanto. Ouvia as detentas insultando as recém-chegadas ali perto, mas não as via. O lugar era gelado. Pensei ter ouvido alguém dizer que mantinham a penitenciária a cinco graus.

Eu devia ser capaz de provar que Billie havia levado os dois dogos-argentinos para o abrigo de animais. Devia ser capaz de provar que ela estava na minha casa na manhã em que Bennett foi assassinado — isso constava nos e-mails de Libertina, que também provavam que ela havia matado Susan Rorke e Samantha. Mas aqueles e-mails poderiam ser aceitos como prova?

Calculei que ainda faltavam algumas horas para o amanhecer. Eu havia sido obrigada a entregar meu relógio, mas devia passar das três da manhã. O banco de metal onde eu estava sentada era tão escorregadio que eu quase caía dele. Dormir estava fora de cogitação. Aquela era a "noite escura da alma" do poeta espanhol. O pensamento que mais me afligia era eu ser responsável pela morte de um homem e pelos ferimentos graves de outro. Encontrar um culpado não mudava nada, como dissera Billie, mas não tinha jeito. Li parte da pichação nas paredes da cela. "Nunca pegue a arma de um homem morto", "Perdão, mas não tenho muita escolha nessa situação", "Faça o que considerar melhor para você".

Ouvi uma briga que vinha de outra cela. Duas mulheres discutiam sobre quem era a próxima a fazer uma ligação.

Meus pensamentos iam de preocupações lógicas e práticas a imagens e sensações que eu jamais queria confrontar novamente. Cheguei a sentir de fato o momento em que "recobrei os sentidos" e me vi sentada no chão da cela, encolhida na mesma posição que havia assumido na banheira depois de encontrar o corpo de Bennett. Entendi naquele instante o que estava acontecendo comigo: um tipo de estresse pós-traumático. Eu tinha acabado de ver um homem morto por cachorros pela segunda vez em seis meses. Me esforcei para respirar fundo algumas vezes para desacelerar os batimentos cardíacos e tentei imaginar cenas tranquilas: praias de areia branca, meu corpo boiando na água azul do mar, da mesma temperatura da minha pele... Mas mesmo esse refúgio mental deu errado — a água morna na verdade parecia sangue.

Levantei e comecei a andar pela cela enquanto recordava uma história que Steven havia me contado quando voltou do Afeganistão. Durante uma visita a uma prisão, ele tinha notado uma cela isolada no fim de um corredor frio e úmido. Ele se aproximou da pequena abertura na porta e viu uma menina de uns 13 anos encolhida no chão, encarando a porta com olhos inexpressivos. Na cela não havia pia nem banheiro. Então pediu ao intérprete que perguntasse ao diretor do presídio o motivo para aquela menina estar presa. O diretor explicara que o próprio pai da menina a havia levado para lá, para evitar que ela fugisse com o namorado de novo. Na verdade, a família deles já os havia capturado uma vez, mas a menina tinha voltado a escapar. Steven perguntou por que não havia água na cela, e por que ficava tão afastada. Aquilo não seria crueldade? O diretor concordou: aquilo de fato era desproporcional, mas eles não tinham no quadro de funcionários agentes do sexo feminino que pudessem cuidar dela. Steven entendeu que aquela menina estava ficando louca. Informou à embaixada dos Estados Unidos e conseguiu negociar sua libertação.

Fazia silêncio agora. As mulheres que discutiam sobre o telefone tinham parado. Não havia nenhum guarda. Eu estava nas Tumbas, como costumavam a chamar a prisão de Manhattan, mas enterrada viva.

Aquela noite me destruiria, ou me mostraria minha força. Talvez outra pessoa na mesma situação ficasse instigada a buscar o que havia lhe escapado que levara à morte de um policial e aos ferimentos de outro. Repassar todas as opções possíveis para deter Billie, para impedir o ataque. Mas isso não mudaria o que havia acontecido.

Eu me sentei no chão, encostada na parede e, quando dei por mim, estava pensando nos primeiros versos de um poema de Emily Dickinson: "Após grande dor, um sentimento formal inunda / Os nervos se fazem cerimoniosos, como tumbas.". Claro, as Tumbas... Por isso os versos me ocorreram naquele lugar.

Aquela foi a última coisa em que pensei. Caí no sono e só acordei com o barulho de chaves e a voz de um guarda.

— Quando eu chamar seu nome, aproxime-se da porta, em silêncio. Você vai para o fórum. Não diga nada. Não acene para ninguém no fórum. Apenas fique sentada, olhando para a frente, até a chamarem.

Pronunciaram seis nomes, mas não o meu.

Dez minutos depois, dois policiais vieram me buscar. Algemaram meus pulsos e os prenderam ao cinto. Fui conduzida ao Fórum Criminal, que ficava a menos de cem metros dali, para a tradicional "volta do delinquente" pela escada de granito.

Quando a viatura parou, um enxame de repórteres com câmeras e microfones me aguardava. Fui conduzida em meio à imprensa para dentro do fórum. Peguei o elevador até o quarto andar e me levaram a uma pequena cela, onde Steven esperava por mim. Os policiais me deixaram sozinha com meu irmão.

— Caralho, isso é inacreditável! — exclamou Steven.

Ele me abraçou e deu um beijo na minha testa. Ao toque de Steven, comecei a chorar.

— O que vai acontecer agora? — perguntei.

— Vão acusar você de assassinato — respondeu Steven. — De um policial.

— Mas os cachorros eram de Billie — objetei. — O alvo era eu, e não o policial.

— Escuta, a gente só tem alguns minutos. Vou pedir que liberem você sob fiança, mas não podemos contar com isso.

— E o segundo policial? Ele vai ficar bem?

— Ele está na UTI do Columbia Presbyterian. Parece que vai sobreviver.

— Não quero parecer egoísta, mas ele vai poder falar logo? Talvez ele tenha visto o que aconteceu.

— Ainda não sabemos.

— Billie está lá? — perguntei.

— Ela foi liberada hoje de manhã. A bala só a atingiu de raspão. A avó a levou para casa.

— Mas os cachorros dela mataram um policial — protestei.

— Ela disse à polícia que você soltou os cachorros. O que você sabe sobre eles?

— Ela dava ordens a eles em alemão. Eram treinados para atacar.

— Meu Deus — murmurou Steven.

Contei ao meu irmão que eu sabia como tratavam os suspeitos de terem matado um policial. Já havia lido *Ao vivo do corredor da morte,* de Mumia Abu-Jamal, e também vira o infame vídeo de quando levaram a julgamento Esteban Carpio, depois de uma surra deixá-lo irreconhecível, forçando-o a usar uma máscara parecida com a de Hannibal Lecter. Eu disse a Steven que, se me condenassem, eu passaria vinte e três horas por dia em isolamento total.

Um policial abriu a cela e avisou ao meu irmão que o tempo havia acabado. Steven me disse que me veria na sala de audiência, dali a poucos minutos.

A sala ficava logo ao lado. O policial me conduziu para dentro e me fez sentar no banco dos réus. À minha direita, uma porta foi aberta, e um grupo de mulheres algemadas usando macacão laranja foi encaminhado à banca do júri. Nada como ser julgada pelos seus pares.

Steven entrou na sala pela porta destinada ao público e se sentou ao meu lado.

O juiz leu as acusações. Steven indicou o momento em que eu deveria me declarar "inocente". Não levou nem meia hora. Fiança negada.

Eu só sabia dizer que horas eram pela chegada das refeições, ainda que fosse incapaz de comê-las. O cheiro de urina e fezes era constante. Eu não queria me deitar no banco. Tentava me encostar o mínimo possível nas coisas. Meu hálito estava azedo por causa do vômito da noite anterior. Minha roupa fedia. A coceira havia diminuído, mas minha pele continuava vermelha. A ansiedade fora substituída pelo pavor: dos dez minutos seguintes e do restante da minha vida.

Pouco depois do almoço — um sanduíche de mortadela e uma caixinha de leite, nos quais não toquei —, um guarda veio me buscar, então fui algemada novamente e conduzida a uma sala minúscula, onde McKenzie me aguardava.

— Pode soltá-la — disse McKenzie, levantando-se.

— O senhor tem certeza? — perguntou o guarda.

McKenzie esperou que ele tirasse as algemas. Quando estávamos sozinhos, ele me deu um abraço demorado. Com tantas coisas para me preocupar, o que me incomodava eram minha aparência e meu cheiro.

— Você sabe que foi Billie que fez isso, não sabe? — perguntei.

— Já fui ao abrigo de animais e conferi o registro de entrada dos cães — disse ele. — Os documentos mostram que foram levados por "Morgan Prager" — completou ele, esperando pela minha reação.

— Claro.

— Steven me disse que eles eram treinados para atacar. Conferi todas as escolas de adestramento da região metropolitana, e nenhuma delas trabalhou com dogos-argentinos nos últimos anos. Isso significa que eles foram treinados em algum outro lugar, ou ela própria os treinou. Você imagina onde eles ficariam?

— Eu nunca fui à casa dela — respondi.

— Nem eu.

Minha gratidão por isso deve ter sido evidente, porque ele repetiu o que disse.

— E o endereço que ela me deu quando trabalhou para mim era falso — acrescentou.

— A avó dela tem um haras em Connecticut — observei.

— O advogado da família me avisou que eu precisaria de um mandado de busca para entrar na propriedade.

— Onde quer que eles ficassem, estavam com ela havia pelo menos seis meses.

Perguntei o que a imprensa estava falando do caso.

— Amanhã o assunto já vai ser outro — respondeu McKenzie.

— Espero que seja dos assassinatos de Susan Rorke, Pat Loewi e Samantha Couper.

— Steven já me contou tudo.

— Ela não seria a primeira criminosa a ficar impune.

— As pessoas cometem deslizes, mesmo alguém como Billie — garantiu ele.

— Nem sempre.

— Steven contratou uma advogada criminalista para preparar sua defesa. Carol Anders vem aqui amanhã de manhã. Ela é maravilhosa. Trabalhava com minha esposa. E, agora que a gente já falou sobre isso — continuou ele —, posso dizer a você que estive com Billie antes de ela ser liberada do hospital. A avó dela estava no quarto. Isso foi hoje cedo. Sem nenhum motivo para acreditar que ela concordaria, fui lá para tentar convencê-la a colaborar, a dizer a verdade. Perguntei onde ela deixava os cachorros. A avó me pediu para não incomodá-la, e Billie sugeriu que ela fosse tomar um café no refeitório enquanto a gente conversava. Billie ficou furiosa, mas de um jeito quieto, frio. Como não podia arriscar chamar a atenção da equipe médica, falava em voz baixa, mas a raiva transbordava do olhar dela. Billie deve ter se dado conta de que eu acredito em você, e não nela. Viu que não podia me manipular.

— Então você conheceu Libertina — interrompi.

Contei a McKenzie toda a história.

— Eu sabia que havia algo estranho desde o início.

— Mas você continuou a se encontrar com ela.

— É um clichê, eu sei, mas Billie era como uma droga. Eu não percebi até que ela foi trabalhar no meu escritório, e notei a maneira como tratava as pessoas quando não precisava delas. — McKenzie levantou a mão para pedir mais cinco minutos ao guarda. — Ela sequer chegou a perguntar sobre o segundo policial, se ele vai sobreviver. Uma pessoa culpada sempre tem medo, mas ela não tinha. Acho que Billie pensa que vai sair impune para sempre. E acho que está se divertindo.

— Por isso ela é tão perigosa — observei. — Eu acabei de descobrir a única coisa boa de estar presa: Billie não pode me fazer mal aqui.

— Pedi a um detetive particular que continuasse a investigação dos cachorros — disse McKenzie. — E estamos torcendo para que o policial ferido possa dar logo um testemunho.

Pedi a ele que entrasse em contato com o detetive Homes, de Boston, e que o informasse sobre os e-mails que eu havia lido, nos quais Billie, como Libertina, confessava ter matado Susan Rorke.

Fiz a McKenzie uma pergunta que já havia me ocorrido antes:

— E-mails podem ser usados como prova?

— Se for possível confirmar quem os enviou, sim.

Ele se desculpou por ter que me deixar ali. Disse que podia fazer mais por mim do lado de fora.

Isso era indiscutível. Eu não podia fazer nada.

Quer dizer, não podia fazer nada além de pensar em alguma coisa que pudesse me absolver.

Depois que McKenzie se foi, disseram que eu precisava aguardar na cela até haver "corpos" — era assim que nos chamavam — suficientes para subir. No andar de cima, fomos algemadas com as mãos às costas e presas em pares para pegar o ônibus até a prisão de Rikers Island. Era estranho estar presa a outra pessoa, e o ônibus sacolejava muito. Como andávamos por algumas das piores estradas da cidade, a viagem foi penosa. Eu só tinha entrado no presídio como mestranda, para cumprir as horas exigidas para o treinamento clínico. Tive o impulso absurdo de usar meu prestígio ali, imediatamente tolhido pela mulher à qual eu estava presa, que não parava de tossir. Shalonda, a transexual por quem eu havia criado um grande carinho, havia me dito que a incidência de tuberculose ali dentro era três vezes maior que na cidade, e que grande parte dos casos resistente aos remédios.

Fomos separadas dos homens e conduzidas ao Centro Rose M. Singer, a penitenciária feminina. Me soltaram do meu par e me conduziram a uma cela numa pequena ala com apenas oito portas. Eu não sabia aonde as outras mulheres tinham sido levadas.

Havia um estrado com um colchão, uma pia de metal, um vaso sanitário sem tampa e uma mesa presa à parede. Eu me sentei na cama, alerta. Todas aquelas sessões que eu havia conduzido com os detentos... Será que o rapaz que não conseguia parar de contar piadas ainda estava ali? O rapaz que havia exibido as partes íntimas no Museu Metropolitan. Então me lembrei das últimas palavras de Shalonda: "Surpreender a si mesma é bom, você vai ver."

Eu me deitei, dobrando os braços sob a cabeça, uma vez que não havia travesseiro. Nada nas paredes de concreto imundas conseguia prender minha atenção. Nem uma pichação. Tentei imaginar um quarto que era o oposto de onde eu estava. E que quarto me veio à mente? O de Billie, na casa da avó. Aquilo mais parecia uma ala, uma galeria, do que um quarto. O chão acarpetado, os quadros nas paredes, a arte valiosa de Motherwell e de de Kooning. E, no cômodo ao lado, enormes telas pretas com vultos vermelhos com aspecto de carcaças. Essas, feitas por Loewi. O avô de Pat.

Minha respiração mudou.

Eu me lembrei do ateliê de Pat: ela me mostrando os autorretratos nus, e a rottweiler se lançando na janela. A cachorra não estava no local quando encontraram o corpo de Pat.

Como eu podia ter me esquecido disso? Billie havia levado uma rottweiler para o For Pittie's Sake. Quando fomos ao abrigo, ela perguntou a Alfredo como estava a cadela que havia levado para lá. Lembrei o que Billie disse a ele: "Fiquei preocupada com ela."

Perguntei ao guarda se eu podia fazer uma ligação.

McKenzie logo descobriu que a rottweiler tinha um microchip. As informações que o veterinário encontrou mostravam que Pat Loewi era a dona da cadela. Alfredo explicou que Billie tinha lhe dito que o dono havia morrido, por isso ele não havia procurado um chip, como costumava fazer com cachorros abandonados. Disse que estava disposto a testemunhar que Billie havia levado a rottweiler para o abrigo e também estava assustado com a possibilidade de a cadela ser evidência numa investigação de assassinato.

McKenzie passou todas as novas informações ao detetive Bienvenido, primo de Amabile, na delegacia do condado de Suffolk, uma vez que o caso de Pat estava em sua jurisdição.

Steven pegara meu computador e o entregara à polícia, cujo especialista em computação forense rastreou o endereço IP de Libertina, chegando a Billie.

Quando a polícia começou a suspeitar dela, apreenderam seu carro e, embora Billie o tivesse limpado desde aquela viagem, encontraram nele pelos que correspondiam aos dogos.

Billie foi detida na casa da avó. Gosto de pensar que foi colocada na cela que eu havia deixado. Carol Anders, a advogada criminalista que Steven e McKenzie arranjaram para mim, pediu a suspensão das minhas acusações assim que Billie foi detida. Ela foi acusada do assassinato de um policial e da tentativa de assassinato de outro, além do homicídio de Pat Loewi. Só alguns dias depois a polícia de Boston encontraria o martelo que havia matado Susan Rorke. Billie o escondera na casa da avó, no mesmo armário onde guardava seus brinquedos. O batom Tiramisu encontrado no porta-luvas do carro de Billie havia sido usado por Samantha Couper, de acordo com os testes de DNA. A polícia de Nova York entregou a prova à polícia de Toronto, e o homicídio de Samantha Couper foi adicionado à lista de acusações. Restava o de Bennett. Ou Jimmy Gordon. A advogada me disse que, para acusar Billie do assassinato, seria preciso exumar o corpo dele. Pensei no que isso custaria a sua mãe. Nova York havia abolido a pena de morte em 2007. Billie não sairia da prisão, mesmo sem ser sentenciada por mais esse crime.

Sei que algumas pessoas buscam um desfecho, acreditam que podem virar a página e seguir em frente. Como eu odiava essa falsa ideia de que se pode "amarrar as pontas soltas" do mistério e do sofrimento! Então se deixa de ser assombrado dia e noite? Então se pode continuar vivendo como antes? Considero isso uma expressão cruel, algo impossível de acontecer. Mas talvez algumas pessoas consigam. Ou se convençam de que conseguiram.

Se funciona para elas...

Como alguém que havia sido profundamente enganada não por uma, mas por duas pessoas, e não apenas enganada, mas exposta a vários assassinatos, me peguei examinando tanto minha adequação ao trabalho que havia escolhido quanto a própria definição das pessoas que vinha estudando. Nem o termo "sociopatia" nem o "psicopatia" aparecem no *Manual diagnóstico e estatístico de transtornos mentais*. O termo mais próximo de "sociopatia" é "transtorno de personalidade antissocial". Os critérios para o diagnóstico incluem falta de autoestima, autonomia, empatia e intimidade, assim como uso de manipulação e fraudes, e presença de hostilidade, insensibilidade, irresponsabilidade, impulsividade e indiferença ante as próprias limitações: assumir riscos.

O teste mais usado para detectar a psicopatia é o PCL-R — Psychopathy Checklist Revised —, também conhecido como Escala de Hare. O psiquiatra canadense Robert Hare chamou nossa atenção para o fato de que os sociólogos costumam se concentrar nos aspectos ambientais ou socialmente modificáveis, ao passo que os psicólogos e os psiquiatras incluem no diagnóstico fatores genéticos, cognitivos e emocionais.

Acabei usando Billie como estudo de caso do último capítulo da minha dissertação. Terminei-o com a seguinte pergunta: "Essas pessoas devem ser perdoadas?"

Eu não conseguia me perdoar.

"Como assim se perdoar?", perguntaram meu irmão e McKenzie. "Se perdoar por pensar o melhor das pessoas? Por confiar nelas?" Mas eu precisava encontrar outra maneira de pensar o perdão. Há quem acredite que a capacidade de perdoar simplesmente virá a certa altura, mas outras pessoas reconhecem que pode ser uma escolha, que o perdão pode se manifestar como outra forma de empatia, uma dádiva a si mesmas.

A avó de Billie contratou uma equipe de advogados que está batalhando para colocá-la num hospital psiquiátrico particular, em vez da penitenciária. Isso apesar do fato notório de que os psicopatas não se beneficiam em nada de intervenção psiquiátrica. Por enquanto, ela está detida no Centro Kirby de Psiquiatria Forense, um hospital de segurança máxima do Departamento de Saúde Mental de Nova York, onde vem sendo avaliada por um psiquiatra do estado para a acusação e por ilustres testemunhas especializadas para a defesa. É o imenso prédio de aspecto soturno que eu e Billie vimos do outro lado do East River no dia em que pegamos Nuvem no abrigo de animais e a levamos para passear no calçadão, deixando-a sentir o gosto e o cheiro da liberdade.

Quando se conhece alguém durante uma crise, fica-se sabendo da história imediata, explicara-me Cilla. Saltam-se os constrangimentos e as revelações triviais e segue-se direto ao âmago.

McKenzie tinha me visto na cadeia. Ele tinha me visto no ápice da ingenuidade, com medo e com ciúme. Tinha me visto incapaz de enxergar o que estava diante dos meus olhos. E, no entanto, tinha me visto.

E queria me ver de novo. Todos temos fantasias que destoam da realidade. Eu não teria imaginado um primeiro beijo ao ser liberada da prisão, com o cabelo sujo, sem ter tomado banho, sentindo-me menos desejável que nunca. Mas foi ali que McKenzie me puxou e segurou meu rosto — esse gesto ao mesmo tempo carinhoso e possessivo — para me beijar. Naquele instante, pensei na antiga música que Betty Everett cantava: "Se você quer saber se ele te ama, está no beijo dele." No fim, a realidade era melhor que a fantasia. Melhor, porque o desejo vinha com naturalidade, não com a ansiedade que acompanha a obsessão. Melhor, porque eu sabia quem era aquele homem.

McKenzie deu entrada na solicitação de soltura de Nuvem uma semana depois da minha própria libertação.

Ele havia se oferecido para me levar ao abrigo, mas eu queria buscá-la sozinha. Passei pelo Kirby ao atravessar a Franklin D. Roosevelt Drive. Billie estava atrás de um daqueles milhares de janelas protegidas por grades.

O dia estava claro, com poucas nuvens que, segundo a meteorologia, ficariam mais densas no fim da tarde, possivelmente causando pancadas de chuva. Havia pouco trânsito, e eu estava satisfeita de andar no limite de velocidade, embora estivesse indo buscar minha cachorra. Não liguei o rádio nem botei nenhum CD. Aproveitei a lucidez de me descobrir viva. Sentia-me orgulhosa de saber que havia lutado pela minha vida. Parece óbvio que uma pessoa faça isso, mas naquela época não era. E isso para não falar da sorte. Era um exercício de humildade reconhecer quanta sorte tive.

Ainda faltavam uns quarenta minutos para chegar à saída da estrada que dava para o bar onde Billie havia revelado para mim ser Libertina. A transformação ainda me assombrava. Enquanto bebia, ela havia exibido cinco das sete marcas da psicopatia.

Parei o carro de Steven num posto de gasolina. Eu costumava sentir que não tinha nascido para que eu própria abastecesse meu carro, mas tinha passado a gostar disso. Havia algo especial em simplesmente saber como fazer isso, na gratificação imediata de encher o tanque. Paguei em dinheiro e consegui um desconto.

Eu me aproximava da saída para Greenwich, onde a avó de Billie morava. Eu a vira novamente ao testemunhar diante do júri. Ela estava sentada sozinha num banco, do lado de fora da sala de audiência. Existe um ditado: a mulher jovem se veste para agradar, a mulher de idade se veste para não desagradar. A avó de Billie estava impecável num tailleur Chanel atemporal, acompanhado de um colar de pérolas. Era especialista na arte de ignorar as pessoas, e fez exatamente isso quando olhei para ela. Quando chamaram meu nome e entrei na sala, vi que Billie, que estava sentada a uma mesa com o advogado de defesa, parecia ter sido vestida pela avó. Eu nunca a tinha visto de tailleur, nem de meia-calça e escarpim de salto baixo. Os cabelos longos estavam presos num rabo de cavalo. Ela não usava maquiagem e parecia inofensiva. Ao contrário da avó, Billie olhou para mim. Não que eu pudesse decifrar sua expressão. Era como se eu fosse uma guia num museu, mostrando a técnica de um grande pintor. Ela só parecia transmitir um leve interesse: algo para matar o tempo.

Era quase meio-dia quando cheguei ao For Pittie's Sake. Alfredo estava passeando com dois cachorros. Um deles era Nuvem; o outro, um pit-bull de nariz azulado. Os cães andavam juntos e, quando Alfredo me viu, acenou e conduziu os cães na minha direção. Entregou o pit-bull a um assistente que havia saído da casa. Soltou a guia de Nuvem, e chamei seu nome. De cerca de cem metros de distância, Nuvem levantou a cabeça. Chamei seu nome de novo. Dessa vez, ela começou a correr. Quando chegou a uns três metros de mim, diminuiu a velocidade para não me derrubar. E, quando estava bem à minha frente, jogou-se no chão de barriga para cima. Eu me deitei ao seu lado na grama. E ficamos abraçadas até Nuvem encostar a cabeça na minha. Era algo que costumávamos fazer: encostar a cabeça e fechar os olhos. Quer dizer, *eu* fechava os olhos. Quando os abria, Nuvem estava me fitando.

— Você vai para casa, garota — disse Alfredo para Nuvem. Então falou comigo. — Billie enganou todo mundo. Mas nunca enganou os cachorros. A rottweiler que ela trouxe tinha medo dela. Eu achei que ela sentia tanto medo de Billie quanto das outras pessoas.

Alfredo se agachou ao nosso lado.

— Quando Billie trouxe a rottweiler — continuou —, eu devia ter me dado conta de que a cachorra tinha visto algo que a assustou. Ela era saudável, mas alguma coisa a deixava atormentada.

— Audie testemunhou o assassinato da própria dona — assenti.

— Billie disse que o dono dela era um senhor que tinha morrido. E que Audie estava na casa com o corpo, onde teria passado alguns dias, até eles serem encontrados.

— E como ela está?

Lembrei que tinha achado que a cadela se comportava de um jeito estranho naquele dia no ateliê de Pat, mas na verdade Audie estava tendo o comportamento apropriado, uma vez que Billie estava lá fora, na mata. Fiquei imaginando como Billie teria dominado Audie. Será que Pat abriu a porta achando que eu tinha voltado? Será que Billie levou carne com algum sonífero?

— Descobrimos no fim das contas que ela é um doce. Protege os cachorros menores, e confio nela com todos aqui — respondeu Alfredo. — Qual é a palavra que as pessoas costumam usar? Desabrochar, não é? Quando um cachorro sai de uma situação difícil e sente que está seguro.

Ela desabrocha.

AGRADECIMENTOS

As autoras gostariam de agradecer às seguintes pessoas, por terem contribuído de diferentes formas para este livro: Rebecca Ascher-Walsh; Scott Ciment; Yolanda Crous; Martha Gallahue; Chiu-yin Hempel; Susanne Kirk; Jeff Latzer; Pearson Marx; Arnold Mesches; Barbara Oakley e seus livros *Cold Blooded Kindness* e, como coeditora, *Pathological Altruism*; nossas magníficas agentes, Liz Darhansoff e Gail Hochman; e na Scribner: Dan Cuddy, Daniel Loedel, Paul O'Halloran e, em especial, nossa editora impecável, Nan Graham, cujo entusiasmo, precisão e sabedoria nos guiaram neste processo de colaboração.

Este livro foi composto na tipografia Palatino LT Std,
em corpo 11/16, e impresso em
papel off-white no Sistema Cameron da
Divisão Gráfica da Distribuidora Record.